U0138568

吳鈞堯——著

台灣文學叢書 110

作者 吳鈞堯
總編輯 葉麗晴
執行編輯 李偉涵
校對 吳鈞堯 李偉涵
美術設計 李偉涵

出版 遠景出版事業有限公司
發行 晴光文化出版有限公司
地址 新北市板橋區松柏街65號5樓
網址 www.vistaread.com
電話 02-2254-5460
傳真 02-2254-2136
法律顧問 世紀聯合法律事務所尤英夫律師

初版 二〇一六年三月
書碼 978-957-39-0977-4
定價 新台幣三五〇元

行政院新聞局登記證局版台業字第0105號

國家圖書館出版品預行編目資料

學生 / 吳鈞堯 著.
— 初版. — 新北市 : 遠景出版 : 晴光文化發行,
2016.03 面 ; 公分. —（台灣文學叢書 ; 110）

ISBN 978-957-39-0977-4（平裝）

857.7 104028964

獻給我的父母，以及所有亡逝，但我們依然懷念的

目錄

出版緣起

國藝二十，藝意非凡

——「長篇小說創作發表專案」二〇一六年作品出版

國家文化藝術基金會董事長
施振榮

二〇一六年，國藝會邁入二十年的里程碑。歷年來，國藝會於國內藝文領域扮演重要角色，積極輔導、協助、營造有利文化藝術工作者的展演環境。一九九六年開辦常態補助，二〇〇二年啟動策略性的專案補助，二〇一五年更與民間藝文團隊聯手推動七項國際藝術網絡發展平台，協助台灣優秀藝術家及團隊進軍國際舞台。

自二〇〇三年，國藝會因觀察到長篇小說發表不易及出版環境的艱困，啟動「長篇小說創作發表專案」。十餘年來，專案推動多部重要文學經典，有半數以上獲得國內、外重要文學獎項肯定，也跨界改編戲劇，翻譯其它語言發行其它國家。也透過藝企平台的媒合，由和碩聯合科技股份有限公司從二〇一三年起，每年贊助專案一百萬元。

長篇小說專案推動十三年來，以挖掘當代文學經典為目標。遴選優秀創作計畫案，補助創作者寫作期間生活費，並嚴格把關作品質、量，協助作品後續推廣活動，期能透過全面性的機制規劃，讓優秀作家能在此平台盡情揮灑創意，並於華文出版市場發光發熱。二〇一六年第二部出版作品——吳鈞堯《孿生》，作者讓幼年夭折的兄長、穿越時空，進入《山海經》神話世界。不但參與黃帝與蚩尤的大戰、爬天梯逃出地獄，還與炎帝、應龍、精衛鳥等神怪角色相遇、冒險，是一部有趣的二十一世紀新神話小說。本書於各章節段落，亦穿插畫家李錫奇先生「浮生十帖」畫作彩頁。藉由畫與故事的對話，相信能激發讀者更大的想像空間。

國人旺盛的原創力，是國家文化的重要基底根源，好的人才必須仰賴好的舞台長期經營、支持。期許國藝會長篇小說專案，在下一個里程，仍能持續促進國內文學生態、成為華文作家堅實後盾，並迎向全球讀者、搭建華文小說國際平台。讓更多優秀作品得以被閱讀、重視，讓世界不為人知的美好價值，透過「小說」在各角落持續發聲、對話。

推薦序

騎龍跨虎一少年

中央大學中文系教授
李瑞騰

吳鈞堯最新小說《孿生》，和他近年的作品一樣，寫的是金門，重點放在金門人的外移，很清楚有二條路線：一是從金門經廈門到南洋，一是從金門經高雄再北上三重。後者是小說主角之一的吳建軍，前者是吳建軍出生之前就已死去的兩個哥哥吳可端和吳可莊。吳建軍是實寫，所有資料顯示，係以作者自身為投射對象，包括出生地、童年經驗和旅台發展的過程；可端和可莊是虛寫，場景雖是南洋，但寫的非常中國，特別是大量的古中國神話之取用與鋪展，包括華夏民族之祖黃帝及曾和他爭天下的炎帝、蚩尤、刑天，其他還有應龍、窮奇、朦雙氏等等。

全書十六萬言，分成十八章，各章標題皆三字，如〈遇刑天〉、〈祭蜀鹿〉、〈孿生神〉等，古雅端莊，且含神秘色彩。其中旅台部分七章，下南洋部分可端、可莊先分寫（八章）再合寫（三章）。首章〈遇刑天〉寫吳可端在南洋，隨出資人李東尼等人入大山尋寶，遇刑天，共處一段時日，拉出兩個背景，一是可端之所從來，亦即金門南邊的昔果山，一個是刑天之所以致此；二章〈祭蜀鹿〉寫可端之弟可莊奉父母命赴南洋找阿兄，遇蜀鹿，人獸相處多時，拉出炎帝故事的大背景；三章〈孿生神〉寫吳建軍三十年後來淡水，見風獅爺，逆寫從金門昔果山隨父母遷居三重，乃至青年時期與文友互動的發展史。其後各章大體就是幾位主要角色移動在現今和過去、他鄉和本鄉、具體和抽象空間之間的狀況。

吳鈞堯有意讓吳建軍活在現實時空裡：吳建軍於一九六七年出生於金門昔果山，一九七九年八月十二歲時，隨父母遷居三重，就讀光榮國中，那一年美國與中共建交，次年中共停止砲擊金門。一九八八年三月，他退伍後第一次返鄉，次年參加大學聯考，考上國立大學，結交一些文友，認識後來成為他太太的顏亦雯，一九九三年大學畢業後到台北某商會雜誌社上班，後轉至一家文學性雜誌社。近期參加和文化相關的活動，包括二十一世紀以後第一年中秋的兩岸海中會、文訊雜誌創刊三十周年，地

點甚至舉出台北市同安街的文藝景點紀州庵；也敘寫了台灣文化建設之社區總體營造，黃大洲、趙少康、陳水扁逐鹿台北市的關鍵戰役，建軍採訪了孫運璿等。

下南洋部分，吳可端「他們一行人，明明從二十世紀進入南洋大山，怎沒來由，彷彿來到中國境內？」，而吳可莊「為尋落番的哥哥吳可端，乘船下南洋，往新加坡途中，遇大霧與海盜，雙方激戰，吳可莊落海逃逸，荒島中醒來，已在遠古世界。」這「中國」的、「遠古」的世界是一個神話的世界，在儒家不語怪力亂神的言教下，紛陳複雜的神話資料被記錄到《山海經》、《淮南子》等非儒家典籍中，經歷來學者的整理研究，已被體系化，但要融入小說中可端和可莊的追尋過程中，其實頗為費力，幸有鈞堯的耐心與筆力，再現了瑰麗、奇詭的神話世界，映照人類社會之爭鬥、征服、再生、救贖等現象。

在寫完金門的歷史故事以及眾神之後，吳鈞堯實寫也虛構金門人之外移，所以金門因特殊的史地條件所形成的島嶼命運、金門人的認命與不認命之掙扎，乃至來台與到南洋之迂迴曲折等，都成為小說的構成元素；但我讀完《孿生》全篇，認為吳鈞堯真正想寫的是先前他曾在《荒言》和《熱地圖》中都提及的「兩個夭折的哥哥」（「大哥」一出生就死，「二哥」沒有熬到滿月）；在《孿生》中，在第九章

〈惡地形〉始由母親親口說了此事；到了第十三章〈蟬寫信〉，可端和可莊兄弟原先的分途發展終於會合；第十四章〈暗聽香〉才在敘寫吳建軍的章節中具體出現吳可端、吳可莊的名字；到了最後一章〈人間門〉，吳建軍確認夢中見過哥哥，他們是「兩個少年，分別騎著龍、跨著虎，從下邊飛上來」，是大哥可端和二哥可莊，至此，下南洋的兩個兄弟在南洋各章之敘寫，終和吳建軍一線融合。

要寫二位幾無生命史可言，但又影響全家至深且鉅的「夭折的哥哥」，吳鈞堯就必須寫自身，寫父母，從家庭寫到家族，因此也必須寫昔果山，寫金門，寫台灣，時空非常明確；在哥哥的部分，是寫作上一大考驗，吳鈞堯把金門人落番南洋之艱辛與迷離且豐饒的華族神話相互結合，虛擬空間，消解時間。在細寫神祇之後，進入神話世界，我認為是吳鈞堯文學的一大躍進。

遇刑天

有一座山，山不大，只是幾個緩坡，以前椒果遍野，得名椒果山。椒果樹逐漸稀少，繼而消失後，以音易音，更名昔果山。傳說，綠草如茵，細水湍流，唐朝末年，陳淵曾率十二姓部眾於此牧馬，便於朝廷徵馬平亂。昔果山位屬金門南邊，更往南是后湖、歐厝、珠山，北向是尚義、成功。料羅灣如少女腰，圓潤曲滑，村落沿之排列。草翠扶風，露水似玉，瓜果黃綠交會，黃牛低伏啃草，村人如蜂，採集大地。一歲一枯榮，地表上，除了綠與黃，就是人與神，就是飢餓與豐收。

吳可端不時地，於睡夢或現實中，一遍遍，回到昔果山。吳可端可以穿進任一條野林小徑，凝視任一隻在地瓜藤爬行的毛毛蟲，它的黑茸茸、它的聳聳動，猶然讓吳可端尖叫。吳可端可以看到麻雀小而肥，跳、跳、跳，輕巧巧地，彷彿牠不以腳跳躍，而是馭風而行，從背海方位轉向，朝海直飛。吳可端跟著麻雀，聽到海濤聲，看到旭陽奢侈地，曝曬過多的紅。吳可端從海面上，找到水的彈性，打水漂兒，看自己可以滑得多遠，或者柔捏它，如摩梭絲綢。

村人扛犁牽牛朝吳可端走來，然後穿越他，彷彿吳可端已不存在。吳可端苦笑。吳可端幻象昔果山，昔果山未必幻象他。吳可端不在意，畢竟這是他的夢，而不是他們的。吳可端守在小路邊，久等續癡等，遲遲不見父母與手足。吳可端等在這兒，預備跟他們告別。吳可端早已離開故鄉，抵達異地，但是，他又要再度離去，行將奔進一座大山。

大山，神秘莫測，此番為了寶藏而去，但不知有沒有命回來。幾千幾百年來，冒險家、棄世者、國王、地豪、以及市井小民，以各自的資源進入大山，或派遣軍隊或三五成旅，站在大山前，刻意輕忽大山的大，磨銳自己的心志，踏入。沒有人知道，他們是否找到各自的神秘，只知被大山留下了，再沒人見過他們。出發前一天，吳可端在酒吧喝威士忌，服務生憐憫地看著他，暗示他，將被大山掩沒之前，是否要留存人間最後一絲溫暖。一個女人。一個停泊。

吳可端擁女人入懷，同時將頭埋進她的懷裡。吳可端看女人說話。雖不懂她的語言，但她有好看的唇形。她知道明天，吳可端將展開冒險，不管他是否聽得懂，衷心為他祝福。她的右眼瞼，曬出幾個雀斑，一珠純黑落在雀斑間，以為是唇膏或灰塵，吳可端伸手抹，卻抹不淨。那不是什麼，只是一個點、一個黑，又像一段旅程，女人不願意臉上有它，但是它，始終惦記在眼瞼下，像管轄女人的另一個記憶。吳可端產生一個奇怪想法，女人聽不懂他，但這黑點或能懂得，於是，女人說，吳可端也說。女人與吳可端，兩個語言，沒有辭令交集，卻談得愉快。後來，女人靠在吳可端肩頭睡著。吳可端不說話，注視她的熟睡，她醒來，愣愣看吳可端。她眼裡有了懇求的意思，吳可端懂了，繼續說自己的故事，她聽不懂吳可端說什麼，但辨得出聲調，心安地闔眼睡去。

吳可端撫弄女人柔順烏黑的頭髮，忽然懂得，讓一個女人心安，是他進入大山前，最後的任務。

吳可端等了一天，不見父母與手足出沒野林小徑。入夜了，昔果山的黑，比他的最後一晚更暗。沒有燈光、沒有威士忌，也沒有美麗的女郎，依賴他的故事入眠。昔果山的夜，木麻黃鬼祟，風吹陰咻咻，月照冷森森；且無論冬月與夏月，霧隱林間或大廳香炷紅頭，戶外與室內，沒有人也沒有神，

回應這一切，天上人間，俱皆荒野。吳可端明白，穿越昔果山的黑、行踏戰地的暗，未必就比奔赴大山容易。吳可端不想再等下去，再等下去，就會看見砲彈跟鬼紅的光，他會不捨，繼而失去勇氣。吳可端回到女人旁邊，撫梭她的柔順髮綹，回到他的另一個故鄉。

天光紅，滿窗霞，吳可端還是睡著了，不知女人何時離去，白枕頭上留幾根長髮，吳可端撿起一條，擱進皮套，跟一張照片放一起。不需要推窗，就能感受大山的吋吋進逼，吳可端就要走了，其他果敢的兄弟們陸續集中酒吧，吃三明治，喝咖啡。直到此時，吳可端才知獵裝打扮的出資人叫李東尼，一個遠在明朝即遷徙異地、經營橡膠有成的大家族後裔。他說，已厭倦在樹上鑽孔取汁，提煉橡膠，他要深入萬山之山。李東尼補充，有一個隊員，領取前款後漏夜而走，目睹他離去，他未出聲攔阻，沒舉槍瞄準他消淡的身影，大山容不下他的怯懦，再吆喝回來，已無意義。

吳可端這時才想到，皮套裡有滿滿的錢，估計進大山也用不著，請旅館寄回昔果山。服務生保證，他不會欺瞞一個就要消逝的人。服務生的用詞是「消逝」，而不是死亡，稍稍安慰他的忐忑。

沒有儀式慶祝英雄的出發，只默默把衣物、食品、藥物與彈藥塞滿背包，份量沉甸甸，扛起來卻心安。面對大山，沒有人知道他們是否踏上國王、地豪、冒險家的舊途，再也回不來。吳可端回頭看酒吧一眼，希望能再看見聆聽自己故事的女人。不知道她在哪裡?在某扇窗口、某片雲後?吳可端沒看見任何人，連酒吧也消失不見，大山像一堵高牆，把眼睛填得滿實。

李東尼低低說，走囉，拿起開山刀，斬過密叢芒草，踏進去。吳可端隨後跟上。

與其說大山的大，不如說它是超越時間的。據說，大山裡頭，只有空間而沒有時間。李東尼為每人發一份地圖。攤開它，但見群山接、山巒疊，下一個未必高過上一個，東峰彷彿與西峰同高。隊伍沉默而進，午餐時，一名魁梧的隊員問李東尼，寶藏在哪一座大山？李東尼沉吟說，他若知道，寶藏就沒有價值了。隊員不解。李東尼強調，若他知道寶藏，意謂他人以及更多人都知道，而寶藏若如囊中物，還能是寶藏？吳可端跟其他隊員都點頭稱是。

一行人找到一棵巨大的老樹，度過大山的第一晚。說樹老，主要是鬚根多，像榕樹，卻未若榕樹蓊鬱。樹冠大如傘，樹幹筆直，捲曲的外皮如紙，他們撕下一片烹飪，直到水滾飯熟，樹皮仍熊熊冒火。有人說，單是這樹皮，這般耐燒，可算是寶藏了。大家圍靠樹幹而眠，留一人值班。吳可端值凌晨一點到兩點，被喚醒時，隊友指著火爐說，燃燒的，還是原來的樹皮。八點入寢，吳可端之前值班的四個人，都看著火，好奇它何時冥滅。它沒有熄滅的徵兆。吳可端想，大山僅空間而無時間，所以，樹皮點燃後，就維持第一時間的燃燒狀態？為了印證自己的荒唐揣測，吳可端看天，尋勘熟悉的銀河與北斗七星，卻大吃一驚，星斗異於塵世，而呈另一種星象。夜空近，星斗亮，依稀疊十人羅漢，即可登上。夏夜深、荒草叢、野林舊，卻無蟲鳴鳥啾。吳可端起身，尋老樹細縫往上瞧，若爬上樹，或可摘星。心裡這麼想，便格外注意可以攀爬的樹瘤、樹幹，眼神漸循漸上，見兩顆紅火星星，於枝幹後閃爍。這對星星，未免太近了，直如掛止樹梢。怪的是吳可端偏頭避開樹幹，想一看究竟，星兩顆，跟著轉移。吳可端嚇退幾步，撞翻火焰旁的鍋爐，李東尼最先醒覺，問吳可端何事。吳可端答不出，

高舉手，指向老樹。老樹大而密，上頭除了星光，再無他物。隊友被擾眠驚醒，指責吳可端膽小生事，吳反問他們，可見過這等夜空。隊友們看得目瞪口呆。李東尼安撫說，大山就是這麼大，不單是大，還很奇妙，不然，哪能藏得住寶藏？

李東尼的話作用不大，但他是出資者，只得靜靜聽他說。大家心頭盤算，不消一個月，李東尼厭倦，打道回府，無論是否取得寶藏，都可收取豐厚尾款。相較於李東尼訥訥難言的寶藏，尾款更顯真實。

清晨，於老樹後頭大解的隊員，發現雄渾巨大的印跡。說是印跡，而非足跡，是難以想像十公尺長、五公尺寬的腳印？一夥人圍著痕跡爭辯。李東尼恐爭論下去，阻礙前行，催促出發，把神秘難解的印跡，歸於大山、歸因神秘。大家撕了幾片老樹皮，備路途使用，吳可端仰望老樹，想起夜間所見，雖不安，卻奇妙地沒有恐懼。

大山，埋進更多的大山中，吳可端等人秉持的圖表，幾無作用。山霧起，萬山緲，天本黯，忽然陰了，山風吹，霧不散，更濃更密。越走，樹種越怪，僅一片樹葉的樹，開著臉大一樣的花。長一葉子的樹，葉片細，像一條胳臂吊得老高。大花臉，花朵上且有五官。花似睡了，雙眼閉合，他們嘗試搖醒花朵，但每一個走近花朵的人，都發覺花朵上的臉，越來越像自己的臉，而且是死亡的臉，蒼白、腐朽，伸出的手立即停了，匆匆快走。

吳可端想到昔果山，若是春分，正該把地瓜幼苗栽進塑膠袋培育，待抽苗初長，再移植田埂。播種花生，兩兩花生扔入田埂，一踩一扔，父親說，那是讓花生吃土，更易著根。吳可端看一眼週遭，渾然忘了今夕何時。吳可端想到酒吧的神秘女人，她還能記得他的聲調跟故事？吳可端輕輕笑了，既不懂他的語言，又怎麼認識他？他想起她的雀斑，眼瞼下的黑點，嘴角邊兩道細細的笑紋，右邊深、左邊淺，以及他原欲進入，卻忘了摸索的男女世界。他苦笑，他沒進入她的神秘，卻踏進難解的大山，難道，這是一則隱喻？吳可端胡思亂想之際，隱約察覺茫霧中，兩點火，似化入濃霧，又獨立於霧外。

遲疑時，霧，說散就散。蓊鬱的萬嶺群山，光禿禿一座奇峰忽現，高聳入雲。群山蒼翠深密，只這座山盡皆裸露，也因為裸得太過，顯得刺眼驚悚。眾人往前望，隔百公尺處，再看見一座裸岩。兩座裸岩在極高的雲間聚合了。聚合處，可以看見掛得更高的兩團火。隊員大喊找到寶藏了，李東尼拿出望遠鏡瞧仔細，盤算著該如何攀。兩團小火，不需爬，自己貼近了，兩座裸岩跟著輕巧滑移。山，動了，無聲無息，如鬼魅。

眾人尋思眼前景，想為此找一種解釋，但是不用了，「解釋」自個兒下來，一個大的山壁，左右各長一隻眼，眼中熊熊冒火，吳可端認出正是那兩團火。隊員高喊妖怪，拔腿跑，一人沒站穩，跌落山溝，當場摔死，一人滑下山路，撞在一塊突出的岩石折了脖子。又兩人，不知山壁通往何處，奮力攀爬，不幸分別滑下，緊抓樹枝，晃啊晃。吳可端、李東尼看看妖、又看看晃動的隊員，驚恐尖叫。一人撐不住，往下墜，不待掉落看不到底的渠溝，被一把巨大的斧截為兩半，鮮血激射，如半空活泉；

另一人驚懼手軟，鬆了樹枝，慘叫幾聲。忽焉，一面巨大的盾自天空來，尾隨隊員的墜姿，一晃，如鷹啄飛鳥。李東尼這才想到手槍繫腰間，忙拉保險，對準擊發。無論是妖、是斧、是盾，都如深邃的石頭，李東尼擊發再擊發，火彈都被虛空接收。李東尼手槍射空，改拿獵槍，大盾靠近，以為早被劈砍的隊員竟瑟縮盾內，滿臉驚惶，聽聞吳可端等人喊他，急忙躍離石盾，跳進山路。李東尼高舉獵槍，未再射擊，隊員拔刀、舉槍，圍成一圈。

巨妖輕吟一聲，兩座高聳的裸岩漸漸移、遠在雲間的渾大石壁慢慢近，裸岩與石壁變小，不一會兒，巨妖輪廓可見，裸岩兩座是巨妖雙腿，石壁是巨妖胸膛。巨妖沒有頭，左右乳作眼、肚臍當嘴，兩臂舉一盾一斧。

巨妖非妖，非人，也未必可稱之為神。巨妖——巨人，名曰刑天，炎帝手下大將，勇猛敢戰。炎帝性仁慈，見人口漸多，自然資源匱乏，一旦食完野生動植物，黎民豈不飢餓。炎帝苦思數旬，一日到林間，見蔬果參差而長，有的抽芽、有剛結果、有的花開正盛，蜜蜂嗡嗡繞舞。炎帝蹲坐野蔬前，掏掘泥土，湊近鼻頭聞。土的味道，裝著滿滿的聲音。雷的霹靂，雨的節奏，水的奔馳。雷有極響跟悶在遠方的，大地知道那不只是雷，而是許多個訊息。雨若急大，轟鳴如喘息，雨細密且溜滑樹葉，若群蜂快走。步伐不全然輕盈，如野牛重蹄急奔，犄角莽觸；有輕快如孩童，婀娜似少女，以及蚯蚓翻、落葉掃、北風走……炎帝著迷於生的聲音，心想，這些聲音只能野生，而不能為眾人歡唱？炎帝教民收集黍、稷、麻、麥、豆等穀種，命名「五穀」。居民感念炎帝功德，尊稱為「神農」。

炎帝見百姓為病痛所苦，進大山，鬥猛獸，穿野過澤，採集各式野藥。為了進一步辨識藥物的性味跟功能，便於救死扶傷，以身試百藥。甘草味甘能瀉火解毒，嚼烏梅口生津且澀腸斂肺；囓花椒而氣開，啖辣芥則淚流。炎帝頻中毒，幸炎帝身體明透，從外即可辨識五臟六腑，可緊急醫治。炎帝將百草依溫、涼、寒、熱分類，撰寫藥書，救人無數，被尊為醫藥神。炎帝的大愛，萬民仰歸，勢力從南而北蔓延，與聲勢如日中天的黃帝正面交鋒。黃帝、炎帝於阪泉大戰，炎帝敗歸，大將蚩尤為雪炎帝之恥，暗地召集驍勇善戰的三苗之民、魑魅魍魎、以及銅頭鐵臂的八十一兄弟，北上征戰，黃帝節節敗退，後黃帝剝取夔的皮、雷神的腿骨，製成夔皮骨，又得九天玄女授予兵法，並獲得昆吾山赤銅鑄造的昆吾劍，以此三寶，斬殺蚩尤。

蚩尤死訊傳回，炎帝哀傷落淚，刑天雖為武將，卻懂音律，曾編制〈扶犁曲〉、〈豐年詞〉為炎帝祝壽。炎、黃大戰，刑天駐守南方，蚩尤猛襲黃帝，傳來捷報時，刑天躍躍欲試，但為炎帝勸阻。而今，視為兄長的蚩尤兵敗屍解，尊為父親的炎帝黯然落淚，刑天按捺不住，誓為南方子民出一口氣。

刑天恐炎帝擔心，趁夜黑，孤嗦嗦，提戰斧、持盾牌，離開南方大地。南方多澤，山陡峻、溪湍流，眾星睜眼，亮晶晶眨，雖在窮夜，照得雲霧雪白。刑天的身影默邃邃，如一團黑雲移動，忽探頭，乍見下弦月滑出山，往西邊走。他踩上雲嶺，墊高腳，日鼓譟於東，霞氣氤氳，正待爬升。又是一天的開始，也將是一天的結束，他深深吸氣，狂嚎一聲，他要在下一個日夜交替，止住炎帝的眼淚。離

開家鄉的沉重頓時輕盈了，登登—登，登—登登……刑天內心奏起〈扶犁曲〉，以為已經離開，腳下踩過的泥，俱都是炎帝教民耕種的身影。

刑天跋涉千里，殺入黃帝境內，於宮廷大門外，挑釁黃帝。北方，有一個神，祂天生四張臉，能同時洞察東南西北四個方位。祂是黃帝。黃帝母親附寶婚後久未生育，有一天晚上，仰望星斗禱告早日生子。北斗七星閃爍，天樞星巨光陡發，直射附寶，她一陣暈眩，兩年後生下黃帝。黃帝最初的神職是主司風雨雷電，後崛起而為中央大帝。為防堵南方勢力崛起，黃帝親率十萬神兵、十萬人眾、十萬鬼卒，及鷹、雕、鷲等兇猛飛禽，以豹、熊、虎等作陸地前驅，敗炎帝、擒蚩尤。

再戰蚩尤雖受挫折，自助天助，終克蚩尤。防蚩尤成精作怪，再起兵禍，斬殺，身、首分葬兩處，一在東平郡壽張縣闞鄉城，另在山陽郡巨野縣重聚鄉。黃帝連連克敵，聞刑天殺入境內，再於庭外叫陣，雖驚愕，仍志得意滿，尋思此人大膽，若不斬殺立威，恐難降服南方。不管眾臣勸阻，舞動斬殺蚩尤的昆吾劍。

兩人於山巔雲端，舞劍、掄斧，兵刃交，天地慌。刑天以盾跟斧交擊，並變換方位，或短或長、或蹲或跳，好幾次，斧幾乎砍了黃帝。黃帝四張臉，八隻眼，機警逃過，再徐徐推移昆吾劍，直要穿心而過。圍觀眾臣瞧得心驚膽顫。雙方交戰幾百回合，黃帝漸漸感到心焦，沒料到南邊一名武將竟如此豪勇，再拖戰下去，恐難立威。邊戰，邊思計謀，趁一次跳躍，倒退幾十尺，不看刑天，卻盯著刑天背後，眼閃爍、唇微翹。刑天見黃帝不攻進，反琢磨著自己背後，彷彿有個兇猛，正藏躲，隨時撲來，轉念想，此為單打獨鬥，黃帝哪能悖信，暗下埋伏。黃帝仍不進招，等著、等著。那等著的姿態，越發優雅，彷彿客立於戰事外。黃帝等著、站著、微笑著。刑天愁著、慌著、緊蹙著。刑天忍不住，順著黃帝的視線，微微轉頭，但見大片山林已因戰而催折，走戰之處，山頭崩、滾石落、田埂毀，刑天依稀在踩陷的農田中，看見炎帝的臉。炎帝說，祂教民耕種，嚐草試藥，為使生民擺脫飢餓跟疾病，怎忍生民因兩強爭霸，而赴死地？

刑天倏然心驚，不過一剎那的動念，黃帝即已知曉，像是昆吾劍自個竄上來般，黃帝劍、神合一，冷鋒過，刑天頭落。刑天沒了頭顱，驚慌放下斧、盾，找頭。黃帝手起劍落，將常羊山一劈為二，頭顱滾落後，大山又復合。刑天不死心，繼續找頭，巨掌過處，樹木立折，眾臣有的覺得滑稽，禁不住大笑，看著黃帝如何收拾南邊叛將。黃帝揚劍入鞘，長嘆幾聲，走進宮廷。沒了黃帝命令，眾臣與武官，提高警戒守護宮廷，任刑天繼續摸索他的頭顱。刑天越找越慌越遠，毀壞樹林田埂無數。狂亂中，沒有光、沒有聲音，都是凶險的暗黑。刑天跌坐，想要哭，卻沒有眼，想要叫囂，但沒有嘴。刑天坐著、坐著，只感覺到溫度由炙轉涼再變冷，再由寒改溫變熱，不知輪迴幾回，一縷聲音不從耳朵入，但由心中起，刑天知道，那是〈扶犁曲〉。刑天漸漸明朗，啊的一聲吼叫，竟從肚臍發出聲音，長成了嘴，用力撐開雙眼，在左右乳各開了一個眼。

營火燒，一片衰老的老樹皮，卻燒不盡，煮食了米糧，還能權充營火。李東尼、吳可端等，聽著

巨人述說他的遭遇。他們初時還警戒，持槍按刀，以防不測，繼而又想，這樣一個巨人，不消幾秒鐘，即可將他們都襲殺了，刀槍何用。不多時，不再警戒，再說古有明訓，不當餓死鬼，都放心吃喝。巨人手一探，旋即補殺野鹿一頭，隊員殺鹿剝皮燒烤，沾鹽、搭威士忌喝，無比美味。吳可端等聽出端倪，得知巨人所言非假，然而巨人所說的，又是一個遠古的神話，但是他們一行人，明明從二十世紀進入南洋大山，怎沒來由，彷彿來到中國境內？南洋與中國隔著海，吳可端想起當時，從金門水頭港轉廈門，搭乘洋艦，十幾日才到，怎三、五天或七、八天，不經海路，只於大山迷走，卻北渡，到了中國。

巨人最後說自己本不叫刑天，自從被黃帝以昆吾劍斬斷頭顱，他就叫作「刑天」。他說，他真正的名字，只存在那個找不著的腦袋裡，他要知道自己叫什麼名字、要以腦裡存放的意志感受炎帝何在，他得繼續找頭，把頭接回去，恢復原來的雄力，才能再找黃帝拚搏。

刑天把巨大身軀儘量縮小，仍達九米，眾人仰頭聽他從肚臍發話，雖感到滑稽，卻不敢笑，待聽聞他的忠義事蹟，紛表敬仰。轉念想，現在都二十世紀了，不多時，即將進入二十一世紀，什麼炎帝、黃帝等，早因沒人相信而失去信徒，何苦為了不再的信仰，戮力終身？雖這麼想，又感到矛盾，最大的矛盾在於「刑天」。他或它，或者「祂」，是不應該存在的，那只能是個神話故事，若刑天在，炎黃豈非就在左近？二老且在征戰？

營火燒，夜風躲，火焰閃爍，吳可端看著刑天忽隱忽現的臉，禁不住神傷。一個沒有頭的，仍有五官的，不知道是人、是鬼還是神？一個被刀斬斷的身世，猶如吳可端故鄉，一個島，被烽火割裂。

吳可端想起父母與大姊、大弟送他到港口，母親左手牽八歲妹妹，右手拉五歲的弟弟，懷中抱著兩歲的幼弟，父親抽長壽菸，頻頻吸吐，右肩掛一只沉重麻袋。一家人無言相對。太武山在島的遠處，大海近，在左近掀浪，這近近的海，看似無害，卻也是一條水刃，輕柔地、鬼祟地，將天地人間，分裁為二。船家催，再不走就接不上廈門船班。吳可端提行李，接住父親遞來的麻袋。一條橫板，分銜船與岸，吳可端踏上去，橫板吃重，又彈又晃。大姊嚶嚀一聲，躲到母親身後，靠著她的後背哽咽。母親整個人都在晃，父親跟著搖，自始至終，他們立岸邊，遙望海，不敢舉高手，輕揮。直到兩頭的人都看不見彼此，吳可端衝幾步，扶著船尾，手拚命揮。人不見了，島也不見了，海始終存在。就在左近，近近地，把他送遠。若非命運若是，豈容天倫乖隔。離去多年，不知故鄉何如，正像刑天找不到失去的歷史。刑天寬大的胸膛上，缺了一個沒有接補的頭，看上去詭異，但是，刑天只是曝露他的殘缺，不像眾人，隱其殘、昧其缺，看似完整，都有跨不過的細縫。

刑天知眾人為尋寶來，好奇他們所尋何物，跟著李東尼走了幾天。李東尼察覺刑天外貌駭人，實則重義重情，雖曾因力道拿捏不妥，誤斬隊員，卻是一個「好人」、「好鬼」或者「好神」，相處幾天後，壯膽問，在他尋覓頭顱這些時候，可曾見過進入大山的冒險家、棄世者、國王、地豪或市井小民？刑天說，他不知道如何辨別誰是國王、誰是冒險家或市井小民，但是，他們都死了。大夥吃一驚，憑著國王強大軍隊，且命喪大山，不正預言了他們的命運。旋又想，難道都是刑天殺的？

刑天知道他們的憂懼，忽然幻化，身體拉長，手一探，斧一起，電光火石間，凌空掉落一隻從未

見過的獸。模樣像狐狸，九條尾巴，臨死前，慘叫連連，似嬰兒啼哭。眾人還沒反應過來，刑天盾再出，依然獸一隻落下，汪汪怪叫，吼聲如狗，形像老虎，尾巴像牛，重重跌死。刑天嘆氣說，他們一入大山，至少已被幾種猛獸盯上，前一種是青臞，後一種叫獓，都吃人。先前的人，被這些野獸吃光了。隊員驚呼，退幾步，吳可端忘情大喊，難道他們一入大山，刑天就尾隨保護？這一說，解釋了一夥人迷走幾天，竟安全無礙的緣由。

刑天巨人，再恢復九米高，秘密被發現，顯得羞赧，鎮重地說，他撞見人，能救即救，唯有此，才能稍稍貼近炎帝悲天憫人的胸襟。刑天苦尋頭顱不知幾千幾萬年，難得遇人說話，對他們提到的現今世界感到迷惘。對李東尼所說二次世界大戰方止，美蘇冷戰開始，核子彈、石油大戰、兩岸激戰等，感到不解。聽完後哀哀嘆，黃帝神力有所止，昆吾劍斬殺蚩尤跟他，斬不斷人間是非恩怨，怪自己當初沒有打倒黃帝。說罷沉吟，若打贏黃帝，人間又將如何？更好、更壞？他想得頭痛，發覺「頭痛」對他而言只是概念。他已經沒有頭可以痛。

李東尼追索的寶藏絕非刑天的斷首，刑天隨之迷亂而行，也找不到自己的頭，兩邊的人都知道分開的時候近了。有一種樹，樣子像構樹，名字叫白柳，肌理血紅色，不需挖鑿，樹身即流漆一般的汁，味道甘甜如飴，吃了可以不覺得飢餓。刑天為眾人取汁。有一種獸叫旋龜，吼聲如木頭劈開，樣子像龜，長鳥頭、蛇尾巴，宰殺後，以衣和血佩戴，耳朵不聾，兼治腸胃疾病。有一種獸長白色耳朵，或爬行或直立而奔，名叫猩猩，吃了牠的肉就善於奔跑。有一種樹叫迷穀，黑色紋理，舉高它的樹枝，便光照四方。刑天殺獸取樹，曬乾之前宰殺的青臛，讓眾人吃食，即可不受妖邪迷惑。大山深、大山險，刑天不知如此備事，是否足用。

吳可端與刑天多次出沒深林，捕狩異獸，瞧著刑天，腦海浮現那座消失的島。島上有個港口叫水頭，他從水頭來，家人從水頭去，從此再難聚首。吳可端感嘆地說，人若沒頭，牽絆就少了、沒了。刑天聽得大笑，肚臍畢竟不是嘴，笑得岔氣，感嘆沒有頭，連笑聲都來得艱困。吳可端跟著笑。長笑中，一個硄搭硄搭的聲音忽響，硄硄硄、硄搭搭、硄搭硄……吳可端探勘週遭，以為野獸來襲，刑天說別驚、別怕，這是他為炎帝所作的〈豐年詞〉。他久未聽聞，幾已忘記，沒料到旋律自心中起，從皮膚出，山林雲霧，俱皆豐年。刑天閉眼聽，聽得入醉。

狩獵時，刑天駕吳可端於缺頭的胸膛，幻化、身軀拉長。吳可端剎那間撞雲推霧，緊咬牙關，最後又扯開喉嚨，連連驚呼。站在刑天不知幾里高的肩上，大山仍無盡頭。大山，真在南洋、中國，或者不存在？這又何其矛盾，吳可端在、刑天也在，只是他們不知道自己在哪兒，便無法跟自己與他人述說確切的時空。一日，兩人打獵後休息，吳可端喝白柳汁配青臛肉，頓時不餓不昏。他躺在老樹下，刑天坐樹旁，天晴好，光過枝椏，微風來，如同光的迷藏，明暗交會，很閃爍了。吃青臛肉可不迷惑，吳可端沒來由想起島跟女人。他不確定，究竟是島遠，還是酒吧的女人遠？

刑天舒服地倚靠樹身，沒有頭，只能以巨大身軀，隨內心音符響起，微微晃。吳可端拿出皮套裡

的照片。那是出發前合影的全家福。再拿出女人黝細的頭髮，尺來長，取出馭風行，如一尾魚，鮮動而躍；擱近如一枚貝，播著他跟女人的兩種聲音。

刑天好奇地問，那是什麼啊？

一只皮套。一張照片。一根頭髮。

刑天問，佩戴它、看它、吃它、喝它，有什麼好處？

吳可端說，沒什麼好處啊。仰頭，看著刑天半缺的頸項，補充說，什麼都有哪。最多的就是一個小黑點，沉甸甸的，還有左、右兩邊，笑的細紋。那個點滑入心頭，有時候變成聲音、有時出現影像，有的時候是空白；一格巨大的空白，空洞洞的，彷彿等待著什麼。

與刑天分道而行，至少一旬半月了，吳可端隨隊伍走，常仰望裸露的山岩，亟力眺望；在看不見盡頭的山巔、在滿溢潮聲的海港，是否會有一雙眼睛或一個口袋，輕輕揹下他或部分的他，貼身佩戴著。

裸岩高處，白雲飄截，把山，裁作了兩半。

山風起，大霧很快就來了。

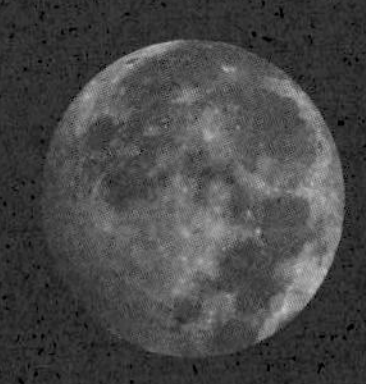

祭蜀鹿

不知第幾天了，吳可莊走幾步、左右瞧，再前進，移動極慢，如蝸牛。他不得不，他必須偽裝，偽裝成深林的一部分，最好就是一片樹葉、一塊石頭，如果能夠，最好是一陣風，就可快速離開鬼邃之地。

吳可莊授父母命，赴南洋，找回「落番」的大哥吳可端。父母賣一條牛跟幾頭豬，備盤纏，諄諄告誡，此番去，找到大哥後，即買船票回，錢夠用，不要為了籌措船資而工作。金門人下南洋「落番」，多期功成名就，好歹得掙錢寄回故里。吳可莊不同，他帶訊息去。訊息薄，訊息輕，只是一個懸念。帶一個懸念能有多重?去去就回，就像孫悟空翻筋斗，要見觀世音菩薩就見觀世音菩薩。

吳可莊輕揹行李出發，跟船員吃大鍋飯，吃水煮菜，配牛肉罐頭。船朝預定的座標而行，浪平水穩之際，水手清閒，在船長首肯下，滑拳飲酒。吳可莊不懂滑拳，酒倒是可以喝幾碗，酒酣耳熱時，船進入一場大霧。水手說，若往昔，船進大霧多很凶險，現今設備佳，雷達導航，鎖定方位安全無虞。雖說如此，船長仍令下屬提高警備，免得誤觸岩礁。

吳可莊到甲板，四野霧茫茫，沒有天、沒有地，只波浪晃、船隻搖時，才能證明海依舊在。吳可莊伸雙手，捧霧洗面。幾名水手調侃，霧哪能抓得住?吳可莊又撈又抓，大叫說，真撈到霧了，轉身展示他的滿臉水霧。這層水霧，真像深夜後清晨時，吳可莊與父親持鋤頭、牽牛，踏往小徑耕種時，露水沿途散，高如相思樹、樟樹，低如芒草、日日春等，所有的葉片，無論深綠、淺綠或者枯葉，都沾惹露珠。

船長本不擔心大霧。霧，濃、密、廣，幾天下來，船走不出大霧，不由得讓人心焦。看儀表，方位無誤，船長打菸抽時，依稀看見霧深處，幾道光稍閃即逝。海上靜電多，放電時，海上驚閃。這幾日陰鬱，陰、陽不交集，不該有電，船長吩咐水手到船首看究竟，自己拿望遠鏡瞧。

透過十倍、二十倍功率，仍看不透這霧，正想收鏡吸菸，又見一道閃光。檢查儀表，遠方無船，遲疑時，閃光靠得極近。竟見兩艘船，一左一右駛近。不打燈，不用無線電說話，才出現即刻砲擊。船長大喊戒備，來海盜了。商用船砲彈少，仍備有零星槍枝，正待還擊時，船已經不見了。船長納悶，警覺剛駛過的船，純木製，揚大帆，竟是兩艘古船。水手吃驚，往返廈門、新加坡等地，未曾遭遇此事，檢視船況，幾個裝水的鐵桶被打凹了幾處，餘則無礙。

眾人剛寬心，在船尾警戒的水手大喊，船又來了，從後頭追上……剛說完，火球幾顆如金門夜裡砲襲，吳可莊未經歷八二三砲戰，但在「單打雙不打」中長大，早聽大伯說，砲彈若咻咻響，意味落遠沒打到，若隆隆地緊張又緊急，就需提高警覺。這時候，砲彈轟轟來，比近又更近，就在眼前。船長急鳴警報，令水手急放救生艇。

砲火中，吳可莊及時跑出防空洞，趁砲彈落地前，如一陣風，逃逸了?吳可莊醒來。神，昏昏暗；眼，霧拙拙。他壓根忘了，他在陸地還是海洋。他疲憊極了，強烈的陽光照得他暈頭。許多次，他在老家昔果山耕種，累了，就著午後田埂的木麻黃樹蔭，找一片平坦、且蟻群少的平地，枕右臂，望著樹葉後的藍天，不一會兒就睡去。有時大哥吳可端跟他一塊午寐，但多數時間，大哥跟父親都還忙著，他聽到父親高嚷，可莊去哪兒？不趁快做，天暗了都做不完。大哥輕聲說，可莊年紀小，累了，讓他先睡會兒。經常，吳可莊聽到這番話，才敢沉睡。這句話許久沒出現了。吳可莊憶此，倏然想起遭遇海盜，掙扎翻身，看見海邊散落船體的殘骸。以為眼花揉揉眼，難道海盜放任馴養的野獸，叼食水手的屍塊？野獸像老虎，長牛尾巴，邊吃邊汪汪叫，如狗。

吳可莊躺平，不敢出氣。沙灘白，藍天淨，幾隻野獸飽食後，首尾相接，蜷曲而眠。吳可莊小口吸氣，匍匐移動，緊盯著獸群。沙灘距離樹林百來米，此刻無比遙遠，見野獸沉睡，放大膽快速挪移，忽見一隻異獸醒轉，忙倒臥，偽裝成屍體，瞇著眼睛瞧。虎頭牛尾野獸，撕扯一具屍體，頭顱斷裂滾幾圈，斷頭朝吳可莊方位落，滾定看，正是船長。他已揚棄他的身體，腿、臂、腸，雖啃得巴巴疼，跟他什麼干係都無，眼緊閉，嘴微張，好像沒了身體，睡得更熟。

吃淨船長還不夠，野獸再找另一個人吃。那人著洋服，不像東方人，倒像來襲的海盜，吳可莊嘀咕，野獸連主人都吃？訝異野獸食量大，不多時，連他都要被吃掉。吳可莊暗自養神，等野獸再睡熟，弓身提氣，往樹林衝。野獸發現了，汪汪吼，吳可莊不敢回頭，軟沙灘，踩一步、陷一步，吳可莊拚命快跑，跳入樹林。吳可莊看見隙縫就鑽，遇見洞穴就躲。他跑得肚腸飢飢，見紅紅的果實掛在樹頭，急忙摘了，邊跑邊吞。野獸沒追來。料是沙灘屍體多，不缺他。吳可莊跑一天，尋樹洞躲，口乾舌燥，洞外長一種草，像母親沿田埂栽種的韭菜，開青色花，洞外沒動靜，他伸手摘幾片葉，置口嚼。一眨

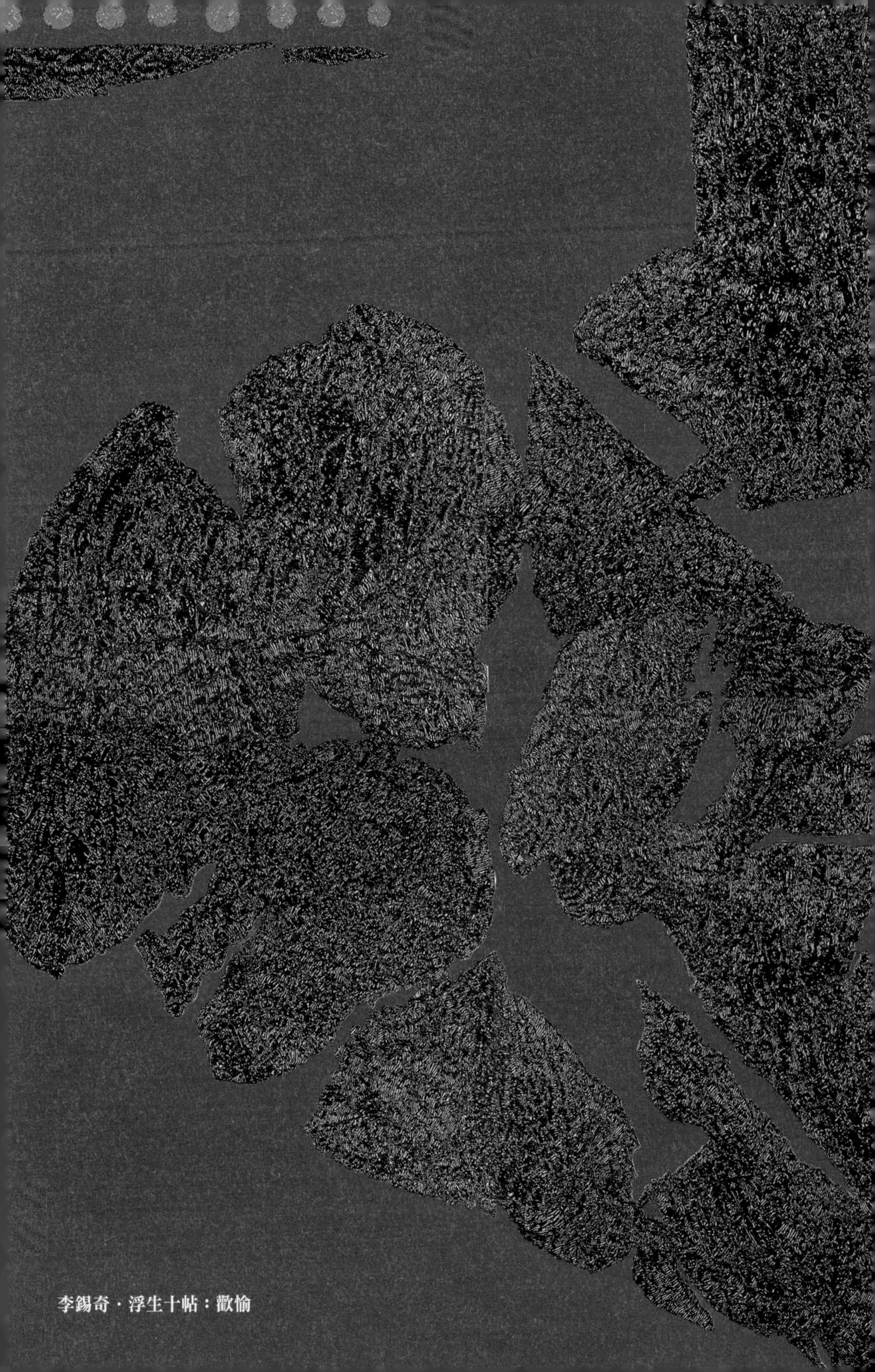

李錫奇・浮生十帖：歡愉

眼工夫便不餓不渴。

吳可莊一陣忙亂後，這才感到恐懼。海盜砲彈連發，船隻就要沉了，他聽從船長命令，趕搭救生艇，艇未及放下，砲彈再落，打得船隻著火、打得大海掀高浪，他失重一跌，撞暈了。怎麼辦？困在這兒怎麼找大哥？這兒又是哪裡？吳可莊想，他肯定跟水手滑拳賭酒，多喝了，醒來後，肯定會在船艙的吊床上。吳可莊安撫自己，正待熟睡，洞外忽傳嬰兒啼哭聲。吳可莊想，原來他哪兒都沒去，還在昔果山，幼弟餓著或尿著，哭得厲害。吳可莊摸索起床，沒有床，卻在一個樹洞。嬰兒哭得慘，渾似沒爹沒娘，棄在荒山大野。吳可莊不敢粗心，徐徐拱身，藉樹壁掩護，露出眼尖瞄。逢月滿，洞外不知名的樹葉盛著月光，洞外不如想像中黑漆，反而明亮能見。吳可莊望去，不見嬰兒。猜是嬰兒小，藏置樹叢，看不到。吳可莊想走出洞，看看是哪戶人家的孩子？猶豫時，嬰哭聲又起，他忍不住想往外頭走，看見一個似魚不魚的怪異獸類，爬出樹叢內的小澗，立起身子，樣子像雕鳥，長兩隻角。嘴又尖又長，一開口，如嬰兒哭啼。異獸啼了一會兒後，兩隻同類、體型更大的獸，從他下午經過的野路竄入，叼著幾截斷臂。小異獸非常高興，雀躍亂跳，哭得更淒厲，吃得更興奮。

吳可莊之前聽村人說，十個「落番」九個難，原來，南洋多妖異，進森林伐木或取橡膠，遇此怪獸，肯定沒命。吳可莊惴惴地想，希望大哥別遇上這群野獸。他看仔細後，不敢再動。氣息定，目力焯，發覺樹洞外，異獸不止一種。不遠前樹上，棲息一隻鳥。鳥不特別，但長一條人的手。還有一個「人」。他看見時，非常欣喜，幾忘情高喊，待見他長四個大耳，下巴環列豬的鬣毛，才知是獸非人。

幾隻狐狸，尾巴好幾條。吳可莊移回洞，不敢動，怕聲息重或壓折地上樹枝，命將不保。他以為疲憊整天，精神不濟，意外的不餓不渴不累。他料到是誤食某種果實，細回想，正是長在洞口、形狀像韭菜的植物。天明前，異獸有飛走、跑走、潛入水中而走，依稀懼怕陽光，想想也不對，昨天虎頭牛尾野獸，不就在大白天捕食船長等人？搭船航行的時間雖不長，船長跟水手豪邁重義，吳可莊衷心祈禱還有其他人平安脫困。

他想，往高處走，當能辨識人煙，找人幫忙，再尋一艘船到南洋。這時，一匹馬悄悄走近樹洞，嚼食「韭菜」。是馬非馬，腦袋是白色的，身上的斑紋像老虎，長紅色尾巴，身體照著陽光，虎紋映，威風凜凜。馬不知洞內有人，專心吃。吳可莊一口氣生生憋住。忽見「白馬」仰頭，像警覺到了什麼。吳可莊以為行蹤洩漏，正想拔腿跑，沒料到「白馬」輕吟，不像馬鳴卻像人語，快速奔竄。難道有怕人的野獸？尋思時，一陣又急又亂的腳步聲跑過洞口，一群狼、虎、羊跑了過去。吳可莊嚇呆，隔了一會兒才發覺狼、虎、羊底下，露出兩條腿。人，竟是人？有救了，吳可莊起身走，雙腿久未伸展，乏力跌跤，披著獸皮的人群跑遠了。吳可莊靈機一動，和衣滾泥地，偽裝成一塊泥、一截斷木。知道再不快走，會趕不上剛跑過去的那夥人。吳可莊又無法走得快，等瞧盡樹、草或花，才敢移動。

一連幾天，吳可莊緩慢前進，幸運的是樹洞多，湊巧的是洞前多長有「韭菜」。一天摘食時，身後聲音來，快而碎，急而破，吳可莊大駭，已經這麼小心了，還是被野獸盯上？聲音來了、蹄聲近了，吳可莊最後想，他不過帶一個訊息，一個懸念，沒想到竟這麼重，沒找到大哥、沒能再見到雙親跟家人，命就這樣沒了。最後，吳可莊想到幾天前的船長，身體雖被撕裂，表情卻安祥如沉睡？死亡給了什麼樣的神秘回饋，說服人在最後，放棄他的掙扎與猙獰？最後，吳可莊呆呆笑，也許他想多了，船長不見得安祥、未必寧靜，只是無力再對人間作任何表情了。無論是哪一種，他很快就會知道，但是，又真的能夠知道嗎？

蹄聲逼，吳可莊等著領死。蹄聲到了極近處，不見了，一陣風颾過吳可莊腦袋上空，仰頭看，一隻大獸凌空躍過，正是幾天前見過的虎紋白馬，快速一躍，跑進深林。吳可莊吃一驚，背後傳來更多急亂聲響，吳可莊不敢回頭，快速奔。野林有隙無路，吳可莊朝白馬奔處而走，越跑越快，從來不知道自己能跑這麼快。

白馬隱約在望。牠身上的虎紋遇光閃爍，詭異美麗。也許因為白馬沒吃了他、也許閃耀的光給他溫暖，吳可莊隨白馬而跑。白馬警覺後頭追兵緊，長吟快奔，後頭這人跑得極快，緊咬而跑，再一會兒與牠並駕，接著跑過牠。白馬訝異他怎能跑這麼快？沒丟矛擲槍射殺牠？而且沒槍、沒矛，他身上什麼都沒有，只是一身濕泥與乾泥，他穿織造的衣服，而非獸皮？他怎突然停下來？他要做什麼？

吳可莊一下子便衝到白馬前頭，自己吃一驚。跑在後面時，白馬領路，只要專心跟著跑；跑在前面時，沒了指引，但見野藤漫天爬，老樹擋路，四望徬徨。白馬疾馳來，將要撞上時，仰天嘯、立地蹬，凌空輕踢老樹幹，翻個身，落在吳可莊面前。吳可莊只在古龍的武俠片，看見狄龍、姜大衛扮演俠客，

飛簷走壁，目睹白馬功夫如俠，忘情高喊。喊罷才知不妙，步步退。後頭是樹幹，兩側藤蔓穿不過，驚慌時，白馬開口說話了，問吳可莊不是來捕獵的？怎能跑這麼快？

吳可莊愣半晌，回問白馬能說話，才奇怪。宰殺你？沒的事，他自己才等著被殺呢？人或獸帶殺氣，若眼能藏得住，心也匿不了，一人一馬打量，知彼此並無敵意。兩造彼此刺探，花了些時間，後頭追兵又起，獸在前、人在後，一起跑了。白馬納悶問吳可莊，跟追捕牠的人不是同夥的？吳可莊聽到後面來的是人，先感到心安，想到一匹好馬能被什麼樣的人追呢？肯定是壞蛋。不多想，跟著白馬跑。

白馬告訴吳可莊，牠不叫白馬而是「蜀鹿」，他吃食多日的植物叫作「祝餘」。如嬰啼的怪獸長牛尾巴的是「㔩」，有人手的是「䳋」。吳可莊問，吃這種草可以跑快，後幫那些人怎不吃？若吃了，像他這樣快跑，抓蜀鹿就容易了。吳可莊自覺失言，想像蜀鹿被捕下場，不禁黯然。蜀鹿知道他的憂慮，長嘆說，等炎帝嚐過祝餘，知道此草無害還能夠讓人民善跑，蜀鹿一族命就不保了。

吳可莊訝異問，炎帝是誰，為何得等祂嚐過呢？蜀鹿說，炎帝生性仁慈，憂人口漸多，打獵不足維生，教民耕種；見黎民為疾病所苦，嚐百草，以溫、涼、寒、熱，分聚藥品，民眾鼓腹而歌盛讚炎帝，尊為「神農」。炎帝待黎民慈，對萬獸、萬物未必是好，蜀鹿苦笑，牠被視為祥獸，殺了牠佩戴，有利子孫繁衍，是以黎民一見牠們就急於獵殺。

吳可莊聽得冒火，怒說要找炎帝理論。蜀鹿笑說，炎帝貴為南方天庭大帝，哪能說見就見。而且，蜀鹿作為一隻祥獸，沒跟炎帝說上話，就被亂刀剮了。吳可莊建議，他擇日殺一隻狼，裹狼皮混進人群，打探炎帝行止，見蜀鹿欲言又止，以為殺狼難，改口說裹羊皮也行。蜀鹿不得不聽吳可莊建議，旬前，牠參加蜀鹿大會，族群被人類設陷阱捕殺，逐漸凋零，再不久恐將絕種。作為人類繁衍子孫的祥獸，自個兒卻無法善終，蜀鹿苦笑，轉口跟吳可莊說，要狼皮有何難？讓他爬上樹等，自個兒跑進人類村落，叨了一張掛在衣架上，正吹風驅散腥味的狼皮。

一人一獸結伴行，入村時，蜀鹿棲息野林，吳可莊往村頭去，有事知會，以「登登登」為訊。吳可莊披狼衣入村時，村頭正忙。他問村人知道新加坡、印尼或金門，哪裡有港口、有船？沒有人聽懂他的意思。吳可莊發覺自己語音能與村民通，喜出望外，又問不知道新加坡跟金門，總知道台灣吧？他連問十多人，無人知曉，有的反問他，北方黃帝將揮軍南下，炎帝召集軍隊備戰，見他年少，不如從軍報國。吳可莊問，炎帝在哪兒，那人說往北走，過五十個村落就能見著。吳可莊往村外走，到森林邊緣，登登登叫，不久林內回應，吳可莊告知炎帝行蹤。

炎帝的誕生並不尋常。母親任姒於姜水擊水嬉戲，水濡濕她的衣襟，水珠懸在她的烏黑頭髮，日光閃動，水珠如串珠，映得任姒如花綻放。靜止的湖面忽起漩渦，水漸沉，一道光紅閃閃，從湖底升起。赤髯神龍竄出，兩眼出紅光，與任姒目光交接。她揉揉眼，依稀以眼吞服莫名的神秘，一個月後，炎帝誕生。吳可莊往北走，沿途黎民都尊愛炎帝，對炎帝出生如數家珍，吳可莊聽，越覺得村民所說

的炎帝，十足是歷史課本敘說的「炎帝」，自己掄拳敲腦袋，這怎麼可能，暗罵自己迂。

吳可莊與蜀鹿連過五十個村頭，快到炎帝都址前，吳可莊不與村民住，尋一個樹洞與蜀鹿歇息。知道怪獸多，來回張望。蜀鹿說不需怕，入夜後，無論是神是鬼是妖，都不敢靠近牠。吳可莊納悶，看見蜀鹿平常無奇的白頭頂，輝映白光，無比聖潔。紅尾巴灼然發光，如熱鞭著火，聲勢嚇人。蜀鹿說，白光能降來襲者戾氣，尾巴是牠的武器，它掃掠過的樹木跟野獸，都得變成灰。吳可莊恍然大悟，難怪村民只敢在白天追趕。

人、獸相處多時，盡談金門、昔果山、大陸與台灣。吳可莊與神秘蜀鹿相處久了，加上沒一個村民知道中國與南洋，甚感奇怪。蜀鹿說，大家不知道未必就不存在，譬如吳可莊、蜀鹿，一獸一人結伴同行，說給任何人聽，也沒有人相信。

提到炎帝就在左近，都感到興奮，至於能用什麼方法晉見，卻還沒想到。吳可莊提到炎帝正募兵以待黃帝大軍，他可用白漆，塗白牠身上的虎紋跟紅尾巴，人獸從軍，總有機會見到炎帝的。人獸呵呵笑。

蜀鹿忽然表情肅穆，吳可莊噤語。蜀鹿閉眼聽仔細。微風秋夜，枯葉偶落，更遠處彘群嬰哭，聲聲催淚。吳可莊想，憑這悽慘哭法，將誘使多少生民，生惻隱，命喪黃泉。他也聽見風聲哭聲中，一陣陣窸窣。那非衣物摩娑，不是獸踩枯枝，非人語、非獸鳴，而知道壽命有其盡，發出無奈又認命的嘆息。吳可莊不知道自己為何能這麼想，倒想起父母為籌措他的旅資與船票，賣掉牛隻時，他取桶裝水給牛。牛預感命運，仍低著碩大的頭，一口一口徐徐喝。牛所喝的水，最後變成牠的淚。兩隻眼，銅鈴大，不晶透，但深黑，在牠被賣走的前一晚格外深、格外黑。牛，不完全沒有野性的黃牛，安馴踏上為牠架上的、通抵貨車的木板。木板晃得兇，牛不慌不跌，安穩就定位，靜待貨車開動。不毋嘛毋嘛哞哞叫，不說再見。吳可莊噙淚水，轉看蜀鹿，蜀鹿說，同類被抓了。

人獸暗中走，林深處一處空地，一人盤腿坐，旁邊綁一隻小蜀鹿。空地邊緣有個壕溝，遺留明顯的拖曳痕跡。料是小蜀鹿中陷阱，深陷溝壑，遭人綑綁，拖了上來。蜀鹿跟吳可莊悄聲說，若牠沒料錯，那人即是炎帝。祂拿刀靠近小蜀鹿，與黃帝大戰在即，黎民生計難料，想取蜀鹿為黎民佩戴。炎帝喃喃悲禱，持刀移近小蜀鹿頸項，又猶豫移出，如此多回，下不了手。小蜀鹿匍匐，眼閉悲鳴，靜待生命了結，幻化牠的形體，繁衍人類後裔。吳可莊見炎帝只是個柔弱老人，忍俊不住衝出，大喊放下刀，別殺。

月夜下，人聲忽起，炎帝吃一驚，衝到炎帝面前的吳可莊驚駭更深。老人遠看是人，近看變成一條牛。細看，似牛非牛，牛首人身，怪異至極，比起那些鵰啊、龕啊，猶有過之。炎帝整整精神，恢復人狀，知來人心懷悲憫，想救小蜀鹿，喃喃說，祂本想生民需要蜀鹿壯大後裔，但是以命易命，躊躇難決，他既然說別殺，那就不殺了，說罷，割斷繩索。小蜀鹿骨溜而立，並不急於奔竄逃逸，向蜀鹿頷首，再朝炎帝與吳可莊跪拜，白首光芒起，虎紋身上燃，再跑進樹林。

炎帝放走小蜀鹿，吳可莊欣喜，見長者慈祥和藹，問道你真的是炎帝、你究竟是人是牛？蜀鹿輕叱，要吳可莊別胡說，炎帝哈哈笑，反問他，是人是牛或者是神，有何差別？吳可莊語塞，想了一會兒說，神可以管人，人可以賣牛殺牛。想起家鄉黃牛，內心一哀不再多說。吳可莊改口說，讓他跟蜀鹿幫炎帝打敗黃帝，這一來，就不需要誅殺蜀鹿了。炎帝噗哧而笑，感念他的勇氣，改笑為嘆。

炎帝說荒野危險，帶他們入宮歇息，剛剛的事就不要與別人說了。炎帝脫下織錦外套，覆蓋蜀鹿身體，形同炎帝座騎，沒有人敢冒犯。入宮後，吳可莊不再嚼食祀餘，吃了幾頓溫熱飯菜，蜀鹿棲息屋內，難得安靜。人獸共室，起則食、累則睡，幾日後精神養足，正值炎帝大軍出發。吳可莊吃飽飯，多次於宮中閒逛，曾看見獅身人臉怪獸，或者形像蜥蜴卻長兩張人臉，回頭說給蜀鹿，若在他的世界，這些異獸不是進動物園供人參觀，就是被送進研究室，讓科學家解剖研究。吳可莊多日未憶及他的二十世紀，如今思之，恍如前世今生。一個高達九米的巨人吸引他的注意，他持斧拿盾，本想跟炎帝出征，但被授予駐守大責，留守宮廷。

吳可莊與蜀鹿未隨大軍遠行，掛念炎帝，一日謊報巨人，指著蜀鹿焦慮地說，炎帝漏帶備用座騎，得趕快送到前線。巨人不僅放行，還督促他們快走。人獸遲了幾天，但趕上了雙方在阪泉的戰事。黃帝天生四張面孔，能同時注意東南西北四個方位動靜，無論天上人間，都逃不過祂的眼睛。除了四張臉，黃帝另有一種變相，形如充滿空氣的牛皮囊，色金黃，赤光閃爍，化為六腿四翼，渾渾沌沌，找不到眼睛和臉龐。該精明時，四面八目，明察秋毫；該糊塗時，渾無面目，大智若愚。兩軍交戰前，黃帝朝南的眼睛睜得特別大，洞察炎帝人馬虛實。黃帝率十萬神兵、十萬人眾、十萬鬼卒，以及鷹、鶥、鷲等兇猛飛禽，以豹、熊、虎等作陸地前驅，奔赴阪泉之野，與炎帝展開決戰。

蜀鹿與吳可莊就一處山巔觀戰。戰場上，藍天高、白雲靜，猛禽分兩邊，滑行主將營帳上。一條龍長兩隻角，一對金色翅膀，蜀鹿說那是應龍，管天下水，是黃帝麾下大將。兩邊大帳前，人、鬼、獸分列，吳可莊瞧仔細，怎這世界，怪獸如此多？黃帝立戰車前，長四張臉，容貌驚悚。歷史課本上畫的黃帝，戴王冠、留長鬚，慈眉善目，與眼前黃帝天差地別，若不是課本亂造，就是人們難以承受祖先是大獸或大牛，所以刪減黃帝的三張臉、六隻眼，約分了炎帝的牛頭？吳可莊盤算，他若活著離開，順利返鄉，定要跟大哥說、跟父母說。

黃帝高舉右手，右邊軍推進，一群非人非鬼，獠牙散髮，手持狼牙棒大聲喊衝，炎帝這邊雖也有獠牙人，但置於中路，趕緊跑到右側支援。炎帝右翼的民兵持矛射箭，射倒第一排黃帝的獠牙人後，陣勢也被衝垮，與來援的獠牙人亂做一團。一陣砍殺，炎帝的士兵穩住陣腳，民兵折損大半。黃帝後路，佈置善射的民兵，不待炎帝陣穩，百人一列，揚弓往左軍、中軍與右軍長射。炎帝獠牙兵支援右軍後，中路由深山大澤的魑魅魍魎補上，長利爪尖耳，善肉搏戰。看見黃帝民兵箭叢來襲，兵力一分為二，前者挺進、後者移後，以避開利箭。箭如雨，一陣接一陣，炎帝的魑魅魍魎退不了、進不得，成為孤軍。黃帝抬頭看空中，揚左手，鷹鶥、鷲等兇猛飛禽，俯衝襲殺，炎帝軍的猛禽想救援，但被一整排箭雨擋住，數千魑魅魍魎，有被啄瞎、有被咬破腦袋、有被猛禽抓舉飛高凌空摔死，無論鬼、人或獸，炎帝視如子民，看見部屬死傷，內心哀慟，囑咐猛禽繞過箭陣，飛到黃帝陣後襲擊。炎帝猛禽得令，正要振翅而飛時，黃帝的大將應龍，忽然滑翔，兩隻金閃閃的角放射雷電，龍吟幾聲，急雨來，大霧飄，沖散炎帝的地上軍隊，空中的猛禽被大霧困住，黃帝民兵朝霧裡射。

魑魅魍魎非人非鬼，鷹、鵰、鷲只是飛禽，吳可莊目睹牠們的傷死，一顆心皺巴巴的。想起他的牛，走下貨車搖晃晃的木板後，可還有花生梗吃、可還有靜甜的水喝？牛賣了，變成鈔票與船票，換來他的船程，也該換回他的大哥，然而牛死，就只是死了，什麼也沒改變，吳可莊仍沒找到他的大哥，依稀一顆牛頭，從大霧翻落，滾許多圈，如船長的斷頭，但是，牛眼瞪、牛嘴開，質疑他、指責他。瞪著吳可莊的牛眼，大而黑，依稀是霧，其實是淚，嘩啦啦地流。淚成窪，牛頭搖晃在自己的淚水中；淚成河，牛頭隨著淚河移動，如一艘船，牠毋嘛毋嘛哞哞叫，說要找大哥去。吳可莊著急嚷，大哥不知道是賣了牛、殺了牛，換回他，大哥若知道，寧願懷抱牛的斷頭，找回牛的身體，把牛接回去，把與牛耕種的故事接回去，把抓取蟄血牛彪的記憶接回去……大哥說，不會再有一模一樣的牛了。

炎帝三戰三敗，大將蚩尤被俘，雙手被鐵鍊綑綁，列於陣前展示。黃帝勝軍兵驕，蚩尤利用軍隊疏於防範，趁隙南逃，唆使炎帝再鼓眾而起，北向稱帝。炎帝不為蒼生殺蜀鹿，又怎能驅使蒼生逐帝位，跟蚩尤說，祂教民耕種，嚐草試藥，為的是讓生民擺脫飢餓跟疾病，又怎忍把蒼生往死裡送？炎帝退至極南之地、偏僻之鄉。

往昔秋後，黎民吹彈〈扶犁曲〉、〈豐年詞〉慶祝豐收，戰敗之秋，五穀沾血，許多田埂上，草比作物肥，炎帝命官員調動殘存農丁，彼此支援，收割穀物。穀物填不滿倉庫，卻夠吃，牲畜都小，炎帝囑咐秋祭時，莫殺牲畜，以利繁衍。

落日一輪，血紅，奔赴西邊，炎帝穿戴整齊，出宮廷外，與民篝火共聚。不烤牛羊，改以魚祭。篝火一叢叢，雖山勢崎嶇，仍連亙數里。炎帝走訪各村，與民舉火、喝酒。喝酒的人少，顯得酒多，吳可莊不知自己酒量深淺，舉杯敬炎帝。炎帝連連飲乾。

月悄悄昇，水澤煙霧起，月色朦朧處，殘存最後一絲霞光，不久完全散佚，太陽不再高照，或月或星，或者人間一團篝火，照看人間。炎帝與民圍著篝火坐，臣子與黎民隨意說話，柴火燒，霹靂啪啦響，比人語還多。炎帝幻化人形，影子閃動處，照出兩隻角。角，本應高尖而彎曲，卻似鈍了。吳可莊起身拿木柴，放入篝火中，若把火加高、加滿，加到像天一樣高時，火，必定燃燒得更熾熱，必定可以更強的光，把眾人照得更亮。

炎帝知道他的心思，默默笑說，人間火，總有盡滅時，有一時的亮度至少能有一時的溫暖。炎帝聽著火。每一截木頭，都說著它們的熱度，不僅霹靂啪啦，還有火跟火、風跟風。火，原來有舌，出語時低時高，有溫柔咻咻，有爆裂剝剝，述說它們的抽芽與茁壯，說四季和春雷，說葉落與鳥的築巢。火，說著它們成為武器，或者成為釘耙。炎帝眼睜開，墨黑的大眼，再看見了那幾場惡戰。炎帝渾噩哀傷，聽到吳可莊大喊，蜀鹿，你要做什麼？

炎帝看著篝火時，白馬一匹跑了過來，牠的頭散發白色光芒，身上的虎紋折射月光，白光灼灼，唯有尾巴，閃閃耀紅。眾人沒在夜裡見過蜀鹿，都吃一驚，以為黃帝差來刺客。聽吳可莊大喊，才知是蜀鹿。雖知道殺了牠佩戴，有助後裔，蜀鹿散發的白光卻消解眾人暴戾，靜怔怔地看著牠跑過來，沒有人擲槍、沒有人投矛。

蜀鹿聽聞吳可莊喊牠，微微頓了頓，再次快跑，以為牠跑向炎帝，實則奔向堆得小山高的篝火。沒有人能攔阻一片光，連炎帝也不能。蜀鹿飛躍過大火，尾巴遇火，燒起來，如一串流星，卻是太近的流星，照得人們驚呼摀眼。火退後，蜀鹿落地，牠的尾巴已燒得乾淨，頭頂白光漸漸散去，眾人一驚，愣愣看著地上死掉的蜀鹿。吳可莊哭著跑過去，抱著蜀鹿頭。

炎帝坐著。祂閉上眼睛，聽著炎炎篝火上，祥獸飛掠而過。祂拖曳著火，將自己燒成一顆太陽。當時，蜀鹿的尾巴燃燒，嘩啦啦，滿載聲音，像雷聲開春、雨奔深林、水漫大地……然後，一切都靜了、暗了。

炎帝強忍淚水，抽出祂的刀。

孿生神

淡水老街，櫥窗內，一尊風獅爺。

三十年來，吳建軍變胖了、搬家了，也換了女友，仍扔不掉這短短幾秒的畫面。

女友興奮說，還沒去過金門，卻在淡水看見金門的神。協力車暫停路邊，女友拉扯吳建軍，指櫥窗。吳建軍順著指尖瞧，一頭高大的獅子威凜凜盯住他。定睛瞧，神竟小了，風獅爺高三尺，座兩尺，歲月蝕、雕工朽，但辨得雙爪平舉到胸、耳大、雙眼怒睜，張開的嘴被塞進不相稱的大顆彩虹彈珠。吳建軍往下看，立座上貼了個標籤：「八萬」。

一尊神，立淡水、關櫥窗，標價待售。

觀音山匍伏如桃，層峰疊，依海佇。軌兩旁，一邊山、一邊海，火車在山海交界、乘客在山海之外，一個前行復前行，另一個想著現在、過去，以及還沒來到的未來。前者難以表情，後者表情太多，若是一盤棋，火車跟乘客湊不到一塊兒，始終無法對奕。

他遊憩後，回女友租屋處。她攤開左右手，眼瞠目瞪，張大嘴，模仿風獅爺。吳建軍愣住，胸膛一個東西掉下來，跟女友說，風獅爺大部分是公的，很少母的。

一個景擱了快三十年，還是同樣的景。一樣清楚，甚至更清晰。

吳建軍偕女友搭火車到淡水，在車站旁租借協力車，過熱鬧街衢、上淡江大學陡坡、拐幾條窄巷，匆匆溜的，接一段連續下坡進老街。熱鬧的街，外界戲稱「同居巷」；淡大船帆建築如欲飛的風箏；老街賣鐵蛋跟阿給。吳建軍沒忘記老街當時的樣貌，沒忘了她站在三岔口的古董店門前，忽然指著櫥窗。

昔果山，舊稱椒果山，位金門南邊小村，唐朝末年「安史之亂」後，朝廷為能快速徵調戰馬平亂，於全國各地廣覓牧馬場，陳淵率眾渡海，於昔果山一帶牧馬。這是史載金門最早的開發史，居民遙念陳淵開墾之功，敬稱「恩主公」。吳建軍成長的六〇年代，早不見牧馬遺跡，村落臨海，在吳建軍出生那年，擴建機場。村民為鎮煞，特建風獅爺，立法主天宮前。風獅爺身形圓碩，髮如丘，爪如貓，陽具高挺，如時針、分針、秒針，一齊指向十二點。幾十年來，吳建軍想起村裡風獅爺，除看見祂的外貌，還聽見一個「呀」字，從祂的嘴裡喊出來。

風獅爺「呀呀」喊著時，十來公尺外的狹隘三合院，吳建軍呱呱落地。

呀呀呀、哇哇哇，風獅爺與吳建軍、神與人，約莫同時誕生。

風獅爺還呀呀喊著時，吳建軍則過了哇哇哇的年紀。他爬上風獅爺底座，望向山坡。一大片相思樹結著黃色花蕊。風靜如畫，風來如海。挪提視線，越過黃色花海，就是真正的海。浪喧嘩，漁船近，隨浪起落，軍艦遠，如一張紙片插海平線。吳建軍勾著風獅爺脖子，左手放進祂口中，轉著風獅爺嘴裡的定風珠玩。

無論女友如何擺弄姿態，她也不會是一尊風獅爺。吳建軍也不是。

隔年二月，吳建軍到女友擔任店長的三商巧福，跟她說一個月前，到區公所抽兵役籤，抽中陸二特。女友沒回應，反倒問，幾乎半年沒聯繫，他去哪兒了？指揮工讀生端盤、煮麵的威風店長，窩在吳建軍胸前，像溫馴的貓。吳建軍開不了口。女友沒讓他多說，早退，跨上吳建軍的野狼一二五機車，滷味到南門市場買，啤酒進雜貨店提，然後回愛國西路租屋處。

梧桐餘殘葉，抗衡冷颼冬風，灌木叢簇擁圍牆角落，綠意堅定。一旁池塘，金魚幾條戲游，吳建軍只來過幾回，每次走進幽深庭院，都懷疑這是愛國西路。吳建軍就讀高三時，決定提前入伍，老師調查同學意願，舉手三、四十人，報到登記時，只他一人。吳建軍不怕當兵，至少就有空軍、海軍、蛙人兩棲部隊、坦克大隊等，環繞他居住的昔果山。他們著深綠與海青、迷彩與淡藍，如一隊螞蟻、如一種信仰，深深地，在昔果山植入一座隱形的蔣介石塑像。有時候大地震動，吳建軍跟弟弟兩人，學追蹤術厲害的印地安人，右耳緊貼泥地，故作驚駭狀，瞧向村落入口，一輛輛坦克轉進村內彎道，直撲撲地開過來。

未來正像這輛坦克。吳建軍與女友，和衣而躺，認真計較他們的未來。女友說，吳建軍退伍時，她再不濟也是個店長，吳建軍可以到她店裡學切小菜、滷牛肉。想像兩人一內一外、一上一下，穿乾淨有型的制服，招呼客人時，不忘眉眼傳情，吳建軍想到此，也不禁笑了。

吳建軍於成功嶺受訓八週，女友寫予他十來封信，說要來看他，終不見人來。青春岔路多，如春雨後，水成流、泥為路，一踏一踏走，都是果敢的鞋印。吳建軍沒料到，連遺忘都要果敢的，明知道女友住那兒、在那兒工作，卻放空它們，像外太空一座池塘蓄滿大水，開鑿瞬間，水柱洩天，向過去湍流。吳建軍想起女友，依稀覺得這件事，比童年更舊。

吳建軍因年少而記住的女友，隨著青春的消解、或無法對峙而去。吳建軍對女友，記得三商巧福、愛國西路，以及她指著櫥窗。

女友指著櫥窗、女友指著櫥窗……這能是青春的錯嗎？不知何時，吳建軍忘了女友的姓名與長相，只記得淡水老街櫥窗內，關著一尊風獅爺。

吳建軍與弟弟最可說的故事，發生在父親、母親相偕到台灣看房屋的時候。時在蔣介石過世後，華視晚間新聞播放軍隊威武操演，前線民眾支援搶灘，戴斗笠，捲高褲管與袖子，一人銜一人，如大隊遊戲，拎送一顆顆砲彈。是炸彈、是彈藥、是乾糧，拎送輕巧，如懷抱一名幼童。自衛隊向鏡頭笑，吳建軍沒看見父親身影，隱約失望。砲彈不因蔣介石的死而落得更多，照樣單打雙休。砲彈沒來得多，但來了強烈颱風。常晴的天，驀然陰了。像一百名少女穿黑裙，一起站在木麻黃樹上，風起雨過，她們裙子忽拉東、忽扯西。少女的臉都陰霾。鬼一般，嘶嘶叫，又像女巫的一頭蛇髮。

天陰了一整天，直到有人點亮蠟燭，才知道是夜了。村指導員還沒有為漁船的下落帶來消息。燭光站在神案兩旁，門輕開，風急灌，燭光乍閃，像一條蛇，在原野移滑。吳建軍不知道父親深夜何時返家。隔天一早，比他晚睡的父親、母親已早早起床，大哥跟姊姊扛好扁擔，出發，彷彿郊遊，往尚義機場方向去，撿拾颱風過後吹殘的樹枝。

樹有倒的，有歪的，有從枝椏整個拆除的，沉睡與不安的夜，樹打著它自己的仗。風災後不久，父親、母親連袂赴台灣看屋。吳建軍後來知道，颱風強襲時，村人撒網大海，拖曳沉重的漁網。收音機訊息斷續，浪不起，風忽止，漁民察覺風訊，斷網回港。有些漁民沒有收到颱風消息，緊追魚流，好幾個人忘了回來，後來也就沒有回來了。

父問祖，昔果山還能怎麼住？母親告訴吳建軍，祖父回答這問題時，一對灰溜溜的眼睛，緊看著吳建軍。如真似幻哪，祖父說，我的後裔，我怎能任你們被砲火煎、被海水淹？看天過活已不容易，且還要看人、看火？吳建軍祖父自是說不出這樣的話，而咬文嚼字，只是多掙了一些回憶，彷彿又牽著祖父的手，走在昔果山的泥路。

去吧，我的後裔，離去後，勿忘我。「勿忘我」也是吳建軍自個兒加的，忘不了前塵的是吳建軍，而非祖父哪。

父親、母親乘軍艦到高雄，轉火車，搭公車，到三重看屋。化妝台兩只抽屜，長年深鎖，弟弟好奇撬開拿走十幾塊錢，買保力達，邀玩伴，走進後山相思林。吳建軍罵弟弟笨，若買黑松汽水，就不致於醉倒相思林，不會被賣油條的老劉發現。

老劉抬回弟弟時，吳建軍剛好返家，老劉操外省口音，嚕嚕地說糟了、糟了，不多說，衝出去，抱回第二個、第三個，氣喘噓噓。吳建軍、伯母、堂哥、鄰居圍著三個孩子瞧，弟弟玩伴的母親聽說兩個孩子，躺得直挺挺，以為誤敲砲彈炸死，哭著搶進門，三個孩子臉色潮紅，像蕃茄睡熟。堂哥說孩子都昏死，可能是食物中毒，得請營區的軍醫？伯母說，要問神哪，看到底是怎麼一回事，囑咐媳

婦點三炷香；不知何時老劉又跑了趟相思林，在三人昏竭處，找到好幾支保力達。

堂哥喃喃地說，不會是喝醉吧？

伯母手中拿著香，正要到廟裡問神，靠近三個孩童，仔細聞了一會兒，苦笑、大笑，真是喝醉了。三炷問訊的香，改作答謝的香，嚷著說，等弟弟、弟媳回來，得說老劉救了他們，要讓弟弟拜老劉作乾爹。

弟弟沒拜老劉作乾爹，卻拜了風獅爺。老劉說，他在大陸老家有妻有兒，不缺一個偷錢買保力達的孩子當兒子；又說，要拜就拜風獅爺。他那天帶剛炸好的油條，操近路到廟前，正是為了祭拜風獅爺。

弟弟又偷又醉，但沒被處罰。父母親在三重物色妥一間公寓，二十來坪，四十多萬，該籌的錢、該借的錢，一一有了著落。

一九七九年八月，吳建軍與父親、母親收成最後一次地瓜、高粱、玉米，整妥行李，乘萬安號軍艦到高雄，住進三重市仁愛街小公寓。種一個人，猶如栽一株地瓜，有了土跟水，人際關係如地瓜藤，快速攀生滋長。吳建軍坐在陽台發呆，鐵窗隔開了他跟天空，但同時，吳建軍的籐，也沿著鐵窗爬。

十年後吳建軍退伍，第一次返鄉，乘民航客機，不多時，島嶼在望。吳建軍右臉緊貼艙窗。像一隻蟬，在黃昏將盡的相思林，作這一天，最後一次的長鳴。

吳建軍從「破百」後，便卸下班長職務，開始「數饅頭」，定期休假。若運氣好，週五晚走人，週日晚上九點收假，外宿兩天，享受資深班長的尊榮。吳建軍服役期間最可說的故事，卻發生在這段期間。一九八八年一月十三日，蔣經國過世，營隊召集重要幹部於各連、各營中山室，收看政壇更替新聞。宋楚瑜支持李登輝副總統繼承大位，國民黨交火內鬥則在政局明朗後，逐漸傳出。

營長宣布官兵停止休假，舉國備戰。週五晚上，營部接到命令，為穩軍心，士官兵照常放假。吳建軍與眾士官兵聞訊，額首稱慶。吳建軍在某次休假，於西門町認識政大新聞系新鮮人，賴書信往返與每週見面，維繫情感。放假時，吳建軍走出龍潭陸軍總部，在營區外，出租置物櫃的民宅更換便衣，到中壢搭客運回台北。

為給女友驚喜，他未洩漏休假一事，隔著安全距離，守候女友宅門。天昏黑，冬寒，偉人的駕崩正在幾公里外的總統府，醞釀接續的亂世，二十二歲的吳建軍，連自己的自由都無法做主，還能問天、問政？他只問女友何時返家、又何以晚歸。當女友趿拖鞋走進公寓，吳建軍的心就安了，他尾隨而上，樓梯間腳步聲，一走一隨。一個被看，一個盯著人。一個警覺到危險，一個帶著驚喜靠近。女友轉身，顫抖且驚喜，結巴地說，蔣經國都死了，你怎能在這裡？

吳建軍發覺事情說岔，頓了下，咳會兒了，重新又說，我服役期間最可說的，是蔣經國總統過世第二週以後，全國軍官兵禁止休假。二月中，晚點名後，士官兵就寢。近十二點，吳建軍即將下崗哨，三連寢室燈光乍亮，排長口哨直吹，全連集合。三連與營部只隔著一道牆，吳建軍憑聲音，即可料見

士兵張慌下床，排長大罵，臭士兵、爛士兵，才一個月沒假放，就自己搞自己。排長兩人一房，與士官兵通鋪隔著三夾板。樓高三米五、夾板高二米八，上層空氣聯通。十點就寢，燈熄滅，夜闃靜。靜靜的夜裡，士兵們依序爬出圍牆，速度忽就快了起來。沒有誰先誰後的問題，天空這麼大，不需要感到擁擠。而且，飛翔的場域只需寬三尺、高六尺，一張軍床？或者更小，只消幾公分？

一場招魂哪。掘腦丘深處，與空中一副容貌、或一個器官連結；肉體呼應了，幾尺寬或幾公分長的飛翔。

吳建軍悄聲走過三連營舍，營舍深處，必有蒼白揉皺，如一朵朵雨過的、也語過的殘花。吳建軍吃吃笑，幾乎說不下去，沒錯，士官兵上床後，有人矇黑自慰。通鋪相連，微震就是地震，通鋪下層晃、上層搖，急震後漸漸平息，忽來餘震陣陣。

北風吹，穿過通鋪微開的窗，吹送百來個人的氣味，送進排長室。青春乳泡般，經過月餘的掩埋與發酵，一波一波，灌進排長室。來自最深處的血，粉白、柔白、乳白，排長房猶如囚間，氣味強大，一度以為是自己的體味滲了出來。

鄭正豪忽說，我不喜歡你這樣說蔣經國，我們敬愛他。吳建軍強調，他也敬愛蔣，他不過說著服役時，最深刻的一件事。吳建軍退伍一年後，順利考進大學，參加詩社活動，歡送某詩友服役，知他退伍不久，才問他當兵時最可說的事。

鄭正豪寫詩，但也是個胖子。脂肪多，不影響寫詩，真正礙眼的，是他挨著顏亦雯坐，時常靠近顏的耳畔，悄悄說話。詩友們圍著顏亦雯，圍著她甫在《中央日報》發表的一首詩〈春讀〉。吳建軍說完故事，退到榻榻米邊緣，圍坐人群外。

鄭正豪也作古董買賣。收古籍、古物，且為每一件收藏鑽研一套學問。古董轉手，獲利百倍。詩社需要才華與財源，詩社需要鄭正豪。

一九八八年三月，吳建軍返鄉。進昔果山，走左側小路、穿相思林，直抵家門。春來，地瓜苗乍醒，風吹，野草莓結新紅，吳建軍雀躍走回家，明芬堂嫂背對著路，在門前洗衣。他輕拍堂嫂肩膀，堂嫂回頭，六尺身影遮掩她的視線，吃一驚、退半步，驚惶中，竟喊出吳建軍名字。堂嫂看著吳建軍長大，以前俯瞰、現則仰望，絲毫不差。

堂嫂，童養媳，一個像母親的姊姊，後來又成了嫂嫂。吳建軍無聲無息返家，成了家裡的大事。戰爭長期閉鎖，出入金門得辦理出入境證，搭軍艦，單趟三十小時，近四十年來，出去難、回來難，兩個島除了距離三百公里，也是兩個世界。堂嫂又高興、又埋怨，怎不先通知？金門甫通話，堂嫂未有餘力安裝，要通知還得寫信。

家，門總開著、總是沒有鎖上，儘管屋內沒人，門還是不關。

伯母多次到台灣，已見過好幾回，暌違十年，重逢故居卻還是第一遭。伯母嗓音大，驚聲歡呼，如雷鳴。伯母馬上宰雞、起灶。雞對剖，取出內臟，掰開。鐵鍋熱後，均勻灑粗鹽。雞，五體投地般，

跪拜鐵鍋，然後拜進吳建軍的五臟廟。

烘雞略乾，沒添香料，香味四溢，到隔天，肉香還沾黏食指上。堂嫂微笑地看著他吃，從柴房搬走一疊舊碗舊盤，擱在門邊，不要了。舊碗是陶製，又厚又重，拿得手痠，堂嫂換上剛從後浦商家買來的，從台灣引進的瓷碗瓷盤；輕，顏色鮮。吳建軍忽然想起放在防空洞的兩桶瓶蓋，持手電筒走進潮濕洞底，瓶蓋已不見了。侄兒吳成忠就讀國中，他說曾看見過，不知被誰拎到防空洞外，一把一把抓著玩，就不見了，連桶子也不知去向。臥房門楣上，擺幾十枚光緒與道光年間錢幣，吳建軍伸手一探，也都沒了，吳成忠說跟瓶蓋一樣，都沒了。吳建軍質疑說，那可是錢呢。沒用的錢哪，不能買東西吃，只能玩。

認識鄭正豪之後，吳建軍才明白，六〇年代汽水與菸酒瓶蓋、光緒與道光錢幣，是多麼值錢，都沒了。鄭正豪常跑金門，說那兒都是寶。他撿走居民擺在門口的粗鐵茶壺、碗盤。居民躲一九五四年九三空戰、逃一九五八年八二三砲戰，以及單打雙不打，紛紛遷往台灣，屋簷破、騎牆倒，鄭正豪欺近，拿鑿子挖走一片片窗花。

鄭正豪最驚險的一次，是蹓進安靜如死城的小村，不管人去樓空、或端正完好，門一律洞開，連狗都沒一隻。他輕聲走進屋宅庭院，見中庭一個舂花生的石臼，立馬決定，搬。石臼是花崗石材，小而沉，沒走到中庭，一名婦人走來，乍見鄭正豪，不尖叫、不驚呼，鄭正豪利用幾秒空隙，佯稱剛從台灣回來，要給奶奶舂花生，特地來借。婦人面有難色，不是不借，是杵沒了，無法舂花生。鄭正豪流一身冷汗，移回石臼，連忙告退。

不過，鄭正豪說，他走沒幾戶，就看見完整的臼跟杵，一起搬了。鄭正豪還是有遺憾，他只來得及在金門開放觀光後前往探寶，他神秘地說，一些有門道的，早在多年前滲透金門，或偷或賤買，取走許多古董。金門不是鄭正豪全部的狩獵目標，他深入原住民部落、深山村落，複製他的偷、買、搶。

吳建軍懷疑，正是鄭正豪這類尋寶商家，取走他的瓶蓋、古錢，而不是被侄兒玩沒了。

鄭正豪胖，不影響他寫詩，脂肪多，但不影響古董生意，他有一套古董經，為古董創造生命，讓古董被人懂、為知音鑑賞。鄭正豪胖，三商女友瘦，吳建軍卻在鄭正豪身上看見三商女友。

淡水老街，櫥窗內，一尊風獅爺。三商女友指著祂、指著祂。

一九九二年，吳建軍寒假早歸，應鄭正豪之邀，赴鹽水看蜂炮。吳建軍從高雄西子灣，騎野狼一二五，與鄭正豪、顏亦雯等文友，約聚台南市，再往鹽水走。鄭正豪騎DT越野車，造型流線拉風，後座椅墊如微笑的鬍子，微上翹，不管是誰搭乘DT，除了環抱車手之外，別無他途。吳建軍有一個高中同學也騎DT，邀了十信或育達女友，常故意煞車，同學說，背貼胸，毫無間隙啊。吳建軍希望顏亦雯別上當，搭誰的都好，就是別上鄭正豪的機車。

三男三女，本該抽鑰匙決定乘載組合，鄭正豪藉地頭之便，逕行分配。鄭正豪當然載顏亦雯，她跨上去，矜持握著機車後緣短小的支架。支架並不是支架，只是坐墊開模時，多出的毛邊。鄭正豪轉

彎剎車，顏亦雯支撐不住，捨支架，雙手撐住鄭正豪後腰。鄉間號誌少，遇紅燈，鄭正豪並不慢慢剎車，而是急剎，車頭猛頓，鄭正豪、顏亦雯兩人瞬間前傾。顏亦雯不知不覺，環繞鄭正豪，宛如情侶。

下車休息，顏亦雯仰頭喝水，鄭正豪沒開背包找水，取了顏亦雯的，哈哈笑說，放心，妳的口水毒不死我。顏亦雯取回瓶裝水，悄悄拿衣角擦拭瓶口，正是吳建軍瞄到這個動作，才能心平氣和地繼續騎車。鄭正豪的古董生意，是一棟蓋得偉高的大樓，開任一盞燈，光線都高高懸掛，胖矮的鄭正豪，爬著自己的古董經，登高雄踞，如巨人。線裝書如何修復、斑蝕的畫怎麼還原、證實石頭是一顆價值不菲的隕石、不燒水的粗鐵茶壺具有怎樣的熱度，吳建軍聯想到他的孿生神，他的風獅爺，於廟前高挺陽具，張嘴抗風。他從未去想風獅爺的陽具何以高挺，沒有例外，一個都沒有。原來陽具，亦可雕繪成大樓；如果城市也崇信風獅爺，陽具就該這般雕塑。

鄭正豪為了台南有鹽水而自豪，蜂炮已在不遠前的街道上耀武揚威。詩友有台北、台中。彼時，台北平溪的天燈只如螢火，台中珍珠奶茶正要起步，問吳建軍，故鄉有何可說的？吳建軍苦笑搖頭沒說話，前線戰地，只消幾枚砲彈，煙火壯盛豈只十年鹽水蜂炮？卻想到乘柴油火車進台北城，汙煙抹黑眉臉，進地下道，行千里，攜進城的鉛筆、橡皮擦、墊板遺落，他跟父母親喊了一聲，回頭獨自撿。皮鞋、高跟鞋，喀啦喀啦掠過耳邊，祖父送他的背包被文具塞得滿滿，祖母送他的新褲子的褲角摺兩大截，他右手護背包、左手扯褲頭，我的後裔啊，我怎能任你們被砲火煎、被海水淹？

吳建軍頭戴安全帽，壓低或不壓低，都沒表情，不自禁推眼鏡、壓帽子，看著三商女友指著祂、指著祂。櫥窗內，一尊風獅爺。只有關在櫥窗內的神，是他的風獅爺。

蜂炮急鳴，如群花亂發，吳建軍不過遲疑了幾秒，鄭正豪注意力轉移，不再問吳建軍的故鄉事，率眾人進入蜂炮集中地。

蜂炮朝人射，而不朝空擲，人群走在竄射的火中，神奔、火奔，人亦奔。他們穿舊外套、舊褲子，萬一炸燬也不可惜。六個人，隨不知坐了什麼神的一頂神轎，低頭，緊隨在後。炮發炮發，炮走炮走，炮鳴炮鳴。沒有方向的炮，追著天邊沒有方向的火。他們有樣學樣，雙手舉高護頭頸，空出完整的身體，給炮、給火。一啄一啄，如群雀著魔，往人身攻擊。不知走多久，不知何時開始，六個人身後，緊隨更多的六個人，神轎歪斜走，群眾低頭跟，常膽小窸窣、偶放膽敞胸。雖看不見，但知道顏亦雯又樂又怕，鄭正豪已來過幾次，唆使大家放空給蜂炮打。第一枚蜂炮襲身，吳建軍像給人輕捶，不痛啊。

不痛啊，這是神跟人瘋狂的洗禮；不用水，用火。

吳建軍跟緊顏亦雯，鄭正豪也是，吳建軍看著顏亦雯時，也盯著鄭正豪，所以，儘管出事者是鄭正豪，只有吳建軍目睹完整過程。一枚蜂炮，沒找著它的光，忽左忽右，忽為蛇，從下而上，探進鄭正豪安全帽與脖子的空隙。鄭正豪癢，右手掏搔脖子。蛇，忽為蜂，又飛又閃，躲過鄭正豪的手，等他感覺到燙，等他警覺到是蜂炮鑽進安全帽，炮來不及撥、帽來不及脫。僅鄭正豪知道，蜂炮貼緊耳朵爆炸的威力。等到他傷妥，剩左耳如雷達，需得對準每一個人的嘴，才能收音。

喪失一隻耳，鄭正豪顯現他的豁達天性，仍參加詩友聚會。一次還住吳建軍家。時在一九九三以後，吳建軍大學畢業，在台北某商會雜誌社上班。鄭正豪依舊架起他的古董高塔，無論舊友、新友，都聽得津津有味。鄭正豪停頓的機會變多了，邊彎腰、轉頭，邊「啊、啊、啊」地，看著顏亦雯、吳建軍或其他人，歉疚地表示沒聽清楚，請再說一次。顏亦雯開口說話了，鄭正豪鄭重地、不願顯露太多痕跡，臉偏右，左耳朝前，低頭細聽。

鄭正豪受傷的消息上了新聞版面。鹽水蜂炮炸傷十多人，但蜂炮最是追緊鄭正豪，他的傷勢最重。此後，吳建軍、顏亦雯等，沒再參加鹽水的元宵炮火狂歡，倒聽說鄭正豪還去了。每一年的鹽水蜂炮新聞已如公式：施放蜂炮規模、參加群眾人數、蜂炮現場實況轉播、參加民眾又驚又喜的心得，以及神跟人的炮火洗禮後，多少人住進醫院。細心的記者還會報導如何兜攏圍巾、衣物，保護全身唯一的罩門。蜂炮找著它們的光的時候，是沒有方向的。蜂炮的發射台如巨大的蜂巢，蜂炮因此得名，吳建軍認為，蜂炮飛行如蜂，才是得名主因。

不是每一個人都能看見懂得飛行的蜂炮。見著了，也沒好處。

吳建軍跟緊顏亦雯，鄭正豪也是，吳建軍看著顏亦雯時，也盯著鄭正豪。蜂炮變成蛇、變成蜂，吳建軍都看見了。蜂炮僅一秒或兩秒，完成它的變身，太快了，他完全跟不上蛇跟蜂的速度。

二十一世紀以後，老街全國更新，淡水老街換了一個樣。望海沿波處，以前是大塊青翠，而今已作大塊樓房。擁擠的淡水，擠掉舊的，帶來新的。專賣古董的老街也擠出變化，吳建軍找不到三商女友，跟停駐協力車，興奮手指的櫥窗。

櫥窗內，一尊風獅爺。一個神。

風獅爺的旁邊站著吳建軍，還隱約可見，鄭正豪側立一旁。

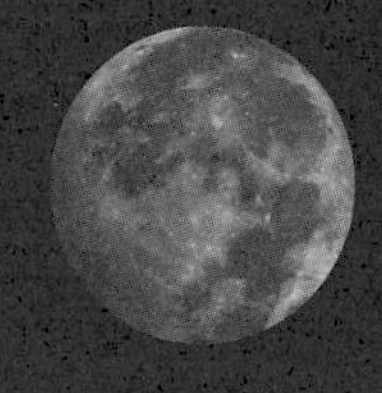

應龍吟

很久以前，當吳可端還是金門小村昔果山的孩童時，村人看見吳可端扛犁牽牛，往廟口或機場附近農地耕種，總會微笑打趣問，何時要娶某？村人認為，當一個男人，能持穩犁，掌妥入土角度，不太深、不太淺，並駕馭比吳可端重了幾十倍的牛，翻土播種，就快要可以成家立業了。

人與牛，默默走這頭、回那頭。男人心中，有想說的話，有祈求的語言。男人不說話。男人在駕犁翻土時多語，大地就無以深藏一個男人，他的耕地會失去時間，藏不住種籽；他的土地將失孕。因此，農夫越是年長，越是寡言，屬於土地的沉默性格，慢慢移渡到生活種種，吃飯時話少，播種時不語，凝視子女，道別離或者話生死，也只能艱苦地擠出幾行淚。村人們覺得吳可端天生適合當農夫，村人還發現，吳可端是不遊戲的，他們遺忘吳可端的童年模樣，彷彿他一生下，已在農地耕種。不擅遊戲的吳可端，唯有在提到何時娶某這件事時，忸怩不安，無語微笑。

吳可端已經離開昔果山很久很久了。至於多久，他也說不上來。他曾聽村中耆老提過，人的一生總會有一段時間，無所事事。有人用來荒唐，吃喝玩耍，不事生產；有人刻苦準備，讀大量的書，卻不知為何而讀；有人用來迷路，學鐵工、扛水泥袋、學做車床，行進下一個彎口，驀然發覺接續的路跟未來的路，全沒合理的連結。耆老又說，路不會白走，迷走的路，有可能在未來的某個時機，忽爾成橋。

吳可端在迷路時，想起這些事，奇妙的是「何時娶某」這問語，在他迷走大山，清晰若村人親口提問。

吳可端因家貧，出金門水頭，轉廈門，「落番」南洋。本希望學作橡膠，或者經營雜貨生意，後受當地華僑李東尼，以重金誘引，加入探險隊，奔赴不知名的大山尋寶。李東尼安排隊員在大山前旅棧歇息。幾千幾百年來，冒險家、棄世者、國王、市井小民，以各自的資源進入大山，卻沒聽說找到寶藏，安然歸來者。無人來歸，意味寶藏安然無恙，慫恿後繼者投入。吳可端想，按耆老說法，這是他的迷走，這段歷程將直落地獄、或於未來悄然為橋？都難說。旅棧應有盡有，說是犒賞隊員，似與人間訣別。吳可端接受旅棧建議，託請一位女人陪伴。

吳可端尋思，大山深邃難辨，獸多而隱，有時大霧興、萬物杳，風不來、路忽盡，望斷窮絕之際，忽然一個聲音撞進來，「何時娶某」？這瞬間，如雷快閃，吳可端看到透明塑膠袋裝著紅紙一張、喜糖一袋，他分發昔果山鄉親，踩腳踏車，往母親娘家榜林分送喜糖，接著到後浦、古寧頭跟頂堡，找三個姑姑。親友問他，新娘哪裡人啊？吳可端訝然醒轉，是啊，誰是他的新娘？

吳可端的異想，與女子的共處有關。女人擁吳可端入懷，吳可端讓女人入枕，兩人喃喃自語。女人說，她喜歡男人有厚實的肩膀，凸出的喉結，以及結實胸膛。吳可端則喜歡女人雙手靈巧，有好看的腰跟腳。女人知道懷中的陌生男人即將展開冒險，然而，她自己也是。隊伍離去，旅棧關起大山前最後一盞燈光，她將隱入自己的森林，種一片玉米、栽幾株地瓜。女人並不屬於旅棧，她走出森林，眺望大山，一個聲音慫恿她推開門，走近吧檯，向吳可端微笑。她的心早一次一次走進大山，但幾株玉蜀黍跟地瓜苗，留住她。她踏過的泥、翻過的土、割取的青草，呼喚她，留下。女人不知道心嚮大

山的動機是什麼?但她需要有個人代替她去看看。男人身上最好留有她的氣味，她的語言。她冒著被誤解的危險，投向吳可端懷抱。

最早，她並不知道誰會是那個男人。她看見吳可端，知道他是一個離家很遠、也很久的男人。他身上沒有家的味道。他的臉看得見勞碌，看不著泥土。他的手已習慣砍伐，砍樹、砍草、砍一切綠意。吳可端窩在她的胸膛間，順著身體本能，手往下探，碰著女人私密處。隔著棉褲摩搓，女陰綻放，漸漸鬆，再不久，一朵花會打開……時間很遲、又稍縱即逝，時間很快，依稀暈眩，然後，時間變成節奏。許久許久以後，他們想起對方，都想到這一夜，他們轉化了身體的重量，成為旋律。

那時候女人想，她還是被誤會了。當一個女人，身旁躺著陌生男人，除了慾望的黏合，還能怎麼解釋。知道男人聽不懂她的語言，她喃喃說著，不可以、求求你……吳可端聽不懂她說什麼，卻聽出女人的想法，她有慾望，但沒有意願，吳可端腦袋漸漸清明。他們不以肉體包覆彼此，而以聲音交融對方。他們說，暢快地說。

女人說，她住在大山對面，直走，穿越三座森林，就能看見她的玉米田。秋收後，玉米穗金黃結實，女人刨好，留一些當種籽，有的磨成粉，做饅頭跟其餘雜糧。她問吳可端可愛吃玉米、種過玉米?吳可端說他的故鄉昔果山長年打仗，以往，鄭成功占據金廈反清復明，現在五族融合，無異族之分，但也無和平之日。他說，昔果山不是山，只是一個海灣微緩，如拱手，抱住一片小山、一彎海洋。昔果山是宵禁的山，夏天約莫六、七點、冬季又更早，霞光殘留西，星芒早發東，夜，是不完全的黑，

李錫奇・浮生十帖：薄愁

是洞空的黑，它總是留一點光或者幾個透明窟窿，讓人窺探砲彈以外，天空還容有其它的光。吳可端提到此，起身看女人。女人是他的火、他的光，當砲彈轟天，冥空破、萬物抖，那時候他震醒在床，如鬼起身，與家人躲防空洞。砲彈落地，燭光閃、燭心動，吳可端依稀聽見村人問，何時要娶某？

李東尼率領隊伍入大山，碰到青臛、彘等怪獸。青臛模樣像狐狸，九條尾巴；彘像老虎，尾巴像牛，吼聲如狗。兩種怪獸都吃人。李東尼等人沒被吃，緣於遠古巨人刑天的幫忙。刑天被黃帝以昆吾劍斬斷頭顱後，瞠雙乳為眼，張肚臍為嘴，於荒山大野摸索他的頭。李東尼入大山，刑天已發覺，援助隊伍擊殺怪獸，教取白栁，挖掘樹身取汁，味道甘美，吃了可以不覺得飢餓。再宰殺鳥頭、蛇尾的旋龜，以衣和血佩戴，耳朵可不聾，兼治腸胃疾病。有一種獸叫作猩猩，吃了牠則善於奔跑。另一種樹叫迷穀，舉高它的樹枝，便光照四方。吃了兇獸青臛，可不受妖邪迷惑。李東尼等人走了很久很久，久得人間事若前世，巧遇刑天，變得像一個故事。

山徑亂，萬山杳，一山一山過，一溪一溪走，隊員走得不耐煩，問李東尼寶藏。有的說，刑天留下的物事已是寶貝了，拿出大山兜售，價值不菲。隊員起鬨，不如撂下寶藏，改獵殺猩猩、旋龜，至於迷穀，更容易摘取。隊員本僅瞎說胡扯，卻漸漸說出道理來，而且，兜售大山異寶所得，遠高李東尼得了寶物酬謝的後金，隊員覺得有理，暗自商議。初遇青臛跟彘等怪獸時，人間槍砲如凡鐵，毫無作用，經過長期取食異獸，每一個人都像傳說中的武林高手，跑、跳、竄，樣樣精。李東尼叱聲喝止，眾人聽不進去。隊員為能彼此照應，兩兩一組，不理會李東尼，轉眼間，往南往北、奔東赴西，都走光了。李東尼又惱怒、又羞愧，愣了一會兒，看見眼前只剩下吳可端一個人。李東尼問吳可端，願意繼續一起找寶藏嗎？

吳可端搖頭。只說，迷走大山幾個月或幾個年頭，他在每一個路轉處，看到他的家，他總以為彎轉過去，就能推開三合院的木門，看見爺爺著深色唐裝，奶奶梳髮髻，兩人居中，安坐大廳，父母與手足分立左右。他們不欠身致意，不起身迎接，安祥微笑，彷彿已靜候許久。他想逐一叫人時，警覺到自己並非單獨回鄉，而帶著一個女人、那個旅棧中的女人，一起回家。他想帶給家人訊息：他娶某，他要帶她回家。

李東尼不知道吳可端為何跟他說這一些。吳可端表示，他不找寶藏，他要往回程走，他嘆一口氣，山這麼大、天那麼寬，已沒有人知道，哪裡是回家的路了。吳可端央求李東尼，若他順利出大山，帶一個訊息給那個女人，跟她說……吳可端臉羞紅，喘口氣後說，他一直記得她，也帶著她的聲音。然後，也請李東尼寫封信給遠方的家人，說他很平安。

吳可端不知道人的一生，有這許多訣別：「落番」南洋，於金門水頭港，哭聲如浪聲；與旅棧女人，疊聲喃喃；再跟李東尼，站在不知天高地遠的茫茫間。李東尼走向他，兩人告別，各奔去路，他不知李東尼的去向，是出口，還是寶藏入口？他踏上的不同方向，就一定是出口嗎？

說是往回走，然路徑崎嶇多蹤，樹高且密，吳可端後悔沒在彎口一一做上記號。吳可端走了幾日夜，不知左右、未辨南北，只感到溫度漸升，濕意漸濃。白天，日光不再穿走野林，熠閃閃、亮尖尖，映得粗葉上的露珠如少女初醒的眼眸；到了該是中午的時刻，風不快走，霧不急奔，沉澱澱、神遲遲，讓人想一頭栽進霧裡，只想好好睡一覺。這時候，吳可端尋一棵樹，樹附近，野草叢生，一有動靜，草被撥動，馬上就能知道。

以前與隊伍同行，隊員站崗警戒，現則單人行走，吳可端覺得防衛措施還不夠，在樹上掛了迷穀，剎時光采奪人。刑天說，迷穀光聖潔，汙穢獸物不敢近，然而，吳可端從戰地金門來，認為有光雖然好，但也曝露自己的藏身處。吳可端如此佈局時，想起小時候跟弟弟吳可莊就著農田「打仗」取樂。田埂如屏障，隨手可取的土方是手榴彈，兄弟以芒草叢為界，彼此投擲轟炸。弟弟力小，土方投得稀疏，他則密集進攻，顆顆進逼弟弟周圍，嚇得吳可莊喊降。吳可端想到這兒，不禁微笑。到了晚上，掛一截迷穀還不夠，吳可端得掛上三處，懷著旋龜，吃一小片青臛才敢睡。

又一個早晨，山嵐忽起，天地懵懂。吳可端很早醒來。露水早結，從高處滑落，滴到吳可端額頭。天昏昏、地默默，吃人的怪獸，還沉睡著，不語的植物都還彎著腰。迷穀從三個方向投下的光，漸漸薄了。吳可端愣愣瞧著。雖不見日頭，溫度仍漸漸升，吳可端想起旅棧中的女人，掏出皮夾，裡頭藏著她的一根頭髮。吳可端記得那一夜，他矇矇睡去，不知過了多久，感覺有一雙眼睛看著他。他看見一個模糊的影子，帶著淡淡香氣貼近。吳可端感受到一股濕潤的溫暖，又沉沉睡去，醒來，不知女人何時離去。吳可端撿了女人頭髮，放進貼身皮夾。

又一個早晨，或者，仍是半夜，林間濕意濃，夜露忽結珠，吳可端縮在樹洞，濕氣透進洞內，露珠挨著蜘蛛網，如一串八卦水晶。以為天亮，探頭看，才知光從迷穀來，還是夜，且還是深深的夜。吳可端睡不著。迷穀的光柔和如珍珠，霧流動，光如話語，像女人跟他說話。三截迷穀，也就是三個女人了，一個是母親、一個是阿嬤，另一個，該就是旅棧的女人了。吳可端看著霧來霧去，想起母親在金門水頭碼頭，握他的手，只能訥訥地說，穿暖一點、吃飽一點；阿嬤沒來送行，出發前，讓他跪在大廳列祖列宗前，叩首，站在他身後，舉吳可端雙手，祈禱眾神保佑。

起初，吳可端以為自己搞錯了……光霧的流動間，穿插著不是風、不是露珠滴落，也不同異獸虎視眈眈的殺氣，吳可端含住一小片猩猩的肉屑，如有異狀，可拔腿快奔，咀嚼一小塊青臒，讓自己腦清神明。事物備齊之後，吳可端聽得更仔細，這一小片野林，除了他之外，還有別的東西，那東西不是怪獸，它發出細細的、淡淡的哀傷，像國小書法簿上錯寫的字，取水抹淡、以紙吸盡，仍遺留一抹灰。淡得看不見的灰，隨著像嘆息又像呼吸的聲音，使得霧更濃、更深、更黑。吳可端摀住耳朵，不想去聽，聲音潮濕，陣陣滲透，彷彿響在耳畔。吳可端壯起膽子，小心踏出洞口。泥地濕，承接了他的重量，也吸收腳步移動的聲音，吳可端胸口懷一截迷穀，一步步，走向怪聲來處。

吳可端警覺到近了，不敢再走，縮在一片草叢後，小心地舉迷穀，撥開草叢，看見一隻龍，長兩支金色角，一對金色翅膀，蜷縮在一塊大石上。龍不動，不知是睡著還是歇息著，牠每隔一小段時間，鼻孔便咻咻響，噴出白煙。煙不散，成為霧，緩緩往林中移。吳可端大驚，原來這幾天他看見與穿越的霧，都是這條龍噴出來的。龍發出的咻咻聲，並不立時消失，在樹林間、大霧中，形成不可磨滅的回音，像無數條潮濕的、看不見的蜘蛛網，繫住所有微細的水分子。吳可端呆了呆，懷疑他會被活活地、在森林中被水分子溺死。

吳可端回過神，想趁機走出林子，轉走他方，但是已經來不及了，龍抬頭，盯著他，頭上兩隻金角隱隱作光。

那是場惡戰。幾百年、幾千年都過去了，應龍仍記得蚩尤的最後一擊。

炎帝兵敗阪泉之後，黃帝俘虜蚩尤，為慶祝勝利，招集天神地祇，在泰山舉行盛大慶宴。黃帝坐在四頭白象牽引的五彩雲車裡，敗將蚩尤開路，走在隊伍最前端，以示力退炎帝的威風。風伯輕拂微風，雨師飄灑細雨，隨在蚩尤後頭，掃除道路上的塵埃。黃帝本在示功，未料埋下蚩尤雪恥決心。

蚩尤善製作兵器，長矛銳、盾牌堅、刀劍巧、斧鉞沉、弓弩強，兄弟八十一人，個個身高數丈、銅頭鐵額、四眼六臂、牛腿人身，滿口鋼牙利齒，每日三餐以鐵錠、石塊為主食；頭上雙角崢嶸，耳旁鬢髮倒豎。要不是夔的皮、雷神的腿骨，製成戰鼓，得九天玄女授予兵法，並獲得昆吾山赤銅鑄造的昆吾劍，蚩尤與黃帝難論雌雄。蚩尤全軍覆沒，孤身奮戰，好不容易擊潰南方士兵的包圍，卻與大將應龍正面交接。蚩尤見著應龍，恐應龍以水攻，奮身一躍，銅頭鐵額撞上應龍。

應龍沒死，死的是蚩尤。應龍重傷之際，發龍角閃電重擊，黃帝麾下的五虎將、八驃騎殺到，拖

翻蚩尤，黃帝降旨就地斬首，防蚩尤日後成精作怪，再起兵禍，將蚩尤的身、首分葬兩處。

死的是蚩尤，應龍沒死，承受蚩尤最後的絕望。蚩尤的四隻眼，密佈為陰霾，蚩尤的頭，沉甸甸、卻輕如埃，蚩尤知道，他將失去他的頭、他的歷史，他將沒有後裔歌誦他的英勇。蚩尤將失去他敬如父長的炎帝；而他的兄弟族親，已一一死去，在這場戰役。

應龍沒死，但承受了蚩尤的死，跌落凡間。不知療傷幾年幾月，傷好轉，雖能以法力驅使雲霧，卻無力飛返天庭，得知蚩尤死、炎帝降，刑天獨力挑釁天庭亦遭斬首，應龍見四方歸位，齊心輔佐黃帝，歸隱南方山林。南方也因為應龍而多雲霧。

勝利總是殺戮。無論死的是怪、是鬼、是妖、是獸、是人還是神，都是殺戮。應龍遷徙南方，死於炎黃大戰的魑魅魍魎，悄悄幻化，尾隨應龍，伺機復仇。魑魅魍魎可分三類，魑魅其一，長人的臉、野獸身體、四隻腳，人聽到牠們的聲音就會昏糊，跟著聲音走，再被宰殺；一種是神魊，長相像魑魅，卻只有一隻手、一隻腳，發出的聲音像打哈欠。最後就是魍魎，像三歲娃，通身黑裡透紅，眼睛紅、耳朵長，長頭髮烏黑光亮，喜歡學人的聲音迷惑人。

魑魅魍魎擅以聲音惑人，卻最怕龍吟，黃帝與蚩尤大戰，曾以牛羊角製作軍號，在兩軍交鋒時暗暗鼓吹。號角雖不比龍吟讓魑魅魍魎膽顫心驚，依然能使牠們腿軟手虛，所以魑魅魍魎碰上應龍，只能捂雙耳急走。這時候，應龍驅動水攻，魑魅魍魎不能同時抵抗水與龍吟，常常溺死在泱泱急流。應龍沒料到祂的輕吟，竟是魑魅魍魎的安魂曲，而今，牠們魂魄不安，一個一個從泥水裡、從樹林中、從大石後，變幻出來。

然而，無論是哈欠與人聲、媚惑與童音，又怎能干擾應龍？應龍看得真確，卻哀在心頭，牠們不知道報不了仇，不知道詭計早被識破，不知道牠們無論怎麼矯作、如何變幻，祂總是看得一清二楚。逼退的魑魅魍魎越多，逼近的魑魅魍魎未曾有少，應龍看得真確，哀在心裡……遺憾自己為何總是看得清清楚楚。

應龍想，看不清楚一回將如何？身上受魑魅魍魎一刀或兩棍又會怎麼樣？祂沒因蚩尤而死，難道會死在鬼魅手中？百無聊賴之際，應龍想起祂的好友雷神。雷神人頭龍身，一吸氣，肚腹鼓脹，雙爪敲擊，即為雷。有一個海，非常遙遠，人們叫它作東海，應龍常與雷神於海中嬉戲。應龍聲出為吟，雷神敲擊為雷，雷響吟嘯，互為依輔，相伴相生。那是應龍與雷神的好時光。應龍受黃帝徵召與炎帝、蚩尤大戰，暗知黃帝差遣祂的兒子東海神，欲殺雷神，取腿骨當鼓槌。應龍日夜飛，趕赴東海時，雷神已被殺害，水面上，浮沉一張再也擊不出任何聲音的肚皮。

夔形貌像牛，體色灰、腿僅一隻、頭上無角。牠的雙眼炯炯有神，一出聲，轟隆隆如雷霆。夔在大海內嬉戲，身體轉動，鼓動海水成為浪，陣陣襲打岸邊。有時候夔破浪而出，身體與海面撞擊，搥擊出風、撞擊出雨。東海神趁夔出海，翻轉身體，腹部朝天時，忽然出拳重擊，捕了夔。然後剝皮曬乾，把夔製作成一面戰鼓。

夔鼓雷槌，威力多大？黃帝到應龍處演練。應龍拍動浸淫百花精華的金色翅膀，飛翔時，兩支龍

角閃閃發光。應龍調用河、湖、潭與溪水，成為水彈、水箭，變成刀劍、幻化作虎、象、獅等獸，攻向黃帝。黃帝舉雷神槌，擊夔獸鼓，天地剎那間上下震動，應龍無往不利的水之陣式，無論是彈、是箭、是獸，一一瓦解。水，再恢復為水，如一個霹靂之後，世界止、萬物靜。

萬物靜。應龍不靜。演練後，應龍握鼓槌，握著一截無法言語、無法嬉戲與說話的骨頭，應龍只能幻想雷神的魂魄，依存在每一次的擂鼓之中。比較起來，眼前的魑魅魍魎，能打喝欠、可出人語、能吟誘惑，牠們未必比雷神幸運，卻較雷神活靈活現。儘管，死後的魑魅魍魎，心性一如牠們生前，只能再死一次，以杜罪惡。應龍不忍再殺，而且是轉化出現，自以為瞞過應龍的魑魅魍魎。

應龍想得絕了，不如祂死一回，以緩鬼魅仇恨？魑魅魍魎殺不了應龍，內心深處的殺戮無以安撫，轉而迷惑闖入山林的人。應龍瞧得真確，也覺得奇怪。被殺的人能快速跑跳，擁旋龜避邪、舉迷穀照路，他們是凡人，但擁有神的能耐。然而，他們仍不知道躲在矮叢後吃吃學人語的，不是人，而是妖、是怪、是魔。也許，他們迷走大半輩子，除了自己，再沒聽過其他人的聲音，急霧中、莽林裡，他們已許久許久，沒與人間溝通，甚至說上一句話，他們把「人」的聲音，當作人間。他們有神的武器，卻沒有神性，他們不知道神覺之前，必先人悟。

應龍就只是看著。看魑魅魍魎一次一次逼近祂，卻無功而返，看魑魅魍魎學童音、學女聲，一次次，擒殺被迷惑的人們。

殺戮與血、殘酷與無辜，喚醒應龍對於血的哀傷，以及蚩尤的四隻眼睛，空洞的四個窟窿，深穴中、陰冷的，沒有回音的死亡。血，成為濕氣，浸透應龍，祂把氣吸得很深，把氣呼得很久。霧氣一陣陣，從祂的鼻孔噴出。魑魅魍魎趁霧氣靠近，可笑哪，牠們不知霧氣從牠們的殺戮來，從血裡生，從祂的鼻息噴出。應龍想起自己曾有過的荒唐想法，受魑魅魍魎一刀或兩棍又會如何？應龍這麼想，止住龍吟，默默含住一口苦，噤聲。應龍等待魑魅魍魎的聲音。牠們能喬裝成雷神嗎？鼓起肚皮，敲一會兒雷？

應龍等著鬼魅們出聲，魑魅魍魎卻沒發出聲音，慢慢地，在霧中輕輕移動腳步。應龍又哀又驚，復仇的強大意志，竟使牠們移轉心性，不躁動，而能忍。應龍忽然很想知道，復仇能帶給牠們多大轉變，應龍佯裝什麼都不知道，規律呼息，一陣一陣的霧，從祂的鼻孔噴出。

似乎已在極限之中，似乎只等待某一個鬼魅的命令，即將攻勢齊發。這時候，有一個人，持迷穀、開樹叢、發聖光，呆呆地看著祂。

應龍不知道，吳可端是救了祂，或者，又使祂落入罪與贖的循環？吳可端持迷穀入林，鬼魅驚、應龍醒。魑魅魍魎顧不得迷穀的光炙人，能消萬惡魂魄，魑魅邊喊邊跳，神虩呵呵地，甩一隻手、跳一隻腳，魍魎像嬰兒啼哭，跑動時，一頭長髮甩如黑色漩渦，混著白霧，黑烏陰森。吳可端待想到要跑，卻嚇得動不了。

最先跑進光圈者瞬間蒸發，隨行的鬼魅，躲在同伴陰影下襲擊，剎那間獨手獨腳、四腳四眼，皆

長出白磷磷利爪，或出男聲、或發女音、或仿嬰童啼哭，聲勢與行動合一，吳可端覺得自己走入一個網，哪兒也去不了的網。吳可端搭船落番，有些南洋人知道吳可端故鄉在金門，都說那是戰場啊，讀報時，常看見報紙以「火網」形容砲火下的金門。火，如何成網，必須以雷編、以火織，以日日夜夜，以大殺力的恆心，持續編織，才得以變成「火網」，而今，一群猛妖撲上他，也是一種網。

縱有青耀、旋龜護體，皆失效，吳可端一陣噁心，天旋地轉，忽見不知是火網、霧網還是在妖網後，看見他叨念的阿嬤，母親跟不知道名字的女人。似乎又是訣別了，宇宙大、天地寬，卻無處不訣別。吳可端心懸一念，以為從此別離人間，忽然胸頭一陣沁涼。他矇矇閉眼，想起不知多久以前，刑天與探險隊同行時，曾聽過刑天為炎帝而作的〈扶犁曲〉跟〈豐年詞〉。當時，他愣愣地想，刑天外表粗礦，心頭卻如絲、如詩，刑天作詞、作曲不可思議，而今聽聞莫名的音樂，也覺得不可思議。

吳可端忘了魑魅魍魎襲擊，似乎是一曲結束了，吳可端如熟睡般醒來，先看到左近鬼魅遺骸，然而，牠們皆已褪去駭人外貌，而為一粒一粒金黃；牠們成為植物，牠們慢慢長大，成為一株株玉蜀黍。

應龍見吳可端醒轉，問他這是怎麼一回事？吳可端也不知發生什麼事情，但見鬼魅撲殺，醒轉後看見一條龍，以及正在長大的玉蜀黍。應龍沉思一會兒，得知祂發龍吟拯救時，吳可端不知為何，轉祂的嘯聲為旋律。經細問後，應龍才知道刑天仍在大山中，找尋他被黃帝砍斷的頭顱。但是為什麼魑魅魍魎能化作玉蜀黍，應龍還是不明白，吳可端羞紅著臉說，當他以為的訣別到來，他想到念念不忘的三個女人，尤其是第三個女人，他雖聽不懂女人確切的語意，但依稀知道她提到一種作物。他愛吃玉米、愛種玉米，把不知扶犁還是豐年的曲調，物化作玉蜀黍了。

應龍聽罷，哈哈大笑。先前一殺再殺魑魅魍魎，終有不忍，而今得到吳可端幫助，化戾氣為作物，生命透過種子轉化，生生不息，於是，殺一個魑魅，如同救一個魍魎。應龍想到這兒，不禁放聲長鳴。想到吳可端是凡人，恐承受不住祂的吟嘯，急忙停下。吳可端滿臉陶醉，完全沒事。他說，龍吟時，他心頭音樂起，沒有什麼異樣，要說有，但覺一道暖光，有一點點濕潤，以及一種彈性的揉捏，彷彿他回到故鄉過節，正拖著一袋麵粉倒出來，取適量的水揉合。

應龍問吳可端哪裡人？山裡可有神仙？沒有神仙，可有奇人異士？

吳可端說他住金門昔果山。昔果山是地名，沒有真正的大山。沒有神仙……沒有神仙，沒有奇人異士。吳可端反問，祢是哪裡來的？來這兒作什麼？既然是一條龍，幹嘛不飛，而陪他一起走路？飛翔哪有極限？天地遠，難道曾有很近的時候？

應龍說，不是不能飛哪，而是只要一飛，就會想到飛翔的極限，因為天跟地的距離，越來越遠了。祂療傷後，發覺再也飛不上天庭。再也飛不上天，飛行有什麼用？應龍想起曾位極人臣，受黃帝重用，不禁長嘆。祂療傷之餘，曾多次眼巴巴看天，沒看見黃帝差兵將尋祂，倒聽聞天下統一，不知又過多久，黃帝傳位給孫子顓頊。顓頊防天上人間妖魔串聯，學蚩尤興兵作亂，派天神毀損聯結天地的梯子。應龍飛不上去、也無路可攀，心更絕望。

應龍沉寂。應龍沉浸於天地之雲霧，以及祂自己的雲霧。

應龍回首前塵，難掩傷感，卻很快振奮精神。祂終於想到比飛返天庭更重要的事。一龍一人的計策是，吳可端當誘引，吸引魑魅魍魎靠近，應龍發龍吟，吳可端把音樂導入胸臆，化為他所幻見的玉蜀黍、地瓜、高粱、花生、小麥以及四季豆、高麗菜等，他曾於金門鄉間栽種過的作物。有一回，吳可端除了作物外，還幻見不知道名字的女人，作物旁邊長了紅色花。又一回，長白色花，再一次，是黃色花。

應龍與吳可端走過的地方，不是作物就是花，南邊，漸少雲霧，蝴蝶與飛鳥漸多，入夏後，蟄伏多年的蟬於樹上鳴叫，吳可端專心照料的作物開花結果，多數作物乏人照料，榮枯一季間，應龍瞧了也難過。又一年過去，吳可端農事雖更精進，亦難周全，而祂一條龍、一個神，轉鬼魅為作物，卻難延續轉化的生命。吳可端不捨作物與花，仍念念不忘尋找出口，找到他的女人，回返故鄉。

又一年秋天，吳可端收成玉米、花生等作物，摘紅、白、黃三色花瓣，夾進皮套，告別應龍，走向不知出口的出口。吳可端順著山路，又奔又跳，不一會兒就走遠了。應龍看不到吳可端，但他留下刨好的玉米堆，陽光照耀，金黃四閃；堆如小山的蕃薯，粒粒肥圓，底下濕氣重，已見發芽；無人食用的扁豆漸枯黃，綠、黃交錯，越顯憔悴，再不久，將只剩下應龍獨自面對滿山的荒骸。

滿山荒骸，依稀又是一場戰爭。

遠雲上青天，山巒疊翠，應龍長嘯，山谷傳回音，應龍自己聽，全然不成調。想起雷神擊肚腹為奔雷，人們害怕得摀住雙耳，然而，光的霹靂、雷的乍醒，卻與祂的龍吟彼此搭織。應龍向空冥、朝東方，急嘯幾回，轉往吳可端離去的方向，站上大石，伸展金色翅膀，頭上兩支金角乍然放光。應龍再又想飛了。

應龍飛高、飛遠，與祂療傷的森林越拉越遠了，再不久，再難以辨識祂蟄伏了很久很久的森林。應龍飛，祂再又聽見風的聲音，飛得快，風聲似嘯，飛得緩，風聲如一粒玉米，探出泥。

一只綠色小芽，如一個人，站在晨光中。

匿遊神

桃都山在東海。遼闊已不足以形容海。桃都山上有一棵大桃樹，樹冠蔭蓋三千里。樹大，海更大。桃樹最頂處，站立一隻金雞，當太陽第一縷光照在牠身上，牠聽見扶桑樹上的玉雞鳴叫，牠就跟著啼。金雞想，為何玉雞能比牠更早看見第一道曙光，總是玉雞鳴，然後金雞啼？金雞想，玉雞必定是看見了更大的海，玉雞的海除了遼闊，還有什麼？金雞想了幾天、幾年，甚至幾千年、幾萬年，都沒想出來。

桑樹與桃樹等高，金雞不知道想了多久，豁然想到問題必定不是高度了，而是位置。金雞若能當一回玉雞，或許就能知道答案。

金雞不能離開崗位，牠遙看玉雞，知道玉雞啼、玉雞在，但無法拍動金色的翅膀，翔飛千雲萬霧，真確地訪一回玉雞。甚至，金雞並不確定自己能飛否？金雞安慰自己，一定可以飛，只是牠必須站立桃樹上，用牠的啼聲召喚遠遊的人。

金雞召喚遠遊者，也包括神荼與鬱壘。兩人持金剛丈，一右舉，丈頭朝上；一左持，丈頭朝下。兩人秉上命，管轄后土，模樣凶狠。神荼畜山羊鬍，鬱壘的鬍鬚亂為長髯。東北邊、桃樹下，樹枝間一扇門若隱若現，兩人持丈站立，盯著進門的群眾。金雞不僅尚未親訪玉雞，連那扇門內，什麼樣的人走動，牠也沒見過。牠睜眼時，天旋亮，牠猛啼，大地清空，只餘薄露沾染桃葉，金雞看著桃門，依稀覺得有一陣風，被門關了進去。

無事金雞。金雞無事。金雞站得高，瞧得遠。薄霧穿梭桃枝，陣陣飄上來，與遠天的雲，隔著一大塊藍天，各湧各的風浪，依稀天與地的叫囂對峙。打了個盹，或者遺落了什麼變化，等到金雞留意了，世界儼然一團白。天，放雲吐霧，天際線如眼睛瞇眼，過不多時，連細細的眼睛都不見了。

金雞立、金雞醒，金雞非常興奮，此際，天地只剩下牠……一點金光，以及一對金色翅膀。不知道能不能飛到玉雞那兒，牠只想知道自己是否能飛？在不知鳴啼了幾千年、幾萬年之後，金雞第一次揮動牠的翅膀。

金雞鬆開了牠牢握久矣的桃樹枝，那一刻牠的腦袋，跟天地一樣白。

一雙眼睛瞧了過來。它直挺挺瞪過來，由遠而近。一雙眼睛不說話，但有了速度，就擁聲勢。「鼓」，鍾山神燭龍的兒子，人的臉、龍的身體；「欽駓」，人的身體、鳥的臉，鼓跟欽駓，合夥殺了天神「祖江」。祖江為何被殺，是鍾山的懸案。有一個說法是祖江仰賴神威，率領魑魅魍魎，遊蕩千山萬水，遇民則食，逢女則欺，鼓跟欽駓看不過去，使計，以藥酒迷昏祖江等，再一一擒殺，為民除害。另一個說法是鼓，覬覦天神位置，殺了祖江，便於日後繼位。無論如何，神不能意氣用事，殺另一個神。

黃帝生就四張臉、八隻眼，祂看見祖江行至崑崙山東南面，步伐癲、精神晃，鼓兩人把祖江一推，祖江不及驚呼，悶悶摔死山崖。鼓看著死絕的祖江，心裡說不出來是什麼滋味時，忽見一雙眼睛瞪著他。鼓知道那是黃帝。剛擊退南方強國炎帝，而為天地之神。鼓，皺著臉，憂心催促欽駓，趕緊跨上他的背。鼓是龍，卻沒有騰雲駕霧能力。炎、黃大戰時，鼓屬黃帝軍，賴著龍爪利、跳躍佳，加入魑

魅魍魎大軍。炎黃首戰時，鼓目睹應龍翔飛天際，調用河、湖、潭與溪水，成為水彈、水箭，變成刀劍、幻化作虎、象、獅等獸，攻擊炎帝大軍。鼓瞧著應龍，巴望立戰功、受封，成為一條能飛的龍。

黃帝三敗炎帝，再敗蚩尤與刑天，宇宙趨均衡，萬物漸和諧，分派眾神權掌四方。東方上帝太皞，木神句芒輔佐，手裡持圓規，掌管春天；南方上帝炎帝，火神祝融輔佐，手裡拿秤桿，掌管夏天；西方上帝少昊，金神蓐收輔佐，手拿曲尺，掌管秋天；北方上帝顓頊，水神玄冥輔佐，手中拿一個稱錘，掌管冬天。土神后土持繩，輔佐中央上帝黃帝。面對世界的完整，鼓想，殺一個神，對此均衡，能有所破壞嗎？他能從破壞中，獲得金色的、像應龍一樣的翅膀？

有一個天神叫「貳負」，蛇身人臉，祂的得力臣子叫「危」，教唆主人殺了另一個蛇身人臉的神「窫窳」，黃帝四臉八眼，天底事無可逃脫，差天神，把危綑綁在西方疏屬山，枷他的右腳，反綁他的雙手跟頭髮，栓在山頭的大樹下。問危，為何唆使主人殺窫窳，危說，他想知道，殺神於萬山千水之外，黃帝能知道嗎？如今他明白，世界在黃帝的意念下，變成巨大的綱網。

沒有人知道，危先殺了窫窳，還是鼓跟欽䲹先殺了祖江。很多人親眼看見危，被綑縛在大樹根，亂髮散、氣息疲，他被關進石頭砌造的密室，留一小扇透氣的縫，途經疏屬山的黎民、神獸，都能聽見危，有一聲沒一聲地喊著窫窳、窫窳。

鼓駝負欽䲹，跑了許多天，始終跑不出鍾山。祖江父親強忍為子報仇的憤念，變化山中的道路，阻斷鼓的逃脫，鼓跑了一圈又一圈，幾支龍爪既抓且攀，銳利的指甲漸漸鈍，遒勁的腿骨慢慢瘸，人臉如猴、龍身如蛇。鼓與欽駓殺祖江，而後潛逃，傳遍鍾山與他方。鼓邊跑邊想，應龍當了「應龍」，是更高的主宰賦予，還是黃帝、還是誰？黎民都知道不該殺神，看見鼓跑得困頓，忍不住心生同情，勸他該放下欽駓，一起跑。鼓含笑道謝，卻沒聽勸，繼續駝著跑，依稀他甫出生，就已駝著欽駓。

黃帝差兩名天神下凡殺鼓跟欽駓。目睹的人都認為，天神並未出手，是鼓把自己跑死了。鼓最後凌空而跳，短暫地飛過一道鴻溝，甫落地，便氣竭而死。怪異的是被駝著跑了幾天的欽駓，緊抓著鼓的龍身，與鼓同時嚥氣而亡。祖江為何被殺，是鍾山的懸案，欽駓為何而死，也眾說紛紜。有一個說法是，欽駓幾天幾夜沒吃喝，飢渴而死；還有說，欽駓看見天神，知道死期將至，把自己嚇死。另一個說法是，到了最後，鼓奮力而跳，其實是飛了起來。欽駓注入全部力量給鼓，當了一回鼓的翅膀；鼓在死前，終於如願，成了應龍。

金雞搞不清楚，自個兒飛起來了沒？牠鬆下牢握久矣的桃枝，腦袋一陣暈眩。趕緊收翅膀，伸鳥爪，再握牢桃枝。金雞，連狹小的臉，都是金色的，卻泛白、冒冷汗。牠深呼吸，鼓足勇氣，震動翅膀，離開桃樹樹冠，不覺得自己飛起來，更像是被世界放棄了。當時，雲霧交揉，如雪滾白，細如眼的天際線早早淹弭，爪一鬆，天地旋，時間雖短，像是被一條龍載著，飛轉天涯萬百圈。金雞喘了許久才平息。喘定後，耳裡的盪漾還沒平復。金雞再深深呼息，耳裡的聲音忽然清晰。聲音來得遠。聲音穿透的也許不是空間，而是時間。除了玉雞、金雞的鳴啼，以及風雷雨電，金雞不再聽聞其它聲響；

而且桃樹高，能有什麼人間事，能飛離地表幾百里？金雞閉眼，牠聽清楚了，有人高喊刑天、刑天。

刑天的頭，被黃帝的昆吾劍砍了，劈開大山，埋了頭。刑天無臉無眼，瞠雙乳為眼，開肚臍為嘴，繼續持盾牌與戰斧，要找黃帝比鬥。金雞又聽到另一個人喊，吳可端，刑天走遠了，別喊了。讓金雞更驚愕的是，聲音中如果有人的名字，影像立出，栩栩如生，不知道是人說著聲音，還是聲音說著人？吳可端，金門昔果山人，家貧落番南洋謀生，後入大山尋寶。大山神秘，多鬼獸，幸刑天暗中保護，得以除鬼魅。同行一段時間後，人找寶、巨人找頭，終得分道走。吳可端與刑天相知相惜，分離後，常朝著大霧與裸岩，高喊刑天。金雞禁不住想，刑天與吳可端後來可再碰面？

聲音消失了。金雞不再聽見什麼。金雞回想始末，依稀明白當牠放下樹枝、放下桃樹，就進入神秘的夾層。金雞高興極了，忘了牠鼓起勇氣，是為了飛訪玉雞。牠試著鬆開腳，放下整個世界，但想到暈眩昏頭，又猶豫。大霧滾，白雲飛，大白天，赤日遮掩，只餘稀微，金雞看見微末一點金光，在遠處隨雲霧盪漾。牠懷疑，桃樹上、桑樹上，哪還有其他人、或鬼、或妖？待看仔細，光影站立，如一隻雞。看詳細了，那是牠，倒影雲霧，一點流金飄蕩，卻始終留駐不動，金雞想也沒想，鬆開雞爪……

金雞想，刑天呢？傳說中，唯一與黃帝對峙百回合的巨人是在哪一座大山，尋他的頭呢？會不會尋到桃都山來。金雞想，說來奇怪，一個敗將，沒有頭，讓人好奇他尋了頭，會是什麼光景？再戰治理宇宙的黃帝？或者目睹黃帝承平的帝國，再獻上頭顱，稱臣？金雞好想知道。雞沒有耳朵可伸，但金雞鬆桃枝，依稀伸長牠的耳……快跑、快跑，海盜來了。有一個人，戴鴨舌帽，胸口插一個管狀圓筒，忙著下令。就算是雷神打霹靂，也不是那等聲勢，聲音近、轟轟響。那不是金雞見過的船，但金雞知道那是船。火光、砲火、海浪與喊叫混作一塊。金雞看見火。不同陽光的火，跑得快，跑得兇。火，擊破船艙、射進人體，那不是燧人氏的火，不能烹煮燒烤，而是一陣煙，跟一個爆破的血花。

金雞看得目瞪口呆。牠左右瞧，不見大山，只看見大海。然後金雞看見一個人，躺在沙灘，他喃喃說著沒找到大哥吳可端，卻要被怪獸吃了。金雞進入那個人的視線，看見一顆頭顱滾落沙灘，正是之前戴帽子，喊著快跑的男人。金雞看不下去，抓緊樹枝，天旋地轉中，看見的最後一個畫面是形似老虎，長牛尾巴的「彘」，往沙灘跑去。

沒錯，那是「彘」。金雞對自己一眼認出吃人野獸而沾沾自喜，對「彘」為何出現沙灘吃人，卻無概念。牠訝然發覺刑天跟海盜兩個故事，都有吳可端，金雞納悶他是誰，神通大，直逼黃帝？

糾葛在金雞腦袋的疑問越來越多。為何玉雞叫，牠才鳴？為什麼牠駐守桃樹無盡歲月，至今才發現鬆、抓世界，能看聽見許多聲音跟畫面？那些人那些事，屬於哪一世？是屬於太皞、炎帝、少昊或顓頊管轄？黃帝可知道這些事情嗎？如果黃帝不知道，而牠卻知曉，這該如何是好？金雞想到此，有時高興、有時憂慮。

往後，金雞隨玉雞鳴啼後，便站在桃樹上，藉著離棄與世界的聯繫，拼湊牠的樂趣。往後幾天，沒再聽見、看見吳可端，但慢慢知道喊吳可端的那人，叫吳可莊，他跟神獸蜀鹿結為好友，往尋吳可端跟炎帝。找吳可端，是受父母命，找到他，一起回金門小村昔果山；找炎帝，是為了勸阻炎帝，別讓黎民再誅殺蜀鹿。據說，殺蜀鹿佩戴，有利子孫繁衍。金雞想，牠的後裔又在哪裡？舉目所見，只一隻玉雞，於遙遠的桑樹上，始終未訪、未見，哪來後代？

金雞從來不知道，自己能有這許多煩憂。又想，有憂好、還是沒憂好？金雞無法多想，桃樹下，神荼與鬱壘，各自持杖叫囂，怒擊逃走的犯人。往昔，金雞才啼叫，群眾皆已隱沒，走進桃樹東北樹枝下，一扇陰風陣陣的門。神荼與鬱壘盯視過往群眾，觀其神貌，判斷在人間所為。它們若在外頭吃了人、作了壞事，兇戾的氣殘留不散，兩兄弟用蘆葦編製的繩子綑了，餵山中的老虎。金雞以往沒見過神荼與鬱壘處決犯人，這回看見兩個魁梧壯漢，以杖推擊犯人，送往大山，老虎知趣，跳將下來，怒開虎爪撲、凶開虎口咬。

金雞想起船難一事，不敢看眼前的畫面，卻來不及了，沒料到被咬的犯人不血飛、不肉碎，犯人形體被撕開，便作兩半；被吞噬，就少一塊。有的犯人先被咬掉頸，頭滾落一邊，還不死，看著自己的胸膛散作好幾塊，手被吞、腿被噬，身體一丁點一丁點，消逝在老虎洞開的大口，犯人大哭，卻沒有淚水。金雞這時候才知道，犯人們都是鬼。那扇金雞看見了、但不知道是什麼的門，正是管懾天下群鬼的鬼門。

群鬼知道神荼與鬱壘兩人厲害，不等霞光初現，便摸黑，撥樹叢、踏芒草，一個接一個，看著殘餘的星子，安然進入鬼門。不久，金雞高亢啼鳴。曾經有鬼，想試試晚進鬼門會如何。站在門前，靜待黎明與雞啼。沒等到那個時候，長相凶狠的一對兄弟忽從大門隱現，舉大杖一捶，鬼再死一回。

黃帝成為天下統帥後，神、人、鬼各有所序。各地的大山大樹上，有天梯直達天廷，神、仙、巫，以及人間的智者、勇士，能憑著智謀、勇氣跟毅力，爬天梯、告天狀，然在黃帝與四方大帝協力，天下大治，大家似乎忘了天梯的存在。

鬼有時逃匿人間，黃帝使后土掌理，遊蕩人間的鬼眾，交予神荼與鬱壘。鬼國每夜按冊清點，后土發覺，有些鬼竟然無端失蹤了。不久後，黃帝旨意到，提及鬼鬧人間，神荼與鬱壘走出鬼門擒鬼。金雞見兩人遠走，站在桃樹上，內心傷感。晴日朗朗，微風豔豔，沒有白雲與霧，沒有飛鳥，這是鬼國，難怪也沒有蝴蝶。東邊一點白，如露水反光。是玉雞，始終是玉雞，不知道玉雞心中可存在時間、空間，以及時空交會了，繁星點點，心頭可曾打個盹作了夢？可曾目睹雲霧交加，天地淨，而後天地也靜，然後孤獨升，卻找不到可以述說的星光、以及能夠對聊的風？

神荼與鬱壘趕往崑崙山。后土指示，那兒的鬼怪凶惡，不僅吃人畜，還施術蠱惑人心，發動戰爭，並趕跑雷神跟雨伯，不讓颳風下雨。兩兄弟上崑崙，一隻大鴞尾隨飛。牠頂上白、嘴殼紅、長老虎的爪，翅膀伸展，十來丈長。兩兄弟警覺有異，見天空下，一隻大鳥飛。天的另一頭，山的最高峰，大鳥一隻，形似貓頭鷹，紅腳爪、白腦袋、嘴喙直而銳利。牠站在高處望了，似打量局勢。牠厲聲尖嘯，回音盪漾，如萬鬼怒吼。

神荼與鬱壘發現，若是回音，回聲將一陣陣弱了，但厲聲穿山入樹，如蜘蛛吐絲，只要通過它、

踩過它，渾如大鳥在耳畔尖鳴。兩人沒留意，被震倒在地，高飛的大鶚見機不可失，俯飛直衝，伸老虎爪，想抓舉兩人飛到半空，狠狠摔死他們。兩兄弟被震得腦花眼亂，兩根丈滾落，擊響更多聲線，整座山谷，厲聲亂、回音竄，兩兄弟本扶靠樹幹，這下子都抓不牢，紛紛跌倒。大鶚斂翅，如一枚箭，疾飛。頂上白影隱約出現一個人或一隻獸，細看，人身鳥臉，竟是死絕的「欽䲹」。若大鶚是欽䲹，立高山尖鳴的大鳥可能就是鼓了。大鳥，或者是——鼓，看見欽䲹伸虎爪，即將擒抓兩人，從山頂急衝，計畫以喙，擊殺被擒抓懸空的神荼與鬱壘。兩兄弟精神萎靡，看見攻勢，對下場心中雪亮，沒料到殺鬼幾千、幾萬，今日命喪崑崙。

一切定數，即將定數了。

兩隻大鳥、兩名巨人，都聽見了一個回音……遙遠的雞啼回音，在地之東、海之濱，說來就來。回音短，稍縱即逝，依稀在當下插置一個時空，鼓跟欽䲹的攻勢剎那間衝進一朵花。一朵棉花。一株風信子。時空中，又密佈許多時空。兩個神、兩個鬼，都看見了一個巨人沒有頭，持盾牌與戰斧，踩斷樹枝、踏亂山豁。又看見一只大船在狂霧中迷行，聽見一個人喊，大哥，你在哪裡？

只一剎那，神荼、鬱壘急忙撿起掉在一旁的杖，一轉身躲過欽䲹的虎爪，杖一揮，大鳥死，牠頂上的人身鳥臉如煙消失。鼓來不及收勢，往兩兄弟撞，神荼翻轉大杖，舞成一個漩渦，銳利如鐵的鳥喙，瞬間攪爛。

兩兄弟尋思，鼓跟欽䲹無物依託，自當回歸鬼國了，心頭一鬆，趺坐大樹下喘氣，雖克險致勝，都知道僥倖，對雞啼回音適時消解鼓跟欽駓的攻擊，也感到不解。黎民感念神荼、鬱壘恩德，知他們來自東邊桃都山，以桃木雕成兩個神人，手裡拿了蘆葦跟繩子，代表兩個神，放在大門兩旁，門坊上畫上大老虎，用來抵禦邪魔鬼怪。

兩兄弟在崑崙山下弱水中，遇見被「危」陰害而死的「窫窳」。黃帝哀憐窫窳死，使巫凡、巫相、巫陽等法師，施了不死藥救活。窫窳醒轉還陽，本性大改，時於弱水深處興風作浪，殘害莊稼，吃食牲畜，神荼跟鬱壘與之惡鬥幾回。窫窳非鬼，體內尚有黃帝不死藥護體，兩兄弟斬殺不死，只能擊傷綑綁。

兩兄弟想激發窫窳前世，還原本性，把他帶到疏屬山見危，沒料到窫窳兩眼無神，見了危，也不知道他是仇人，倒學著危，喊著「窫窳、窫窳」。神荼與鬱壘，看著窫窳喊著「窫窳」，不知那是自己名字，而當作不相干的兩個音、兩個字，不忍心把他們綁在一塊，仍把窫窳帶回崑崙弱水濱，向后土稟報此行任務。讓兩兄弟驚訝的是，連黃帝的天廷寢宮，也有兇鬼擾眠。

后土召集南方十六個神人，小臉蛋、紅肩頭，手臂，互相挽連，為黃帝守夜。守夜神人白日隱，夜裡現，黎民偶在荒野夜裡，看見挽連成串的神人，稱之為「夜遊神」，值班守夜。黎民不僅不驚，知道黃帝駕臨行宮，督察天下，反感到心安。

黃帝有了夜遊神鎮守，在夜裡，專心展神通，張八隻眼，搜天邊海角，要找出群鬼何以逃脫鬼門。黃帝幾乎遊走天下一回，日瞧夜看，未見端倪，黃帝自己也心慌，長此以往，惡鬼橫行，如何安撫子

民。黃帝南行，到達炎帝轄地，回想前塵，三敗炎帝威震天下，但炎帝三敗，遷民南渡，情何以堪？黃帝恐炎帝整軍再犯，曾於夜裡張大眼，朝南，目睹炎帝與民篝火同食。黃帝看見篝火，聽不見柴火燒，只是一團火，沒有溫度，只是一條河，冷冷流過眾人的臉。黃帝想到這兒，長嘆一聲，命軍隊掉轉，不往南走了。沒料到炎帝的隊伍從後頭追來。黃帝吃一驚，難道炎帝真的捲土重來？黃帝安整向南的臉，其餘三張六眼，忙分辨軍隊部署，以及山川地形，尋思佈陣緩兵，以待援軍。

炎帝知黃帝遍行天下，為民除害，整軍迎接，前哨卻報，黃帝軍北向而走。炎帝拂鬚微笑，命騎軍百餘人，奔至黃帝大帳致意。騎兵雖不多，但蹄踏迴徑，奔馳快走，軍容壯盛。百餘騎，行到大帳前即下馬躬身，一名少年快跑向前，高喊奉炎帝命，獻祥物予黃帝。黃帝舉手，帳前士兵放行，少年走入帳內，半跪，呈上一只麻布綑捲的物事。帳內士兵接了，鬆脫麻布，只是一截平凡無奇的紅色毛髮。黃帝納悶，問少年這是什麼，炎帝可安好？

少年說，那是蜀鹿的尾巴。蜀鹿是南方祥獸，黃帝從未見過。少年補充，殺蜀鹿，取牠身上的皮、毛、骨骼等佩戴，有利後裔繁衍。黃帝一聽，心情大慟，拉少年的手出營帳，遙向南方揖拜。黃帝送走少年一行人時，跟少年說，別再讓炎帝，為祂而殺生了。少年想要說些什麼，但什麼也沒說，眉頭忽然皺起來，默默流了兩行淚，快奔上馬而走。

很長一段時間，金雞的注意力都擺在玉雞那兒，直到近些時候，才漸漸忘了玉雞比牠先鳴啼這件事。雖說，金雞最早是為了知道自己能不能飛，以及親訪玉雞，了脫心願，才無意中找到時空夾徑。隨著金雞掌握到的人、史、事越多，就越陶醉。金雞看到比黃帝更古遠的事，盤古開天、女媧補天，以及距離桃都山幾萬里遠的龍伯國。龍伯國住巨人，把扛天地的烏龜抓了，扛在背上帶回家，殺龜留殼占卜。黃帝生氣了，施法縮小龍伯國領土，巨人們的身軀跟著變小，小到後來，連扛座山都吃力，更別說扛走大烏龜了。金雞瞧了哈哈大笑，才知道黃帝在中土境外，也忙碌得很。

金雞不單看到過去，也看到現在。牠羨慕神荼、鬱壘征伐崑崙。金雞身體稍離樹枝，視線已在千里之外。雖未同行，實則共遊。正因如此，鼓跟欽駓化大鳥，要突襲他們，金雞吃一驚忘情放啼，才救了神荼跟鬱壘。兩個鬼怪頭子平時威風凜凜，沒有金雞協助，恐已雙進鬼門，想到此，金雞不禁得意了。金雞站在桃樹巔，只苦惱沒有人、沒有獸，甚至也沒有鬼可以說。幸好，這法子越使越熟，金雞不再如以往頭暈目轉。

隨玉雞而啼之後，正想故技重施，明明還沒鬆開爪子，幻覺已現。金雞看見兩隻眼睛愣愣地看著牠。愣愣看牠的兩隻眼，忽嗔怒，繼而明澈，彷彿一切已經掌握。金雞想，這是看見了什麼怪物了嗎？不理會它，心中琢磨著，雙爪離樹，會看見什麼神奇故事。

金雞鬆開爪，眼前太陽斜升，雲海翻攪樹下，什麼都沒看見，慢慢覺得不對勁時，足脛一陣痛，難道久立桃樹巔，不知經年，終於也老了嗎？低頭一看，但見神荼不知何時爬上樹巔，鬱壘持杖，大喊妖孽。金雞不明就裡，矇矇看著，神荼說，金雞私放鬼怪，危害人間，奉黃帝旨、后土令，緝拿金雞。

金雞一聽更糊塗，搶著說，牠始終站在桃樹頂巔，哪兒都沒去，怎麼私放鬼怪？鬱壘嘆口氣說，黃帝、后土查了許久，才知道你擅離崗位，雙爪一離桃樹，鬼門忽隱忽現，鬼趁隙逃離。

金雞聽得目瞪口呆。這陣子，牠知道群鬼危害人間，也巴望著早日緝拿兇手，想不到自己竟是罪魁元兇？兩兄弟見金雞失魂落魄，鬆開手，一時間也不知如何是好。金雞卻突然振翅而飛，往東、往扶桑樹而去。鬱壘舉杖為矛，正待擲去，被神荼阻下。兩兄弟對望一眼，都知道要不是金雞適時啼鳴，兩人早被鼓跟欽駓殺了。斜陽中，金雞逆光而飛，羽翼赤閃，光彩奪人。兩兄弟不知道金雞能飛，且能飛那麼遠，都感到驚訝。

金雞自己也吃驚。一是神荼、鬱壘放了牠，私放牠後，該如何向黃帝、后土交代？二是牠飛得高，看見各處的大山頂上，站著一隻一隻石雞。石雞們聽見牠的叫聲，跟著喔喔喔啼。太陽漸升雲若水、霞如瀑，天下雞聽到石雞鳴，放聲大啼。金雞飛。金雞飛在時間軸、還是空間線？世界在此時，用雞隻的啼聲，染得天空紅晶閃亮。金雞飛，天上只牠一隻飛翔的雞。金雞覺得自己又孤獨、又勇敢。有的石雞站得高，看見金雞飛過，初始以為是鳥，待認出飛行的是同伴，猶豫了一下，振起翅膀飛。石雞飛上來了。石雞興奮極了。石雞以為牠的世界只是年年累，層層苔，沒料到石雞的飛行跟牠的啼聲一樣輕盈。

金雞在前，石雞在後，一隻、十隻、百隻、千隻……牠們不知道隨金雞飛去那兒，金雞看見自己並不孤單，高興得喔喔大鳴，石雞們聽辨出，那就是每一天清晨，比牠們更早看見世界的雞，安心尾隨。金雞與數千隻石雞，如一只巨大箭簇，往極東而飛。月升東，日沉西，月亮柔白、太陽緋紅，金雞在中間，石雞圍繞而飛，牠們是一枚箭、也是一個天地。

看見玉雞了。遙遠東邊有一棵扶桑樹。樹的上頭真的站著一隻玉雞。牠似乎等著金雞。似乎等了幾百幾千年。牠輕輕挪移，空出一個位置。金雞知道位置是是留給牠的，收翅站立，其餘石雞散落樹冠，如一朵盛開的加羅木林。

日升東，月沉西，玉雞與金雞，一左一右，如同天地的門神。玉雞說，注意了，屬於一天最後的黑暗，隨時都會來。金雞恍然大悟，原來這是玉雞比牠更早啼叫的原因。一隻雞，掌握每一天的黑暗，玉雞心有所感，朝金雞微笑，再一次提醒牠，黑暗就要結束了。金雞屏息。月漸薄，然後明透；日漸厚，接著抬頭，金雞難以判斷什麼是最後的黑暗，就在此時，遙遠日邊，出現一對眼睛，玉雞說就是這個時候了。

金雞代替玉雞，放懷高鳴，啼完，才警覺到，牠替了玉雞，誰替代牠呢？朝右望去，桃樹頂上，兩名巨人持杖相擊，扣嚨扣嚨，恍若雞啼，接著石雞、天下晨雞齊鳴，喚醒了這一天。

金雞把尾隨飛行的石雞，一一送回，金雞回到桃都山桃樹巔，把自已交給神荼跟鬱壘。兩兄弟持杖，無比威嚴，金雞想，不知道祂們能拿金雞怎麼樣？但祂們神通廣大，烤牠、煮牠、還是融了牠的手段，恐怕還是有的，金雞忐忑，卻不知道自己比較怕被烤、還是被煮？而如果融了牠，自己還能活著，再鳴一回日出嗎？

以為神荼或鬱壘會持杖痛擊，金雞等著，卻等到神荼從懷中拿出一個小袋口，再從中抽出一小撮紅色毛髮。神荼沒解釋，直接把紅毛髮往金雞頂上一貼，便幻化成紅色的雞冠。然後，金雞就讀到了蜀鹿的故事，以及黃帝走出營帳，朝南揖拜。

觀音痣

謝立芳的大哥被殺害於三重市三和夜市時，吳建軍跟謝立芳一樣，都十歲。

那是夏天，一個炎熱的夏天，謝立芳扛木麻黃跟松樹枯葉，進灶坑，燃柴煮飯，再蹲坐庭院，洗小白菜、剝四季豆。她先一步從田裡回來，料理晚餐，謝立芳舉鍋蓋，悶白菜，把四季豆提到屋外剝。蟬在黃昏，聲聲吟唱，鳥在月出前，紛紛倦歸，炊煙縷縷白，慢慢地就再也看不見。謝立芳父母推牛車，從路那頭過來，車上堆疊綠綠飽飽的花生梗，還比謝立芳父親高一個頭。一輛吉普車從背後靠近。吉普車上坡左轉，經過崗哨駛下去，就是營區了。吉普車卻猛然在旁邊停下，村長推開車門，急忙下車，大喊阿貴啊，歹誌不好囉。

阿貴是謝立芳父親。因為這一嚷，吳建軍跟玩伴都聽聞了，拎著蟬跟竹竿，走出相思林，探看動靜。村落空曠，晚風習習，村長一嚷，謝立芳也聽見，忙放下手中尺長的翠綠四季豆，趕上去。不知道村長跟謝立芳父親說什麼，謝父窮嚷，像與村長吵架，謝母則嚎啕大哭，跪倒路旁，臨時擱置的牛車倒退溜，越溜越快，謝立芳迎頭跑，說不出是她撞上牛車，還是牛車壓過她。

吳建軍趕到時，謝立芳驚倒在地，雙手揪胸口，似要用雙手撐住滿車花生。三個阿兵哥，不知道哪兒冒出來，兩人擋車，一人穩把手，橫放牛車，並在輪胎下塞石頭。吳建軍才回神，謝立芳從地上翻轉起身，聽到村長說，阿貴啊，你後生被人殺死了。兩年後，吳建軍與父母遷居三重，隨家人逛夜市，與弟弟合吃一杯牛奶冰時，不時東張西望，好奇謝立芳的哥哥，在哪兒被殺。

妳大哥怎麼死的呢?十歲的吳建軍問十歲的謝立芳。謝說，在三和夜市吃宵夜，多看一眼隔壁流

李錫奇・浮生十帖：激越

氓。兩人一陣靜默，吳建軍想像她大哥收拾行李，於料羅灣乘軍艦，顛簸近三十小時，渡海高雄，乘柴油火車北上，在車廠當黑手。然後，在一個加班翻修車輛的晚上，食小吃，卻死在夜市。妳額頭怎麼了？謝立芳額頭正中央，站一個黑點，近看則一點紅，吳建軍又覺得，像是故意點上的痣。

謝立芳的大哥被殺害於三重夜市時，隔天，她額角也多了一個印記。不是牛車壓的，謝立芳羞愧地說。夏夜悶，謝立芳一家如以往搬桌椅到庭院吃飯，再把電視移出客廳，朝向中庭，大家邊吃邊看。謝父謝母吃幾口，擱碗筷，長嘆氣。謝立芳知道父母心頭沉，照料弟妹吃飯。謝立芳兩個弟弟，吃飯後，移板凳，就近看節目。謝立芳忽然聽見阿爸斥喝，你們是在笑什麼？謝立芳說他們沒笑，是電視笑了。裝了小白菜的大碗公朝她的臉飛過來。謝立芳嚇哭。湯汁跟白菜從她的髮流下，碗公碎裂，其中一塊如陀螺，在地上轉個不停。

她撥著頭、髮跟臉時，有一個東西黏在額頭，扳不下，她擰力抓，卻是額心的一塊肉。

國小畢業二十年後，吳建軍再見到謝立芳。當時，謝站立候車亭，頭左偏，探望來路。吳建軍想喊，又恐錯認了，走出堂哥的樓房，探看究竟。

吳建軍帶妻兒回故鄉，住堂哥家。幾位堂哥已搬離三合院舊宅，就昔時耕地起新厝。二樓半的新居光鮮嶄亮，一樓置客廳、廚房、餐廳跟一個房間，二樓隔四間大房，三樓置佛堂跟儲藏室，留一半露台曬花生等作物。家家戶戶都有樓梯。

家裡有樓梯是大事。五〇年代，金門列入軍管，民房嚴格限建，尤以高度最為敏感。軍方說，樓蓋得高，容易成為共軍砲襲目標，添危險。還一個顧忌是，樓若蓋得高，也容易與對岸打暗號。當時，昔果山少數幾間有「樓梯」的樓房，都建在低窪處，樓高與三合院相差無幾。每回，吳建軍到同學家中，看見樓梯，都無比崇敬，來回爬幾趟，感到無限滿足。吳建軍進堂哥家，放好行李，情不自禁地往樓上走。

樓高三層，還不足以看見海。海在山坡後，木麻黃左右搖曳、相思樹低頭沉吟，浪頭起、浪鋒碎，穿透樹的遮蔽，說著任何事，也說不清楚任何事。吳建軍倚著高達腰際的牆，看見謝立芳。為著一點點眼熟跟預感，吳建軍下樓，走到候車亭。謝立芳看著吳建軍打量著她走來，也好奇看著吳建軍。他們認出彼此，大聲說好久不見。吳建軍與謝立芳的老家，相距不過幾十米，但戰時一別，兩散天涯，沒電話聯繫，也沒特別的交情寫信，兩人的記憶止於國小畢業。

謝立芳的家，栽有村裡唯一的葡萄。葡萄沿幾尺見方的竹架，麻密攀爬，彷彿襲奪了所有誘人的綠意。木麻黃的綠孤立高處，稀稀疏疏；地瓜的綠困在地上，蓊鬱交叉；花生的綠，清脆可口，如少女。葡萄的綠與視線同高，成為一種兇猛姿態，隔著謝立芳家的圍牆，吐綠挑釁。

每回，吳建軍與玩伴路過謝立芳家，常駐足讚嘆。葡萄葉，綠而肥厚，如一個燈籠，罩住夏蔭。最驚悚的綠，是微霜輕抹的葡萄，串串懸掛，如驚嘆號。還一種肥而綠的東西是果蟲。聳兩隻黑色眼睛，拖肥大翠綠身軀，埋頭猛吃。儘管不是自家的葡萄，吳建軍也擔心果蟲會吃光葡萄。有時候謝立芳好心，會偷剪一串葡萄給吳建軍。葡萄粒粒肥大，入口奇酸，吳建軍邊嘖嘖喊酸，卻又一口一口吞。

吳建軍見到公車亭下的謝立芳，依稀看見口饞的自己，不知道謝可否記得當年偷偷塞給他葡萄？

謝立芳問他從台灣回來？預備住多久？吳建軍國小畢業離開故鄉，謝立芳則到高雄讀商管，在私人貿易公司待了幾年，覺得沒味兒，回鄉看看。沒料到這一看，卻住了好幾年，目前幫些私人企業處理帳務，也許再過一陣子，再到台灣去。謝立芳小時候就高挺，三十歲女人豐腴窈窕，顯是單身。謝立芳知他將問未問之事，自己大方說，還沒嫁。

金門家境好者，多屬公務員與經商的人，供應女兒上大學、讀研究所、攻博士者，比比皆是，小康家境兼父母開明，讓女兒讀到大學也不是問題，若家境普通，父母重男輕女，女孩國中畢業，就到台灣上班。金門居民深信台灣學校好，高中以後多送往台灣，多數女子嫁留台灣，像謝立芳這般倦鳥歸巢，一般來說都行情看漲。兩人知道這層道理。謝立芳學商，以商言婚說，嫁娶猶如買賣，彼此看不上，對不上價，也就乏人問津了。謝立芳補充說，婚姻不是唯一的人生路啊。

吳建軍妻顏亦雯，握小孩手，走近招呼。小雨不到兩歲，妻子將滿三十。堂哥的一對孩子，佩佩跟建漢，一個國中畢業，將到台灣就讀美容科系，一個即將就讀國小。吳建軍發覺自己回鄉，特別留意時間。譬如大水來，來到哪一個高度，是茶几、電視櫃、還是衣櫥？

吳建軍帶著大水的記憶離開。猶如離開故鄉那一年，他十二歲。十二歲成為他丈量時間的刻度。

吳建軍十二歲那年，是西元一九七九年。中共與美國建交，第二年，中共為表善意，停止單號砲擊金門，吳建軍聽聞消息，非常高興。十年後，吳建軍認識顏亦雯，提到這段往事時，顏亦雯說當時聽到這個消息，還笑得出來的，恐怕只有金門、馬祖等離島居民。不單是顏亦雯的教授親戚，還有一些權貴紛紛賤賣家產，逃往他國。吳建軍說，偷生怕死是人之常情，就像他，搬離前線，歸抵後方，也是偷生怕死。

當年拋棄台灣的有錢人，在台灣股市上萬點時，又回來了，顏亦雯的伯伯回台找教職，雖是自己棄職而去，卻常擺出遭人橫奪職位的受害者姿態，一次在畫展上，吳建軍看見顏伯伯激昂述說，以佯裝的受害者傷痕，掩飾內在的裂痕。

當年在黑白電視上，呼籲民眾愛國捐款的行政院長孫運璿，在二十幾年後，已是中風的老人。吳建軍時職文學雜誌社，與基金會合作，採訪科技界大老，孫運璿也在邀訪名單。蔣經國曾規劃孫運璿為接班人，孫不幸中風，李登輝才受賞識出線。吳建軍前往北市南海路孫的辦公室採訪，不禁認為台灣歷史，被一條微小的血管改變了。那條血管拒絕再供輸氧氣給孫運璿，拒絕讓他思考跟言語，也拒絕再讓他思考台灣的命運……孫雖硬挺撐過，畢竟再難坐在宗廟思考，而只能俯仰個人成敗。

如果孫運璿沒有中風，台灣會是怎樣的未來？歷史無法重來，吳建軍走進南海路大樓，觸碰電梯，電動門水平移開，吳建軍的想像也橫開二十年。九○年代，吳建軍與顏亦雯隨無殼蝸牛，夜宿忠孝東路，抗議房價高漲，吳建軍躺著，柏油路微熱，他們的未來，據說，打拚一輩子，都買不起忠孝東路

的一間廁所。如果親民的、高瞻遠矚的孫運璿繼續持掌朝政，必在此時當了總統，也許吳建軍們至少能買得起廁所。二十世紀末，李登輝當選中華民國第一任民選總統，因發表涉及兩岸關係的談話，引發台海危機，中共飛彈砲襲宜蘭東北角，股市無量下跌時，股民心中也想，若孫運璿不中風，手中的股票肯定可以賣出。

如果謝立芳的大哥不被殺害，會不會謝立芳就成了兩個孩子的媽？她額前的痣不會從十歲時的可愛粉紅，變得崎嶇陰暗。吳建軍相信，謝立芳少女時臨鏡梳妝，都要看著鏡中的自己，跟眉心一個隆起的疤，想起哥哥的死。還是少女的謝立芳，或曾因此經常哭泣，淚水滋養了悲傷的亡靈，她的眉心傷口如一朵蓓蕾，然而，孩童必定會度過他們的純真，男孩必定會遺失他的童年玩具，女孩也將找不到她最早的芭比。但是，沒有人能夠清楚界定男孩與男人、女孩與女人，在哪一個時間點作了界線，謝立芳也不知道在哪一天開始埋怨額前的傷口，也不知道蓓蕾何時謝了、滅了，成一截扭曲，如同麻雀飛奔濕土，扯住蚯蚓，叼著它，沒有人知道當一隻蚯蚓被完整扯出，將是哪一個亡靈？

眼前的孫運璿中風，但健康，吳建軍不得不認為，孫運璿拖曳著一個悲傷的亡靈。吳建軍見孫運璿，第一個念頭是衝上前去，抱住他……不，在距離他三尺前，鞠躬致意。但是吳建軍只是發愣傻笑。

他始終記得當顏亦雯的伯伯，以及數不清的權貴，棄逃台灣時，孫運璿在電視上，鼓舞民眾愛國捐款，十塊錢做不了什麼事情，但一百個人的十塊錢就能買子彈，一萬人的十塊錢或能改裝戰車，數十萬人的十塊錢，就能買架戰鬥機了。為台灣人民武裝的孫運璿卻不能為自己武裝，他變成一個老人，一位把話吞在心中，遲遲說不出話的老人。

訪談主題是科技，孫運璿咸認是台灣經濟起飛的要角，但是他一開口，卻承認自己在電子業上犯了大錯，孫運璿說事實證明，張忠謀、曹興誠、郭台銘、施崇棠等人，眼光拔卓，帶領台灣電子起飛，改變了台灣經濟版圖，由農工、成品加工，一躍而為全球領導品牌。吳建軍本以為會看到一個老人，細數當年榮光，竟意外聆聽一個老人的懺悔。吳建軍心中一度認為，一個模範、一尊神祇，在他眼前倒下了、崩裂了。很多年後他才明白，在一個老人悔痛的深處，當語言囁嚅，語意不清，仍執意言說時，才看得出人格的偉大。

吳建軍帶相機，猶豫而沒取出。吳建軍與孫運璿的人生重疊了三十餘年，這唯一的一個小時，他們面對面，吳建軍覺得自己當了牧師、或者神的代言人，臨走前，吳建軍內心一股情愫說不出，回程，到父親家接回讀幼稚園的小孩，才知道上午臨別時，禁不住想向前摟住孫運璿，猶如抱著自己的孩子。

吳建軍帶妻、子回家，有個補償性想法，讓兒子走入他的過去，他以為這麼做，可以為回憶做些新註解。但是三合院不是小雨的殼，沒有描寫他的紋路，吳建軍帶攝影機，專心攝錄。兩歲的兒子躲著鏡頭，當鏡頭對準，調好焦距，兒子就逃開了。錄影帶裡盡是快速移動的木麻黃、庭院斑駁的磚牆、兩條逃開的小腿。後來，小雨逃出三合院，往門外緩坡走。吳建軍的鏡頭跟上去。

吳建軍遠遠跟著。不知道小孩被什麼吸引，他邊盯著紅土坡，邊走。藍天下、紅壤上，瘦細的小

小身形，如燕子緩慢飛行，有著刀剪般的俐落，有著銳刃似的寂寥。這狀態只維持兩分鐘，兒子發現鏡頭，再又閃避。吳建軍懷疑，在那兩分鐘，自己的童年附上兒子了。

大老遠飛抵故鄉，只留下兒子兩分鐘的完整留影，吳建軍覺得足夠了。他以剩餘的影帶拍攝佩佩跟建漢。佩佩躲鏡頭，把建漢推到前面。少女跟幼童在鏡頭前嘻鬧，吳建軍愉快攝錄時，忽然想到時光的魔路。吳建軍的童年只留下幾張黑白殘照。其中一張，他跟弟弟、堂妹排一列。母親喝令下，吳建軍急忙與弟弟趿上過大的皮鞋，啪答啪答，走上屋後緩坡，頸直立、下顎縮，正經肅穆，像一個士兵，目視前方鏡頭。吳建軍已遺忘誰是掌鏡的人，只記得巴掌大的墨黑機體，它的中間有一個細邃且深密的空洞。吳建軍與那只空洞對望，像兩條黑狗彼此打量，他們撲上去了，沒有血、沒有急吠，卻是一張照片。

一九八八年三月，吳建軍在睽違故鄉十多年後，第一次返鄉。他帶相機拍下佩佩等侄子、姪女照片，吳建軍笑著說，當年大家都還居住舊宅，建漢還沒出生。每到傍晚，堂哥的孩子爭著拉吳建軍到他家吃晚餐。佩佩代表大堂哥、堂嫂，卻不敵二堂哥三個孩子、三堂哥四個孩子，聲勢立衰。佩佩不善撒嬌，眼看著吳建軍即將走進二堂哥或三堂哥大門，急得快哭了。

吳建軍因大霧延返台北。學生放清明節連假，吳建軍如指揮官，帶領一串幼童，走進通往海口前的小徑，吳建軍中途拐彎，踏開擋路雜草，穿進微光透煦的相思林。佩佩輕輕拉著吳建軍衣袖，說她從沒到過這兒。吳建軍後來才知道，昔果山沿海曾是唐朝陳淵的牧馬場，而今牧場已遠，多的是戰車與壕溝。如果山川有情，即能以它自己說明，何謂物換星移。短短十年，相思林已從吳建軍的嬉戲之地，變為佩佩的幽魔之所。有趣的是樹林與住宅不足百米，以前是這般距離，現在也一樣。

還沒穿過樹林，佩佩與幾個姪女，指著林後突兀聳立的人形陰影驚訝高呼。別怕，吳建軍笑了笑，那是碉堡，上頭塑立三名國軍健兒，高舉國旗。不知構建碉堡的國軍哪來的靈感，學風獅爺，讓其中一名健兒裸露下體，露出巨大威武的卵葩跟陽具。塑像猶在，只是朱顏改，不再英勇吶喊，卵葩則風化碎裂，這倒讓吳建軍鬆一口氣。

往前走，是幾道山丘的稜線，雖不高，但左右無恃，步步走、步步驚。吳建軍在前，佩佩在後，其餘侄兒、姪女又在後，手拉手，連成一線。聒噪的年齡忽爾安靜了，吳建軍回頭看，依稀覺得在這危戰戰的小山巔，又與童年握手。

山豁下，多瓷土，吳建軍常來此處挖掘，雕成印章、動物與帆船，繳交美勞作業，佩佩等人高興得放聲高叫。春末，蟬未鳴，雷先響，吳建軍當了孩子王，在一個雨天與童子軍團穿雨靴，出沒瓷土區，探勘廢棄碉堡，他們踩了滿腳紅土，出小徑，踏上道路，啪答啪答，一排鞋印壓紅，把路抹作畫紙。那當下，佩佩約莫只是建漢這年紀，不知道她還記得嗎?吳建軍持攝影機，特寫佩佩與建漢，佩佩終於放棄抗拒，朝鏡頭比了個勝利手勢。

很多人，包括佩佩在內，都習慣比勝利手勢拍照，當鏡頭內的人擺出這個手勢，吳建軍常納悶，

到底鏡中人是與誰PK，而後獲得勝利？勝利的手勢真的是一種勝利，還是期許未來如意？吳建軍擔任文學出版社主編前，曾待過商會雜誌，編撰工商專文。編輯過程中，看過電腦公會、紡織公會等官商代表，高舉YA。包括力霸集團王又曾，後來捲款潛逃海外；包括黃大洲，獲得李登輝支持，競選台北市市長。黃大洲比勝利，是相較於競爭對象陳水扁、趙少康，一般民眾比YA，又為何呢？

吳建軍仔細比對照片，在黃大洲許多張比YA的照片，挑選影像清晰、色澤飽滿者。手工編版的年代，吳建軍每天早上騎機車到打字行取樣，交予美編完稿。為方便替換錯字，吳建軍練就精細的刀功，輕輕裁下要換的錯字，上新字。編輯只是吳建軍工作的部分，每天一早，吳建軍跟眾編輯分配報紙，讀社論，把千來字的社論濃縮為百來字，提供力霸集團老主人、少主人，以底層員工的時間，換取層峰的效率。時間原來可以處於兌換關係。

吳建軍下班，騎機車到東立出版社接顏亦雯下班，有時候與同事范美華吃飯，聊公務或私事。某一次飯局，范美華說她期待的大事就要來臨了。部門主管黃協理囑咐她先行保密。秘密之所以成為秘密，仰賴於對應關係，知道秘密與不知的人，劃分兩個世界。范美華願意透露，形同將吳建軍拉進關係圈。秘密的鬆動、關係圈的滲透，仍是一種寤寐，吳建軍必須好奇、哀求、發誓不洩漏，范美華必須矜持、欲言又止，最後以友情立誓，才讓兩種關係趨近和諧。范美華說上頭要求黃協理，帶領商會團隊投入選戰，為黃大洲輔選。差事苦，薪水低，多煩事，惱清眠，范美華卻言說閃閃，鬥志高昂。

相對於范美華的躍躍欲試，吳建軍則顯得抗拒。儘管吳建軍態度不積極，但也漸漸跟選戰緊密結合。吳建軍的工作除了編務、寫社論摘要，並翻閱每一份報紙，裁剪競選廣告。黃協理定位力霸集團與商會，以外圍文宣涉入。黃協理戰術細膩，舉辦工商領袖會談，商會團體餐聚，結論指向唯有黃大洲當選市長，台北市政務才能蒸蒸日上。

另一邊，趙少康以清新形象，號召心嚮平和進步，但厭棄國民黨官僚腐化的支持者。陳水扁大打立委期間，出色的問政實績，文宣中，手捧執政報告書、戴深色鏡框眼鏡，露齒微笑，清新而朝氣。比較起來，黃協理說，黃大洲老，揹國民黨包袱，雖為現任市長，優勢卻少。吳建軍執行選戰文宣時，預感到包裝時代的來臨，一個物化的或者神化時代的來臨。

吳建軍於商會工作經年，為王家寫了數百篇社論摘要，從履職到離職，卻未見過老主人以及任何一位少主，倒常在電視與報紙看過。吳建軍提辭呈時，范美華跟黃協理問他原因，吳建軍說不出來。事後回想，吳建軍以為那段日子，為他揭露了太多的真相。社會不會是童年，卻也是驗證理想與夢的所在；世界崎嶇，總有人逆來逆克，終於過柳暗，現花明。

吳建軍到父母家吃飯，喜孜孜地帶了攝影機，接上電視播放，吳母眼尖地認出謝立芳。吳建軍見到公車亭下的謝立芳，以攝影機拉近審視確認，事後忘了倒帶洗掉。鏡頭拉得近，電視上塡滿謝立芳的臉，跟她癒合的疤。吳母問了問謝立芳狀況，吳建軍說，未婚，留在金門發展了。吳母說謝立芳可憐。吳建軍不知道母親所指何事。

謝立芳的大哥被殺，也剝奪她由一個女孩變成一個女人。

吳母說，她以前看見謝立芳，常誇讚她長得真水，以後長大給你大哥做某，真正好。謝立芳原來是童養媳，將來要嫁給大哥的。吳建軍忽然想通了，何以謝立芳大哥被殺，她的父親朝她投擲一個大碗公。謝立芳父親失去兒子，跟著失去一個媳婦。謝立芳未嫁留金門，謝父、謝母因此多了女兒，還是延續遺憾的故事？

吳建軍為兒子以 V8 拍攝，幾年後，改以 D8。兒子長大，繼續躲鏡頭，又過幾年，記錄拍攝變成手機的基本功能時，吳建軍已懶得拍，兒子在鏡頭前，也未如幼時的可愛。睡前，吳建軍擠到兒子床上，摸摸頭、搔搔癢，胡鬧一陣後，才放兒子熟睡。有時候吳建軍問兒子，以前那個坐在他肚皮上、枕著他的膝蓋，兩隻腳丫如玉柔潤的孩子哪裡去了？孩子像一個容器，不斷填充體重與身高，後來，吳建軍還能在小孩國小畢業前，抱起他慶祝。兒子學小時候，頭靠上吳建軍肩胛，角度已歪斜，不若童年時流暢。客廳穿衣鏡投映父抱子畫面，兩人不約而同瞄瞧鏡子，似預感了所有人父人子，終將移出這一面鏡子，覓尋新的投影。

吳建軍、顏亦雯常為兒子讀書問題討論、爭執。兒子對教科書散漫，熱中課外讀物，吳建軍警覺到兒子的人生，將超出兩人的想像。吳建軍好奇，兒子將把他們帶到哪一種未來。吳建軍搜尋封藏多年的 V8 影帶，更加堅持此一信念。吳建軍拿 V8 影帶到專業影像店數位化，搜尋佩佩與建漢的錄像。原以為約三分鐘，實是六分餘，比預估的多出一倍。吳建軍存置一只空白的隨身碟。

剛過二十世紀，吳建軍到父母家用餐，吳父給他一張短小剪報。自從離開力霸集團，吳建軍未再動手剪報，網路時代人人習慣搜尋，也少剪報留存了。一則小報刊，不會是候選人文宣、不會是一天得吃黃綠紅三種蔬果新聞，報上記載一名少女與男友感情糾紛，被殺死在住宅。

吳建軍不知道這則社會新聞與他何干?關於情殺、暗殺、兇殺、仇殺等殺戮，已是一天的光影，吳父跟他說，報載的女孩是佩佩。堂哥、堂嫂默默在台北辦了喪事，沒驚動親友，吳建軍與父親回金門弔唁。佩佩學美髮，畢業後，在中和美容店幫忙。半年後回家過年，坐在客廳的佩佩拘謹得像個客人。像拷問犯人，堂嫂問女兒提起的交往對像。佩佩的男友叫志豪，帶佩佩玩雲霄飛車，逛西門町跟東區，拍大頭貼，吃阿宗麵線。

大嫂說著佩佩時，眼中帶笑，坐在門前矮凳，就一張石桌剖蚵仔。堂嫂說，知道佩佩死了，好幾天她一直做同一個夢。夢中，堂嫂特地燉雞湯給佩佩喝。佩佩一碗一碗喝，喝不下時，就撒嬌不再喝，堂嫂數落佩佩說，她以前做小孩的時候，哪有雞湯可以喝，不知好歹，快，快喝下去。佩佩不喝，她捧著的雞湯，變成一碗血，佩佩抗議，停下來吸了幾口大氣說，她很痛，血很難喝，她喝不下去了。堂嫂大聲斥責，血很珍貴，每流一滴血，就流出一點生命，趕快喝下去。志豪以刀殺了佩佩，佩佩失血過多斷氣，堂嫂說到這裡，呆了一呆，沒再說話，突然嘖嘖輕喊。

堂嫂一不小心，鑿刀切過食指，血，從堂嫂長滿厚繭的指心流出來。她慢條斯理擱下挖蚵仔的鑿刀，血流下指頭，落幾滴在石桌。

吳建軍想衝過去，像當時回家當孩子王，懷抱佩佩一樣，摟住堂嫂。吳建軍忍著，翻了兩個口袋，都沒找到面紙，卻握著錄有佩佩影像的隨身碟。堂哥不慌不忙取來紙巾，讓堂嫂壓著，吳建軍湊近關心，堂嫂食指受壓，血鑽出指心。等到血，圓得飽滿，圓得難以承重後，就成為一滴血，掉落。

吳建軍沒有交出隨身碟，塞進背包。

幾天後，吳建軍揹著同樣的背包，赴往南海路，執行雜誌社與基金會合作的科技界大老，採訪孫運璿。不知道是他助理還是看護的女士，從電腦調取照片，吳建軍忙搜尋背包，找到忘了取出的隨身碟，與電腦接取。檔名「吳佩佩」的檔案還在，吳建軍另建新檔「孫運璿」，存放孫運璿擔任電力工程師、經濟部長、閣揆與總統府資政的各時期照片。

孫運璿從年輕、青壯到老年，縮影在一個黃色的檔案夾。螢幕後方，孫運璿沉默頭低，吳建軍一廂情願地以為，他正默默為吳佩佩哀悼。

不死草

深山中、樹林間，細密的聲音，像人在交談。吳可端久不見人影，初聞人聲，異常興奮，小心縮在樹叢後，輕輕以左右手，撥開樹叢，透過一小方口看。想知道那是人、是鬼、還是獸？

吳可端凝神，風停霧止，整座山林成為水的結晶，滴答滴。的確有聲音穿過滴答滴，穿過時間的縫隙，到他的耳朵。到的，也不只是他的耳朵，而指向一個可能的世界。吳可端聽仔細了，不知道那是一個聲音還是兩種腔調。有時候一句句，娓娓道來；有時候像面對山壁說話，聲音與回音對撞。吳可端卸下心防，正想靠近，不明的一個或兩個聲音夾帶著火氣，舌如火、聲如雷，如滿山枯枝燃燒。

吳可端慶幸自己沒有魯莽，按捺好奇與焦慮，繼續觀察。

吳可端走，經年累月地走，已不知走了多久。沿途巨木參天，初始，他好奇樹的寬，停下看樹。樹老，樹瘤滿，樹皮皸裂，他伸展雙手，像拓印，將自己貼上。他退幾步，以一個人的寬衡量樹，估計樹該是五人、十人或二十人的寬。吳可端繼續走，見巨木綿亙如山，望老樹鬱然成雲，他已失去衡量樹的興趣。吳可端渴望看見人。

遲遲不見人跡，吳可端開始跟自己說話。有一天，迷霧飛，如獸奔，白色萬獸，靜謐行軍。儘管知道那是霧，吳可端趕緊禁氣，不敢說話，看著龍啊、虎啊、大象等，奔馳而過。吳可端坐在凸起的樹根，倚樹幹，揣想人間除了他之外，可還有另一個人，跟他一樣困在自己的茫然大林，找不到出口？那個人會跟他一樣，懷疑世界不見了，或者，被世界拋離？

……吳可端辯駁說，不，不，我不曾懷疑。妳肯定會在出口等我。

吳可端說——或者，是吳可端想像了一個女人跟他說話，我們只相處一夜，我怎能辨知你能以一個晚上的線索，找到我？

吳可端說可以的可以的，我記得妳眉眼下一點黑痣，雙頰偶露梨渦，妳的兩道笑紋，右邊深、左邊淺，記得妳說玉米花開，像老人的鬍鬚，一叢一叢，瞬間，滿山秋意展，天地竟似老了。

女人說，你願意放棄李東尼跟他的寶藏，與我栽幾畝玉米田？

吳可端說……他大聲說，不只栽玉米，還要種地瓜。

女人猶豫，我擔心耕種過活，不比探險有趣，日子一久，你就要離開了。

不會，我不會走。吳可端搶著回答，彷彿女人就在他眼前。我會帶妳回金門，到我的故鄉，回拜我的雙親，認識我的手足，如果沒法經歷金門的四季，至少可以感受它的秋涼，以及夕陽斜、弦月升，一西一東，各在天的一邊，以它們的光譜交談。

女人朝吳可端嫵媚一笑。是啊，願意帶她回鄉省親，就一切盡在不言中了。

女人靠上吳可端、吳可端順勢摟著。

常常就在這個時候，吳可端夢醒，對話結束，面對空茫，感慨無限。

吳可端並不知道女孩的名字，女孩也不知道他是誰。李東尼握藏寶圖，組冒險團深山尋寶，吳可端為了早日衣錦還鄉，榮歸故里，放下生死迷思，追隨尋寶。出發前一晚，吳可端於酒店認識女孩。

那一晚猶如世界末日，那一晚銘記的人，宛如人間最後的徘徊。吳可端孤獨的時間已夠久了，久得讓

他跟自己說話，搬演情節，也久得彷彿死透，而若女孩記憶他、懷念他，為他祈禱或焚香，她該如何述予冥冥眾神，一個惦念的、卻沒有名字的人？或者他只是孤獨、寂寞，終有一天在巨林中，翻找一條線索，重返人間，然而，他該如何尋找不知道名字的女人。

……或者，吳可端說我可以為妳命名，該叫什麼好呢？

女人撒嬌，你取什麼我就叫什麼，都好。

想了幾天、幾月或幾年，吳可端說就叫渝人、林景或者小火？

女人說什麼都好啊。

女孩信賴他的命名，吳可端反倒猶豫了。

正因為在很長的一段時間中，吳可端不得不與自己說話，因此，聽到深林大霧裡，怪異的人語或獸鳴，才懷疑那會不會是一個跟他一樣，因為某種遺棄，而陷入某種昏暗的人？

女孩質疑，你又不是你的父母，怎能保證你父母的心意？

吳可端安慰女孩說，絕對不會，我父母看見妳，肯定歡喜，一定會同意我們在一起。

我就是知道，我就是能夠保證。吳可端大喊。

要不，別回金門，你的遙遠故鄉，多見一個人多一個風險。女孩慫恿。

可是，吳可端說若我們的婚禮，沒有人祝福，這太委屈妳了。

女孩搶著說，古人曾云，以天地證婚，這就不就成了？

可是、可是……吳可端訥訥說不出話。愣了一下後，自己哈哈大笑。吳可端想，再這般下去，若他尋著出口，恐怕也成瘋子了。他可以念想女孩，卻不能著魔，使自己迷失在一個世界後，又走失在另一個世界。

大山深林中，或單或雙的不明聲響，成為吳可端的救贖。吳可端在大山中曾取得寶物。如旋龜，吼聲如木頭劈開，長鳥頭、蛇尾巴，宰殺後，以衣和血佩戴，耳朵不聾。有一種獸長白色耳朵，或爬行或直立而奔，名叫猩猩，吃了牠就善於奔跑。有一種樹叫迷穀，黑色紋理，舉高它的樹枝，便光照四方。有一種樹名叫白柳，肌理血紅色，樹身流出漆一般的汁，味道甘甜如飴，吃了可以不覺得飢餓。

有一種獸青臛，模樣像狐狸，吃青臛肉可以不迷惑。吳可端備齊寶物，掏了片青臛乾，心想過去幾年幾月，竟沒想到要吃青臛，難道他故意放任自己因執念而迷惘，也不願意回守清明，斷念人間？

他看了看血紅色青臛，正要吞服時，女人說，別吃啊，吃了，就見不到我了。吳可端心神一恍，趁猶豫難決時，一口吞服。許久沒吃青臛，療效大，眨眼間，萬事萬物不再被霧與樹遮掩，而清清楚楚地映眼中、繞耳廓，連肌膚都繃緊。吳可端得寶物護身，不再以人、而以俠的本領靠近莫名的聲音，他有把握，真有事端，亦可順利逃脫。他看到的景象委實滑稽、恐怖，致使他以為眼前物是青臛、旋龜等怪獸。細看後，他察覺那是人，不是獸，更驚恐地一步步退後。等回神過來，才想起已服用猩猩肉片，奮力一跳，逃到十來公尺高的樹幹。

「異物」警覺有人來，大吃一驚，一個聲音怒斥，誰敢傷害他們，他就跟誰拚；同時響起的另一

個聲音，雖沙啞，但聽得出來是女聲，嚶嚶啼哭。吳可端想，眼前物必定是怪獸，否則哪能出聲示威，又哽咽哀哭。

儘管是午後，吳可端求安全，舉著迷穀，剎那間，光照四方。往昔，吳可端獨自在深林走動，遇旋龜等怪獸，迷穀的光可驅邪，怪物不敢近，眼前異物卻如如不動。光穿透霧跟陰影，吳可端瞧仔細了，「異物」兩個頭、四隻腳、四隻手，身體卻連在一塊。是人；是一個人、但也是兩個人。

男聲指著吳可端，罵他惹哭了他的妻子，憤怒地想爬上樹，卻拖不動兩個人的體重，揀起地上石頭往吳可端丟。力道不夠，石頭掉落一邊。眼前「異物」一怒一哭，滑稽極了，吳可端知事出有因，忍住笑意，留著滿臉驚恐。女聲看吳可端表情，哭得更難過，忙著問吳可端，她這般，是不是很恐怖？男聲以頭、手示意，希望吳可端別說。

吳可端料到「異物」危險性不高，倘若突然相害，應能順利逃脫，翩然跳下，落在「異物」面前。近距看，男聲俊偉、女聲嫵媚，只是不知為何兩人髮長衣髒，彷彿天地流，日月走，無限滄桑。吳可端忍不住問，明明是兩個人，怎黏作一塊？

男聲打量吳可端，見他眼眸清、五官正，不像個壞人，感嘆地說，他們兩人醒來，發現兩人臂腋之間長了枝傳說中的不死草。不死草傳說只東海有，男聲推論，可能是攜有不死草的風神禺強經過，不小心遺落，掉在他們身上，使他們死而復生。

吳可端小時曾聞人死而復活，變殭屍，專吃活人，臉色微變。故事裡的殭屍行動笨拙，臉色蒼白，且也沒聽過連體殭屍。想著人死復活，該怎麼稱呼好呢？男聲嘆氣，他們死時抱在一塊，也不知抱了幾年，不死草在他們兩人身上孵育，又不知多久，等他們回魂活轉，就變成這模樣了，男聲苦笑，自此之後，真是夫唱婦隨，長相廝守。他們初醒轉，感謝上天造化，抱著彼此，恩情再生。但一對戀人、情人、夫妻，完全沒有距離，卻也麻煩。

一些隱私如便溺等，無可躲避，儘管夫妻情篤，總希望留最好的一面給彼此，連體後，就毫無保留。男聲說，他妻子的美，無論遠近。近看膚賽雪、鼻樑挺、眼眸亮，遠看身姿婀娜，飄逸若神，但自從身體黏貼，便失去觀看妻子的距離跟角度。男聲一下子講了許多，女聲還在哭。為分散女聲注意力，男聲轉問吳可端哪兒來、什麼名字、幾歲、做什麼工作？他的妻子一聽，慢慢停止抽泣。吳可端反問兩人什麼名字，男聲本待說，被女聲制止，以前兩人自主獨立，現在變這模樣，還能用舊名嗎？說著說，又要哭。男聲急中生智，說吳可端是他們回魂後，第一個見著的人，請吳可端為他們找名字。吳可端一聽，想起還沒幫女孩取名，卻要為陌生人命名，本待推辭，見女聲可憐，只好答應。

吳可端書讀不多，這陣子正面臨取名問題，調遣不少文字，有時候執枯枝於地上，胡寫推敲。吳可端發現於地上寫字羅列，字從腦海移居地上，便有了神態。男聲女聲都覺得奇怪，要他取名字，吳可端卻在地上亂畫。吳可端見他們綁一起，首先想到雙字，成雙之後，兩人對望朦朧似也，忽說，何不叫作「朦雙氏」呢？兩人知「雙」是一對，雖不知「朦」是何意，都欣然應允。

朦雙氏說他們變成這模樣，無顏再見故人，魂轉後，每一天都不斷地走。雖不知此處何處，唯有不斷走，不停地移動，才能感到心安。奇妙的是沿途看見玉米、地瓜、小麥、四季豆，野生在叢林之間，因此不曾餓著。吳可端聽到這兒，忽問朦雙氏，可曾見過異象，比如說天烈晴，忽然陰雨來，奔雷至？比如說，一條龍飛掠雲端，長兩支金色角，一對金色翅膀？

朦雙氏訝異地問吳可端，這裡也有龍嗎？吳可端點頭，提到他曾在深林遇見應龍。應龍轉嘯聲為旋律，降服陰險狡猾的魑魅魍魎，變成各式各樣作物。朦雙氏知道自己吃食的五穀蔬菜都屬怪物幻化，訝異得說不出話。他們沒懷疑吳可端，除非蘊含慈悲，否則，豈能在森林惡地，抽綠滋生。

男朦雙說，他跟妻子哀傷許久，又絕望又討論，終於想到一個方法，恢復舊貌。女朦雙雀躍又焦慮地說，那就是爬上天梯，向天庭眾神求情。

天梯？那是什麼？吳可端不解。

天梯就是從人間爬到天上的梯子啊。男朦雙補充，天梯不真是一道梯子，而可能是一座山、一棵參天神木，如果能爬到頂、爬到頂，就能找到眾神。他們想過自己爬，而若能找到神龍幫忙，就飛快得多。

女朦雙恨恨地說，若天帝還是顓頊，上天梯、訪天庭、求眾神，又有何用？

顓頊是誰啊？吳可端問。

男朦雙看了吳可端一眼，納悶他怎會不知誰是顓頊？想起吳可端說，他是二十世紀金門子弟，搭輪船落番南洋，與人尋寶，才迷失深林。不知道顓頊的人，卻知道二十世紀。男朦雙想，什麼是「二十世紀」，他完全沒概念，心裡一陣羞愧，跟吳可端解釋說顓頊是黃帝曾孫，叔父是少昊。少昊在東方建立王國時，顓頊曾往幫忙，長大後，當了北方天帝。顓頊手下屬神，就是海神兼風神的禺強，提到此，男朦雙悠悠想到，若風神禺強是顓頊舊屬，何以帶給他夫妻不死草？男朦雙念頭閃過，接著又說，黃帝因蚩尤帶領苗民做亂，後雖平定，心力已疲，見顓頊治理積雪遍野的北邊大地，有條不紊，傳讓中央大帝給顓頊，黃帝自己暫且閒雲四遊，藉以考察，並恢復精神。

女朦雙期望顓頊只是暫待黃帝職，過了這些年以後，黃帝已重拾權杖。轉念又想，就算顓頊在位也無妨，只要找到黃帝他老人家，夫妻倆就有救了。當務之急，便是找到天梯。男朦雙興奮地說，就這麼巧，吳可端正好見過應龍，不如找了應龍，幫他們的忙。夫妻倆眼巴巴望著吳可端，彷彿只要他一出聲，即可召來應龍。吳可端說，已與應龍分開許久，大山路亂，找不到聚住的地方，女朦雙心有靈犀，忽說沿著玉米、地瓜等作物找，說不定有機會找到。男朦雙大聲叫好，連吳可端都暗自讚許。當時，應龍一心以龍吟幻化魑魅魍魎，吳可端則惦念森林外的女子，這才分道揚鑣。

吳可端一直擱著疑問在心口，男歡女愛是上天之道，何以橫死？怕觸及兩人心事，遲遲未問。吳可端看著兩個人或一個人，盯著第一張臉跟第二張臉，以及介於玉米與小麥幼苗的不死草。它的根跟葉一樣綠，如毛筆破鋒，綁牢兩者，也撰寫兩個人，好奇他們什麼因緣，變成「朦雙氏」？朦雙氏知道吳可端無論早晚，都會問到這個問題，抬頭，握緊雙手說，他們本為兄妹，結婚後觸怒顓頊，被流放深山。群獸、眾神，知天帝意旨，奪去食物與衣裳，夫妻倆飢寒交迫，相擁而死。

朦雙氏不等吳可端反應，問他知不知道人類的造物主女媧？吳可端點頭，問他知道伏羲嗎？吳可端又點頭。伏羲、女媧是人們共尊的始祖神，於西南苗傜民族間，地位猶高。男朦雙說，多數人知道伏羲、女媧是夫妻，停頓了一會兒又說，卻不知道祂們由兄妹而為夫妻。吳可端幾分鐘內，情緒轉了幾回。知道朦雙氏是兄妹，認為受顱項處罰罪有應得；得知始祖神伏羲、女媧本為兄妹而結連理，又不覺得朦雙氏錯在何處。

吳可端讀小學時，曾聽健康教育老師提過優生學，大意是三等親結婚，基因漸趨單調，影響後裔成長，然而女媧造人時，以大地塵和大江水，濕泥灑地，蹦跳出一個個人。自此男女有別，有情有愛，而今男朦雙娶女朦雙，彷彿回歸到女媧造人前，漫天的飛塵與滾滾江水。吳可端內心一驚，他執念的女孩廣義說來，不正是另一個妹妹？吳可端暗罵自己，盤古開天、女媧造人跟補天，都是神話故事，課堂上老師說，人類的生命起源於大海，由單細胞演化，漸行複雜，不知花了幾億年，才造就人類。而造就出來的人類還只是原始人，又再經千萬年演化，才有今人的模樣。

可是，吳可端想，如果沒有神話，哪有眼前的朦雙氏呢？

是啊是啊，吳可端掛念的女人說，不僅沒有朦雙氏，也沒有我呢。

不會的，妳在，這麼真實，我知道妳在。吳可端忽然說，就算人類是遠古的單細胞演化，那不知名的單細胞，也是人類的始祖。

你提單細胞做什麼呢?不美又浪漫。女人埋怨。

吳可端笑著說，是啦，人類還是得要有伏曦、女媧才美。聽朦雙氏說，始祖神夫妻，人首蛇身。腰身以上做人形，穿袍子、戴冠帽，腰身以下是蛇軀，兩條尾巴緊緊地親密纏繞。

咦，女人不解地問，何以人類的始祖半人半蛇?何以到後來，我們都沒了蛇的尾巴?

吳可端訥訥說不出話來，想起遠古金門跟武夷山一帶，流傳過蛇信仰，搶著說，先民見蛇蛻皮再生，驚其神力，故而祭拜信仰。伏曦、女媧人蛇一體，也是這道理吧……

朦雙氏秘密吐盡，心情頓輕，等著吳可端回答，但見他皺眉發悶，邊踱步走，邊喃喃自語。不一會兒，吳可端醒轉，臉慚神愧，經不起朦雙氏詢問，吃吃地道出女孩的事。女朦雙說，雖然吳可端沒有不死草抓結彼此，卻已用心念，縫黏情意了。

為鼓舞吳可端一起找應龍，也同情吳可端深山迷走，不知止時，朦雙氏說，他們與山生活一輩子，自信能找到出口，跟吳可端的女人。朦雙氏的請託未嘗不是他的請託。吳可端答應。一行人沿著農作物找。不知寒暑幾回，吳可端在乾枯的玉米梗旁，找到腐朽的枝葉，層層壓積，最上頭一層呈深褐色，往裡翻，褐色褪，爬上青色黴菌，再往裡翻，枝葉枯朽，蜘蛛與螞蟻等昆蟲散亂鑽出。吳可端難以計量與應龍分開的時間。

朦雙氏在巨林中穿梭，遇分岔，毫不猶豫快走，只在雲霧四起時，要吳可端注意天境變化，覓

應龍形跡；逢少見巨木，眼巴巴張望樹的尖頂，是否直抵天庭。與朦雙氏同行，吳可端想念女孩，但已停止喃喃捏造對語，他跟男朦雙聊打獵、農作，以及古老神話如盤古開天、女媧補天等，跟女朦雙說些女孩子喜歡什麼、好奇什麼，以便來日與女子重逢，不會笨拙如木頭。朦雙氏則對吳可端所說的「二十世紀」感到好奇。可惜吳可端的故鄉金門，多農耕捕魚，經濟活動與遠古世界相差無幾，並不能滿足朦雙氏對「二十世紀」的好奇，吳可端想起曾見過美國登陸月球新聞，以及播放新聞的電視，果然引起朦雙氏不斷追問。但是，美國是什麼、為何登陸月球、電視又怎麼運作知之甚少，吳可端所說的這些，對朦雙氏來說，也像是一個個不可解的神話。

再一個不可解的神話是，金門為兩岸戰爭前線，對於步槍、機關槍跟砲彈，朦雙氏把這些想像為神獸噴火、吐雷對抗。朦雙氏聽完吳可端談戰爭，高興地說，說不定愛惹是非的顓頊天帝，跑到人間，挑起戰事，這樣看來，天庭正由黃帝老人家親政哩。受此聯想激勵，朦雙氏說得趕緊走才行，萬一顓頊再回天庭，那就糟了。

說好要快走，其實走不快。女朦雙不知何時，肚腹漸隆，吳可端雖少小離家落番，但也見過鄰居、以及母親懷孕模樣，知道女朦雙有孕了。有時候走不了，男朦雙並不能像人間男女這般，彎腰拱背，揹著妻子走。男朦雙也不能橫身胳臂，抱起女朦雙，至多，只能扶著女朦雙。

吳可端看在眼裡，想起男朦雙說，自從黏在一塊兒，不僅沒了隱私，也不能從各個距離跟角度欣賞他妻子的美，而今愛情太近，反倒成為障礙，而且，只要女朦雙肚疼喊累，男朦雙只能跟著停下來，女朦雙坐、他不能站，女朦雙躺，他不能坐。要不是吳可端一路同行，且應龍幻化魑魅魍魎成作物，生生不息繁衍，吃食無虞，否則兩人儘管受不死草恩賜復活，恐得再死一回。

一路上，多由吳可端撿拾枯枝生火，朦雙氏煮食，女朦雙懷孕，男朦雙什麼也不能做，只能在一旁說話安慰。甚至臨盆時，男朦雙不能煮開水，不能幫忙接生。女朦雙擴張雙腿，擠力產出嬰兒，尚未人事的吳可端，初見女陰，瞠口結舌，胡愣了好一陣。他要女朦雙再撐開腿、再用力，但她的左腿無論如何再也撐不了，吳可端一急，脫口要男朦雙讓讓，但是，男朦雙哪兒也去不了、讓不了。吳可端看見小朦雙的頭了，再用力再用力，頭鑽出來了……朦雙氏生出來的小孩也是朦雙氏，鑽出一個頭、又鑽出一個，吳可端有一點暈眩，別過頭去，稍減血腥味，兩手仔細又輕柔地拖出嬰兒。兩個頭、兩張臉、四手四足。吳可端檢視嬰兒時，巴望著小朦雙少一隻腳、少一隻手都好。吳可端抽出以火消毒的尖刀割斷兩條臍帶，以布包覆，再交給女朦雙。看著女朦雙懷裡的雙臉小嬰，吳可端想，就當她生了雙胞胎吧。

男朦雙罵自己沒用，什麼事都幫不了，再大聲感謝吳可端。吳可端累壞了，坐在篝火旁、圓石上，看著同樣癱軟在地的朦雙氏，想到朦雙氏是被顓頊處罰、還是被風神禺強、還是夾生兩人之間的不死草給處罰了？男朦雙探頭憐惜地看著妻子，拿起開水消毒的布巾擦拭身體、抹去滿臉汗水。吳可端看著，關於愛情的不悔，又怎能處罰？

小朦雙跟牛、馬等獸一樣，生長極快。吳可端曾見家裡母牛分娩，才生下，小牛掙扎幾下，四肢已可撐立，小朦雙竟也這般。不同朦雙氏的是，小朦雙身體黏接處並沒有不死草。朦雙氏因愛情而黏合，小朦雙因生命而逢黏，等到小朦雙可以言語時，才知道小男朦雙未必喜愛小女朦雙，兩人常為奪食物爭吵，為該玩哪種遊戲而打架，不僅朦雙氏疲累，連吳可端亦不得安靜。

小朦雙長得快，一行人住住停停，續往森林出口出發。吳可端越來越懷疑，朦雙氏真知道那個他也說不出名字的小村，找著一個不知道名字的女孩?不久，女朦雙又懷孕，吳可端擔心所謂的「不久」其實很久，女孩仍會等他?他若找到女孩，還能辨識得出?

隊伍由「兩人」，變兩大一小，又變成兩大兩小，等到變成兩大三小時，最早出生的小朦雙已是大哥朦雙。對此稱謂，小女朦雙有意見，質疑地問，為何不是大姊朦雙呢?對此，兩人又吵一架。稍可安慰的是，小朦雙知道自己族群特殊，對於小小朦雙、幼小朦雙，都關愛備極。

一天上午，朦雙氏帶頭，玩著吳可端教他們的遊戲「躲迷藏」，吳可端當鬼，手伏樹幹數數，大、中、小朦雙，窸窸窣窣躲遠。吳可端數到一百開始找人。他聽到不遠前的樹林後，傳出枝椏斷折的聲音，料是小朦雙爬上樹幹。吳可端循聲走，撥開樹叢找，大吃一驚。方才的聲響並非朦雙踩斷樹枝，而是風吹過廢棄枯朽的旅店，很可能是歪斜的招牌，掉落地板發出聲音。年年月月，吳可端回到旅店，重溫與女子的相逢之所，一次一次想著那個夜晚他們所說、以及他們來不及說，卻一一被吳可端杜撰的話。

吳可端記得，順著旅店朝後走，經兩座森林，即為女孩居所。旅店的腐朽程度真正讓吳可端知道，他度過多少遺失的光陰。女人還在嗎？若在，尚能與他完夢？他呆呆看著。大中小朦雙氏躲藏許久，不見吳可端來尋，一一走出藏身處，找了許久，看見吳可端盯著老朽的旅店發呆。他們都知道吳可端的故事，以及他們不斷遷徙尋走的原因，朦雙氏走近吳可端，男朦雙輕拍吳可端肩膀，女朦雙說，都到了這時候了，不能讓女孩再多等一天。

朦雙氏令下，中小朦雙迅速收妥簡易行囊，往旅店屋後的森林出發。

不知道過了多久，吳可端再於森林看見炊煙，他想像女孩嫁了、老了，說不定死了。吳可端悲傷、興奮又不安。仲夏時光，玉米田長得正綠，地瓜藤爬得正好。看見遠遠有一人戴斗笠、穿暗色衣裳，沿著玉米田，剷除雜草。吳可端知道是她，是他來不及問清名字的女孩。她還在。栽了她的玉米跟他的地瓜。女孩沒發現背後有人。以往，她每每聽聞身後聲響，就趕緊回頭，希望看見吳可端，但好幾個年頭過去，她沒等到人，她對悶響於背後的騷動，都當作是場玩笑。此刻，後頭不是青蛙跳躍模擬的腳步聲、不是小鳥模仿的人聲，而是結結實實喊出的喂、喂、喂，那是蛙與鳥，難以模擬的聲音。

女孩守著漫長的等待轉過來時，已不是女孩了。一名老婦，吳可端卻一眼認出，她就是當年的女孩。吳可端訥訥地說，我來了，妳在，果然還在。

女孩認出吳可端。她以為經過漫長等待，即使男人來，也該老了，但吳可端一如當年，與新落成的旅店一樣新。

女孩——老婦，看見吳可端身後的雙頭四手怪物，她既不驚駭，也不尖叫，對比她的衰老與吳可端的年輕，世界上，再沒有比這個更恐怖的了。

老婦沒說話，眼眶帶淚，一步一步退後。吳可端大叫，妳別走別走，卻使老婦退得更急。女朦雙知道原委，與丈夫心神相通，快步往前走。經過吳可端身旁，男朦雙跟他說，別急別急。吳可端哪能不急，跟著跑去。老婦拔腿快走，畢竟上了年紀，走不快，不一會兒已被朦雙氏追上。老婦喘氣，但無懼色，只是不知怪物追上來做什麼。

朦雙氏與老婦雙雙站定後，吳可端也追上來。老婦不敢直視吳可端——

她夢轉千迴的情郎，出言制止說，走、走，快走，我不是你要找的那個人。

不是我要找的人，何以看見我就快跑？吳可端說。

總之，你認錯了人，我說錯了話，走、快走。

吳可端勾勒了幾千幾萬種相逢情節，絕沒一種是女孩要他快走的，不禁嘆氣難過。

你看你看，都這些年了，我等我等，但是我老了，你還年輕。女孩哀傷地說，她都老得可以當他的阿嬤了。

吳可端走近一步，端詳女孩，正要說話安慰。女朦雙忽然從腰臂處，摘下不死草的葉片，趁著老婦說話分心，執起手，安放在她的掌心。老婦問她做什麼啊？見葉片胖如圓月，翠如含露新葉，才沾手，清涼透，喜意升，沒來由地，感到厚實滿足。這股厚實，不是千言萬語打造的，更像撕開秋收的玉米穗，飽滿的晶黃穀粒，一顆顆緊湊排列，渾然天成，不需要再有人，為這穗玉米添色。葉片忽然變形，向內收斂，葉緣微光，如一朵花、如一枚桃。後來男朦雙問妻子，怎知道要摘下葉片，女朦雙說，也許早就知道，也許被不死草觸動了，她忽然讀到老婦心聲。那聲音她並不陌生。在與丈夫相擁而死的瞬間，她聽到花的舞動。那個細碎的、乍寒的、充滿旋律的死亡。

吳可端走近女孩。女孩知道吳可端為何吃驚了。他不是訝異她的老。要是無法理解她的老，不會這時候才說出來。透過他的左眼右眼，透過他夠近的、曾與她廝磨說話的眼睛們，她看見決定為他守候的自己。跟旅店一樣嶄新神秘的自己。

吳可端踏前一步，舉起女孩的手，跟她說他是吳可端。他真的走進她的世界。

吳可端微笑地看著女孩，等著她說，屬於他們的第一句話。

李錫奇・浮生十帖：快意（局部）

美人病

南風起。南風是看不見的手指，抓著樹與屋簷、梳理窗與等待，一頭一頭的亂雪，慢慢化了。春亮的屋內，炎帝坐著，長桌在前，擺著掘回來的根莖，炎帝聞樹根，拿刀削片，有的磨成粉，正待一一試藥。吳可莊備妥清水，若炎帝神色有異，得趕緊餵服。吳可莊不知何謂神色有異，加以炎帝膚黑，著實難辨。不過，吳可莊很快就知道了。炎帝平時是人身、人形，倘不幸吃了毒草，人臉頓成牛頭。

炎帝毒退後，吳可莊問祂為什麼會這樣？炎帝說，人類尊貴但羸弱，從出生到獨立，得花三、四年；要能狩獵耕種，貢獻族人，又得十餘載，是以上天賦予祂「獸」的異秉，逢災厄時，便以獸貌抵禦。炎帝問他看過牝牛生子嗎？吳可莊來自金門農村，點頭說看過。小牛一生下來就能四肢撐立，找母乳喝，又兩天，就可以奔跑，人能夠嗎？吳可莊喜歡牛，經炎帝一比，彷彿人不如一條牛。不過，經炎帝一說，吳可莊明白為何所處之世，有這麼多人獸合體的「人」。

吳可莊為尋落番的哥哥吳可端，乘船下南洋，往新加坡途中，遇大霧與海盜，雙方激戰，吳可莊落海逃逸，荒島中醒來，已在遠古世界。炎帝戰敗南退，吳可莊追隨左右。有時候吳可莊拍耳光、擰大腿，仿電影主角，意圖以痛敲散眼前種種。吳可莊疼得很，不知今夕何夕，聽見村民叫嚷他，一起追趕「猩猩」。據說吃了猩猩，可奔跑如飛，追趕獵物，或者逃脫鴟、彘等怪獸偷襲，都大有幫助。吳可莊應聲，抓起長矛跟著跑。吳可莊沒醒來，吳可莊做著一個很深的夢，或者——吳可莊搖了搖腦袋，難道這些都是真的？

吳可莊擔心，無法回到原來時空，找不著哥哥，父母會有多心急？而且，中共砲，夜襲金門，他與家人縮躲防空洞，聽著夜的火，坑坑洞洞燒過來。吳可莊在，總比不在好，他在，總可與家人擁抱，以他們的火，抵禦砲的火。吳可莊思及，內心一股暖流，也想到若找回哥哥，兩岸戰火熾烈，不等於拉哥哥回去送死？

吳可莊從炎帝的牛頭人形，以及追捕猩猩等異獸找到靈感，如果每回捕獵後，他都暗藏囤積，時日一久，寶貝繁多，不但能保衛家園，說不定還能反攻大陸。吳可莊檢視留存身旁的「祝餘」跟「蜀鹿」。嚼食祝餘能數日不餓不渴，最適合陸戰隊潛伏內地作戰，嚇壞共軍；蜀鹿是祥獸，佩戴可保後裔繁衍，可把蜀鹿鬃毛磨粉，摻入飲水，供前線軍民飲用，如此一來，人人都是無敵之身。吳可莊得意想著，又想到蜀鹿只能佩戴，沒聽說可以喝，不知道喝蜀鹿的毛水，可有功效？想到蜀鹿跟水，吳可莊倏地一驚，趕緊回神，盯看炎帝。炎帝看著桌上根莖，不知多久了，似無試服之意。

吳可莊耐心等待，不敢大意。隔許久，吳可莊腿痠，席地而坐，炎帝不以為意，長長嘆息說，春天，來了。吳可莊早知入春，在故鄉，父親會說起南風，就快耕種了，走進柴房，拿出鈍掉的鋤頭與犁刀，以石子磨利，並提前準備種子，把牛餵得精壯。父親談春天，語氣雀躍，炎帝提春天，像看見另一個寒冬。

炎帝不只看見寒冬，屋簷與樹上的雪色，忽就盤據炎帝頭上。吳可莊吃一驚。他不知道炎帝的髮，何時斑白，症狀轉變如此劇烈，肯定是中毒了，卻沒看見炎帝何時試吃長桌上的草藥？

吳可莊等待炎帝出現異狀……等待炎帝從人臉，變成牛頭。

炎帝沒變成牛頭。春來雪融，炎帝忘了三敗黃帝，忘了門下大將蚩尤被黃帝斬殺，以及巨人刑天，北向挑釁，戰敗後行蹤成謎。吳可莊想，炎帝遺忘前事也好，傷心事天天掛，不老沉，也掉魂。吳可莊覺得奇妙的是，遺忘這些事後，炎帝並不輕卸，更顯心事重重。

吳可莊探訪炎帝頭髮轉白的原因。村民說，每逢春天，炎帝髮枯白，入夏轉黑，到秋冬又回復原狀，幾十年來，都是這般，村民不以為奇。村民燒柴煮玉米，分予吳可莊，玉米穀粒飽滿，畢竟少了提味。吳可莊靈機一動，奔回營帳，以陶碗盛鹽，和水溶化，讓煮妥的玉米過水，以微鹹提味，更為甜美。村民都學他這麼吃玉米，問他怎懂得這般吃？吳可莊的堂哥常載著玉米，到附近營區兜售，士兵說，玉米得沾鹽巴水才好吃，吳可莊聽堂哥轉述，試沾鹽水，果真滋味好。

老人捋長鬚說，炎帝一年四季，髮色兩易，不只幾十年了，老人補充說，他還是少年時，就聽聞父老提過。吳可莊恐炎帝髮白，是中毒了，又不想麻煩別人，故意推託無事，才細訪村民，沒料到竟有人髮色兩易近百年？吳可莊苦笑，心頭想，當然啊，炎帝是神，是中華民族先祖，可是，他怎會跟神在一起呢？吳可莊猛揉太陽穴，若說冥冥之中自有主宰，誰為主宰呢？看來不是炎帝，難道會是黃帝？吳可莊遺憾自己年紀小，書讀少，事想不透，只能甩甩衣袖。

經村民證實後，吳可莊不擔心炎帝，卻好奇春來髮白，不合春耕常軌。如果炎帝秋髮白、春轉黑，合乎時序變化，或許他會當作神蹟，炎帝反向運行，惹得他想問又不敢問。

吳可莊一忍問，就是許多年。這一年，初春化雪，炎帝髮，如往常枯白。祂靜坐長桌前，如老僧入定。吳可莊想遠古時代，和尚還沒出世呢，說炎帝像和尚也不對，倒像是爺爺讓哥哥吳可端拿把太師椅，往廊下一擺，再施然而坐，這一坐，除非尿急、口乾、肚飢，否則輕易不起來。爺爺說，作息人，一輩子日出而作、日落而息，唯有這當下，要坐多久就坐多久。爺爺一大早就坐著，太陽在屋子後頭、在樹林後面、在山坳後頭，在一切一切的後端，爺爺坐著，明明只是三到四小時，可是每次吳可莊看見，覺得那樣坐著，是一段很長很長的時間。陽光移得慢，過海、過山，移到三合院屋頂，再滲透些光點，在牆上跳躍。不久，陽光盛，日頭辣，這些變化若在耕種間，一切都不知不覺了，可是坐著看，卻是好久好久，而且，爺爺已是個老人了。

這一年的這一天，吳可莊忍不住問了炎帝。吳可莊發覺炎帝髮白神枯時，不是神，只是個老人。吳可莊面對炎帝，彷彿看著三合院的爺爺。孫子與爺爺，敬畏有之，調皮亦有之，這一年的這一天、這一天的這一刻，吳可莊鼓起勇氣，管他是神是人、管他是人是鬼。

前線金門，醫藥不發達。沒有大型醫院，設備陽春，缺醫師與藥物，民眾生病，先求神問卜，吞服香灰，再則吃成藥。

這些都試了，病症沒改善，這時候並不急著看醫師，而先忍。忍痛、忍暈，忍住孤獨與悲傷。無論是吳可端或吳可莊，都可以作證：有些病，忍久了，的確會消失。

有些病患後送台灣，上榮總與三總，作檢驗，開膛剖腹找病源，人卻未必醫好。吳可莊記得堂叔生病，乘軍機，後送榮總，村民們探首而望，像見證一件大事。村幹事跟堂叔家屬說，送進台灣醫院，一定好，別擔心。村民與總幹事都信心滿滿，堂叔四十開外，連拉幾天肚，哪算一回事。意外的是，堂叔沒再回來。吳可端的同學，患腦暈與心肌痛，併發時毫無預警，猛然如刀刃插入。老師開玩笑說，「心絞痛」又稱「美人病」。傳說吳王夫差，最愛看西施捧胸忍痛。現代醫理揣測，西施得的正是「心絞痛」。同學父親透過司令部關係，快速後送同學到台灣，根據轉述，醫生在他的心臟打蝴蝶結、在胸腔搭鳥籠，耗費年餘，才保命。

吳可莊聽聞此事，暗捫左胸，他是男人，卻也得了「美人病」。

心絞痛不像升國旗，沒有前奏開路，它也不是四季，沒有春去夏來的邏輯，它若要來，它就來了。當吳可莊走向靠海緩坡，牽回吃草的牛；上課時，老師講解六乘七，或者練習「逃」這個字的筆劃，忽然，像有一個頑皮的小人兒，拿著刀，以心臟當丘陵，四處挖挖砍砍，找一隻鳥。吳可莊能忍。因為忍著，總比死好。

吳可莊想起堂叔，更堅定地忍，何況，他沒有司令官，送他到台灣，對心臟縫縫補補，無法穿過迴廊，藏厚紅包，交給拿手術刀的另一隻手。吳可莊常想，若忍不過，只有死了。

吳可莊的村子，有許多沒「忍」過而死去的人。病痛，並非樣樣能忍，有時候忍住，病卻深駐，成為瘤、成為癌，再能忍，終究無濟於事。吳可莊一忍十多年，沒有人知道他的隱疾，持刀遊走心頭的小人，似乎覺得捉弄吳可莊，毫無樂趣，有一天，吳可莊想起心絞痛，才發覺久未發作。

不久，哥哥吳可端為改善家計、光宗耀祖，落番南洋，等待哥哥回返的時候，堂嫂懷孕生子。男的，圓墩墩，如一尊土地公，睡醒了，轉過臉，找乳喝。堂嫂雙乳豐潤，小堂弟喝不了這許多，堂嫂奶漲，擠著乳，奶汁像護士手中的針筒，稍擠壓，就激射而出。

嬰兒吃飽就睡了，不多時滿臉漲紅，又哭。嬰兒撒了好大一泡尿，折著好幾層的布都濕了。堂嫂笑著取出，尿液鮮，新煙冒，嬰兒再找奶吃，不久又沉沉熟睡。吳可莊記得大約第三天起，小堂弟頻頻哭泣。剛開始，喝乳即可安撫，稍後，奶也不喝，渾身用力發顫，發高燒。吳可莊看著嬰兒，心裡喊，堂弟加油，忍過去就沒事了。

小小的嬰兒，臉腫脹，青筋浮，伯父差人找來營區醫藥官，聽心跳、驗口舌，說不出哪裡不對，開了退燒藥，堂嫂以臼磨藥，強灌，嬰兒吃了藥，又沉睡幾天，一晚，哭得激烈，掀開尿布，肚腹腫脹。吳可莊倒注意嬰兒正用力，在環視的爺爺、奶奶、伯父、伯母、堂哥、堂嫂面前，小聲地說，小堂弟像在用力屙屎啊，長輩們嚇一跳，看嬰兒的用力模樣，的確像。吳可莊心裡默念，小堂弟加油哪，就快屙出屎了，覺得不對勁，又小聲說，看堂弟那樣，像屙不出來。

奶奶、堂嫂一聽，神情驟變，堂嫂訥訥地說，孩子生下至今，只有尿尿而已。掀開尿片與衣物看究竟……吳可莊也看到了。一個完整而完美的屁股。堂弟的生命缺一個縫，少一個出口。小堂弟拚命忍，臉漸漸青、肚漸漸肥，最後，小堂弟連哭聲都忍住了。

炎帝帶吳可莊往東海走。好幾次，炎帝似乎想跟他說些什麼，但始終沒說，吳可莊看在眼裡，覺得好笑。他想，若炎帝非炎帝，就適合住在金門昔果山，當他的一名族親。金門炎帝可以跟胡璉司令官，討論改良昔果山酸貧的紅土，怎麼把狂大的風扭作一股力量；也許金門炎帝暗使神通，驅使風獅爺夜半甦醒，凌空起，抓藏砲彈。吳可莊想得遠了，炎帝適合金門，是因為個性木訥，雖內心如鳴鼓、如亂琴，百語喧囂，卻以石砌、以泥封，不透露半點聲息。他想起父親送他到碼頭，不跟母親、奶奶、弟妹一樣，朝他揮手，只是安靜看著。吳可莊知道，安靜就是父親的聲音。炎帝習慣當神，或者被期待為神，事事以民祉為先。吳可莊發覺，炎帝的白髮正如父親的安靜。

船出港，吳可莊告別家人，心一陣揪痛。他左手捫胸，以為小人兒回來了，亮刀，胡亂砍劃。但不是。心痛跟心絞痛不一樣。心的絞痛，像一枚浮雕的印章，倏然凸起，心痛卻是陰刻的，來得緩、去得慢，吳可莊想，真像讀國小時繳交的圖章作業。他穿過屋後樹林，拐幾個彎入丘陵，挖一大塊瓷土，裁正方形，拿刀雕刻。心絞痛又像使力不正，力量斜、瓷土毀，心痛則一筆一刀都刻得正確。吳可莊直到下南洋，才知道心的痛法有許多差異。

吳可莊想到小堂弟。小小肉體生命混沌，能感受痛？張大嘴，無法言語，只能哭只能叫，思考無法附著聲音或依附文字，縱是痛，能怎麼說、怎麼形容？小堂弟肉體跟精神都沒有出口，若說冥冥有主宰，誰主宰小堂弟，讓他的痛說不出也寫不出？

吳可莊騎馬，尾隨炎帝，山迂迴、路巔簸，不久，背僵硬，手臂痠疼。吳可莊時與炎帝並駕而走，炎帝的背影跟側面都像一座山，好幾回吳可莊想找話題扯，都沒機會開口。一路上，風平浪靜，山妖水怪，一一匿跡。有時不知什麼怪獸，避巖縫、藏林後，吳可莊希望炎帝出手教訓，最好宰殺幾頭，好累積他的法寶，增加回返金門後，反共抗俄的實力，可惜炎帝都沒看見。吳可莊心頭哇哇怪叫，人眼看不到，趕緊幻化牛眼出來瞧啊。牛眼大，肯定看得更多。

炎帝後來索性連眼都閉上了，不怕快馬跌下山溝、撞上陡壁。炎帝閉上眼，像一座山關閉了風，沒雲沒樹，沒飛瀑沒流水。

穿山出林好些天，吳可莊察覺風中微潤，慢下馬，聽仔細，樹拂中陣陣海濤滲。這是吳可莊出故鄉、遇船難後，首次親近大海，興奮無比，彷彿只要踏上海，即能隨浪遠返。炎帝也察覺了，仰望長天，吐一口長氣。走到海，似乎是一個契機，該來的總得來，該說的總得說。不能像小堂弟那樣啊，忍著滿肚子的苦，卻說不出。吳可莊知道時機快來了，但是不急哪，吳可莊得等炎帝找他說話。

炎帝有三個女兒。大女兒喜歡炎帝王朝中，掌雨的官赤松子。他經常服用「水玉」，也就是水晶，鍛鍊身體。赤松子練就跳進大火，把自己燃燒起來的本領，他的形體隨燃燒的煙，上下昇動，終於脫胎換骨成為仙人。赤松子辭炎帝，住崑崙山，每當風雨來，赤松子隨風雨飄搖，在人間，又不似人間。炎帝女兒追隨赤松子，跑到崑崙山，修煉成仙後，四處遨遊，不知所蹤。

炎帝的二女兒甫到出嫁年紀，不幸夭亡，少女之魂忘了自己已經死了，於山邊看雲、在溪邊聽水，最後到了姑媱山，歡喜山的靈秀，心有所感，化作一棵瑤草，它的葉子重重疊疊，開黃色花、結小兔狀的果。傳說，誰要是吃了果子，就可以被人喜愛。

吳可莊聽到這兒，忽然想，若設法摘瑤草，讓毛澤東與蔣介石服用，兩岸戰事弭，國力漸強，正可應驗國父所說的「二十一世紀是中國人的世紀」，想到得意處，彷彿真的蘇聯解體，美國不再獨大，中國、當然也包括台灣，成為世界強國。炎帝忽然嘆氣，這一嘆，讓吳可莊魂轉，心裡嘟噥，談自己的女兒，彷彿說著局外人的故事，無怪乎他要妄念亂想。炎帝接著說，上天哀矜祂的次女，讓她的魂魄自由穿梭瑤草與山谷，封她為巫山的雲雨之神。

大女兒雖遠走，畢竟得道成仙，且有赤松子為伴。二女兒早夭，得天憫，化瑤草有益人間，為雲雨之神，消遙自在，只有三女兒，魂魄仍與海鬥。

很久很久以前，炎帝所有心思，都花在千草萬卉。炎帝冥想盤古開天闢地，女媧捻泥造人，花草相應人類而生，必有造物者玄奧的神祇。炎帝與百姓從鳥、獸取食的植物，發現黍、稷、麻、麥、豆等五穀，小心播種，製作農具，委任赤松子為雨師，調節晴雨，年年五穀豐收。居民豐衣足食，不免癆病、熱疾纏身，有照顧得妥痊癒、也有英年病重過世，炎帝每聽到居民哀嚎親人過世，常感到心痛。

一日，炎帝心厭煩，避走樹林，忽然看見一個白首、紅尾的獸跑過去。樹林野獸多，不足奇，炎帝想到跑過去的獸動作不流暢，似是傷了腳。炎帝起惻隱心，小心跟看究竟，確定受傷的獸是「蜀鹿」。

牠嚼草，不全部吞食，鼓出一小口沫，小心翼翼想塗抹在受傷右腿內側。傷口成撕裂狀，該是跳躍奔馳時，被利石割裂。蜀鹿努力許久，都抹不著傷處，忽警覺回頭，炎帝已站在跟前。蜀鹿吃一驚，正要逃，又感受到炎帝身上的柔善，炎帝迅速接引蜀鹿啣在嘴邊的草沫，抹在蜀鹿裂傷的腿。抹妥，怕蜀鹿掙扎逃脫，迅速後退好幾步。

一神一獸對峙，最後，蜀鹿疲倦躺著，炎帝席地而坐。隔了一陣子，蜀鹿站起來，跟炎帝頷首致意後，奔馳而去時，腿傷竟好了。

炎帝也知道傳說：殺蜀鹿佩戴，有益後裔子孫繁衍。炎帝思考幾天幾夜，驀然了悟，萬獸、萬物無疑是上天派遣的神，祂們以獸、草木、岩石、流水等面貌呈現，祂們成為一則隱喻，供後人有心探掘。殺生非炎帝所欲，炎帝鑽研草木，開始嚐百草，為百姓煉藥。

春天，草木抽芽，炎帝揹大木架，入野林找尋各式各樣的草、花。炎帝興奮扛著滿滿木架回家時，發覺村裡氣氛不尋常。居民看見祂，悲傷掩面，急速避走。炎帝覺得奇怪，走得急，還沒進門，聽到妻子嚎啕大哭。炎帝最小的女兒到東海嬉戲，不幸的是深海起波瀾，淹死東海中。同往的村人撈起女兒屍體時，看見一個魂靈從她的天庭鑽出，化作一隻鳥。鳥通人性，知道自己的肉身已為東海所奪，悲恨年輕生命無情毀壞，也感嘆無緣承歡父母，常銜著東山的小石子、小樹枝投往東海，欲把大海填平。

炎帝的妻子聽沃，受不了女兒化為鳥的打擊，加上炎帝勢力擴展，漸有與北方黃帝逐鹿中原的實力，居民西遷，離海便遠了。

吳可莊聽到這兒，知道剛才經過的山叫作東山，到了東山，海氣盛、浪濤響，終於明白炎帝深藏的心事。到春天，炎帝看到萬物生、氣象新，又想起這樣的春天，祂年輕天真的女兒，溺死東海。一生一死，前者綿延無絕期，後者斷魂有遺恨，關於生、關於死，就在遙遠前的那個春天，成為萬物的啟示，只是炎帝想，為何是祂的女兒？

為何，是祂的女兒？炎帝越想，離神越遠，跟人越近，炎帝在春天想著祂早逝的女兒時，祂變成凡人，變成一個老人。

吳可莊覺得炎帝說的事蹟耳熟，正是國小教過的「精衛填海」。老師以此鼓勵人需精進持續，知其不可為而為之。老師還以精衛比喻金門。金門小如精衛，神州大似東海，效法精衛鳥精神，勢必反共復國，拯救大陸同胞。來到課本所提的，精衛填海的發生現場，吳可莊肅然起敬，猶如晉見總統蔣公。吳可莊偏頭看望，尋海與山之間，可有精衛？正想著時，見一隻鳥，渾身通黑，以為是烏鴉，又看見鳥頭黑白交錯、白色嘴、紅紅的腳。炎帝也看見了，知道那就是女兒幻化的鳥，正從海彼端飛過來。炎帝正將放聲喊女兒時，吳可莊先一步興奮大喊，真的有精衛鳥啊！

炎帝知道女兒化鳥，從來不知道鳥叫作「精衛」，問吳可莊如何知道。吳可莊說不上來，只說是人人都這麼稱呼牠，反問炎帝，難道不叫精衛鳥嗎？炎帝喃喃唸著精衛、精衛，輕柔無比，彷彿稍用力，眼前的精衛鳥也將毀滅消失。鳥飛空中，似有所感，呀呀而鳴，彷彿應許了這個名字。精衛入林，不一會兒，叼銜樹枝，往海濱飛。兩人佇林中，仰頭看鳥，天光由新亮而昏黑，吳可莊取火種，生火煮食。夕陽斜、晚霞微，炎帝的滿頭白髮，像一把火，燒得紅透。

精衛鳥後來與海燕結成配偶，生下的雌鳥像精衛，雄鳥像海燕，吳可莊不知道精衛何時組成牠的鳥家族，繁衍意志堅定的後裔，不斷填海，但與炎帝赴東山、觀東海時，只見孤鳥一隻，來往海跟山。吳可莊跟炎帝就東山，尋一個乾燥岩洞，住了下來。以往，東山是炎帝採藥草之處，炎帝許久沒來，不尋舊路憶往，或揹上木架，採集奇花異卉，祂每天在洞外高岩靜坐，看精衛鳥孤單飛向大海、又孤單飛回東山。炎帝興起，趁鳥飛近岩洞時，大喊精衛、精衛。鳥高聲鳴叫，繞飛岩洞。炎帝伸胳臂，示意精衛棲息，好讓炎帝仔細看牠。然而，精衛鳴叫後，又頓往樹林，啣石頭或樹枝，再往海去。

吳可莊把東山當昔果山。割藤製彈弓，上野林打鳥，或者蓋土夯燒柴，悶蕃薯，玩得不亦樂乎。吳可莊注意炎帝自從進駐東山，髮色轉黑的速度較往年為快。吳可莊獨自打獵嬉戲，有時候會想，若多一個伴該有多好。入玄奇世界不知幾個年頭，小堂弟如果健在，或能與他比射，看誰先射下最遠的蘆葦；也能跟他比跑，看誰能跑過精衛，先到大海。

吳可莊按觸左胸。心不絞了，卻未必不再痛，也許小人兒藏匿起來，是為了變成更大的人，帶著更傷的刀，帶來更大的痛。

不知炎帝要住到什麼時候，吳可莊仿效老家，在樹上綁吊床，鋪些草葉枕著，舒服午寐。吳可莊聽風聲、樹語與浪濤，沒料到東山，越來越像昔果山。好幾次，吳可莊醒來下樹，轉個彎回家，欲找大哥吳可端與父母，才發覺走進山洞，而不是三合院。山洞空無一人，洞外竟也沒人。吳可莊吃一驚，想到炎帝內急或到他處閒晃。等急了又想，炎帝退化為一般老人，難道被怪獸吃了?想得心慌，忙持撥火的木棒，往樹林走。

林蔭下，人影慌，竄出來，幾乎與吳可莊撞在一塊兒。吳可莊問炎帝上哪兒了，他等得心急，炎帝也問吳可莊跑去何處，祂差些就要放聲大喊。炎帝不是吳可莊玩伴，自不知他在樹上織吊床、睡午覺。炎帝每天看女兒飛來飛往，午餐後，卻不見飛出，等許久，內心不安，想問吳可莊有沒有看見。吳可莊搖頭。炎帝與吳可莊往東山深處尋。精衛鳥身軀小，萬一跌落或遭受攻擊，掛在樹梢也是可能，炎帝讓吳可莊專注上處，自己專看下路。

尋到一個山窪。山窪的半邊壁，像條玉米，被鑿了一大半，吳可莊訝異，話到嘴邊，才想起半邊山，該是精衛叼鑿的。炎帝跟吳可莊一樣驚訝，更多的卻是痛。歪斜的山，除說明人生是一種歪斜外，再沒有別的可以說。但是精衛鳥不甘心，要質問海、質問命運。精衛鑿開山石，銜著，往大海丟，幾十年、幾百年過去，山開了一大半，海依然廣闊。精衛啣住更大的石子，隨氣流而升時，失重心，掉落地上。精衛啣石再飛，無論如何拍翅，總駕馭不了氣流。精衛連半邊山都啄開了，何畏這點小事?精衛再試，雙翅如昔拍動，揚空行、啣石起，這才警覺嘴邊一條裂傷，裂向兩處，一道沿頸、走胸、到心頭，另一條過腮、入耳、滲腦門。前者是叼石所傷，後者因墜地撞擊波及。

精衛鳥不死心，啣石頭再起。傷，裂向兩處，痛，則四面八方來，它們已經臨界了，總以為再痛，意志終將失禁，徹底崩塌，卻沒有。痛到臨界，訝異界線之外似有界線，到底，要往界線再走多少步、再走多遠，才會到達真正的界線。甚至，疼痛膨脹起來，它包裹了人，又不斷把人推向另一個地方；告訴我們，疼痛沒有疆界，最常的狀態是，人剛開始怕痛，然後又渴望了解痛，再好奇自己能多耐痛，最後，我們用痛，來界定自己、認識自己。無論你會說話或說不出話，你是人、是動物、是鳥禽，痛，已經不需用語言，而成為原始本能的反應。於是一隻苦痛折磨的鳥，牠腦袋渾，意志清，執意飛，飛到無際無邊的東海，小小地投注牠嘴邊的石頭。石頭飛墜，奔往藍藍大海，那就是精衛企圖寫下的界線。一個嬰兒，出生不足七天，提前被莫名的主宰試驗他的界線，對無垠的時間而言，七天、十天不是問題，而是能把痛苦逼往什麼狀態。痛，從一而多、從悶而喊、從喊又息，痛，週而復始，竟如日月循環。然後有一天，循環被沒收了。那個時候，痛已到達最圓滿的狀態，多一點、少一點都不行。到彼時，任何動作都須輕柔，任何言語都哀矜，連我們的、無聲的呼息，都嗆滿淚水。

吳可莊跟炎帝走進山窪不久，就聽到不自然的震動聲，吳可莊負責探看上處，很快地就看見斜斜歪飛的精衛，大喊精衛鳥在空中時，與炎帝同時看見精衛墜地。他們趕過去時，精衛兀自掙扎而起，又幾次飛、跌，兩人才匆忙趕到，以手護衛，不讓精衛鳥再飛。

炎帝哭得滿臉縱橫，持住精衛鳥雙腳，見鳥喙撕裂到腮邊，久啣不起的石頭塗抹一層鮮血。炎帝喃喃說，苦命的女兒可憐哪、可憐哪！慌張地問吳可莊鳥傷嚴重，怎麼辦、怎麼辦？吳可莊被問呆了，慌了一會兒才說，炎帝才是醫師，無論是人是獸受傷，只有祂才知道該怎麼辦？

炎帝經吳可莊點提，想起自己荒廢了好幾個月的身分，懾心神、微閉眼、細診斷，判斷精衛鳥羽翼未傷，才能屢跌屢飛，鳥嘴裂口雖大，只屬皮肉傷，真正的傷處是雙耳之間的裂傷，致使飛行時方向不定。

炎帝命吳可莊設鳥籠，讓精衛養傷，吳可莊急忙回返山洞，上樹，拆吊床，繩在內、木頭在外，雙向交錯編織，除了可以抵禦野獸、並預防精衛撞傷自己。吳可莊手巧，很快完成，炎帝把精衛放進去，才鬆手，精衛振翅起，滿地塵埃揚。炎帝囑咐吳可莊小心看管，說完，急忙上山採藥。

炎帝先使迷香，使精衛鳥昏睡，再捧出，為牠裹藥。女兒的嘴，長年啄石吐泥，挫痕滿嘴。有啄石時，碰著堅硬物，曳留下長口子傷。雙羽原本完好，經不知道百次、千回的又撲又起，羽翮斷折不少。女兒雙耳隱約出血，炎帝取斷折的羽翮，去羽毛、留翮管，吸取草藥，緩緩注入。

女兒熟睡。熟睡的女兒不足巴掌大，炎帝左手托著，右手攤平朝下，輕柔撫劃。

吳可莊坐在石洞外，讓久違的父女獨處。一神一禽，沒有語言溝通，也失去共同的身世，卻擁有最飽滿的、最真摯的一個下午。

炎帝撫慰女兒，姿態如扇，一來一往，清風自來。精衛睡得熟，吳可莊看著看著，彷彿炎帝的手，摩梭著他的頭髮。炎帝的手，大而厚，手心透暖意，卻夾帶著風，從吳可莊的前額滑一圈，過中庭，到腦勺，忽然間，一切逆生、錯升的念頭都不見了，只感到安全與寬慰。

吳可莊像一隻鳥一樣，快睡熟了。熟睡前，他趕緊舉著炎帝的手，托進堂嫂房。床上一個嬰兒，哺乳後呀呀而叫。炎帝的手很重，怕一不小心，壓疼小堂弟。吳可莊小心舉著，讓炎帝溫厚的掌心輕輕貼著他的額頭。

炎帝的手，從額前拂過小堂弟天庭，只那麼一下，小堂弟就睡著了。

惡地形

遊覽車往高雄出發，導遊小姐持大茶壺，分送茶水後，捧幾大本歌冊，讓旅客點歌。彷彿茶水與歌冊張羅妥了，旅程才走向確定的方向。導遊拿麥克風，感謝曾太太——吳建軍大姊，舉辦這次旅行，話沒說完，乘客拍手鼓譟，要求曾太太說話。吳建軍看著大姊忸怩上台。當了姊弟許多年，第一次見她當眾說話。吳建軍排行第五，上有三名姊姊，一個大哥，下邊一個弟弟。無論哪一個序位，都不善言詞。及長，吳建軍才了解不懂得說話的虧處。遇自己不對的事情，越說，對方越像是對的；若自己理虧，但不能出一言為自己還原、辯白，齟齬擴大，雖遭辱受罰，也不得同情。吳建軍懷疑，他們臨世時並不完整，神忘了給他們語言，忘了給他們作為武器的語言。

吳大姊吞吞吐吐，說了一大堆這個、那個，因為、所以等語助詞後，感謝親友、鄉親參加旅遊的主題，才從語助詞身後慢慢現身。吳建軍鬆了一大口氣。吳建軍比其他手足，更能理解大姊表達的拙劣。吳建軍被神忘得更遠，吳建軍不僅不善言，更長期患有口吃，平常說話，語音在口中打轉不出，若逢緊張，只能發ㄅ、ㄆ、ㄇ等單音，音節失、語言散，吳建軍這時候覺得，語言對他不是工具，反而是藏躲暗地的訕笑者。

不知導遊哪根筋不對，要吳建軍母親說話。吳母接過麥克風，緊張地站起來，朝全車親友傻笑。也許只是五秒、十秒，吳建軍覺得母親已站了十分鐘、半小時。原先唱鬧的卡拉OK暫止，一格一格的景，映一塊一塊的窗。景與窗，看似同步銜接，其實有著前與後。似乎窗迎上了景，又似乎景進了窗。所以，窗景不能成為一個詞。吳建軍在母親不知道微笑了多久的當下，忽然想著這樣一個，類似白馬非馬的問題。

親友聚精會神看著吳母，渾不覺，母親已站了半小時？吳建軍看著母親，背汗涼，掌汗熱。一種汗，兩個溫度。這經驗，吳建軍再熟悉不過，卻又厭惡至極。國小畢業那個暑假，吳建軍隨父母遷台，擠在最後時段報到，就讀台北縣三重市光榮國中。吳建軍來自戰地的背景，讓他一下子新奇起來，數學老師來上課，問哪一人來自金門？地理老師問，哪一個來自花崗石島？歷史老師問，哪一個拿大旗，反共抗俄？吳建軍站起來、又站起來，三民主義老師也問，哪一個人，駐守前線，拱衛大後方？吳建軍站起來，接受鼓掌表揚，老師忽然說，讓他上台談談戰火與金門。

三民老師說完，吳建軍剛站起來，就贏得同學滿堂采，吳建軍腦昏昏，似乎天黑黑，欲雨落，吳建軍被慫恿，站上講台，如同母親手持麥克風。吳建軍多年後讀了波赫士小說，知道那叫作心理時間，一個被現實隔開的、且無限延長的時空。那個時空被拉長在課堂上、被延展在遊覽車中，被擴展為一個惡夢，他聽見同學們哈哈大笑。他聽見，有一個聲音，穿插在笑聲中的，他聽仔細了，類似泰山喔咿喔，盪著深林裡的長長藤索，每跨到一個停駐點，還得雙手擊胸。

吳建軍聽仔細了，喔咿喔的聲音非常近。非常近，就在耳顱間。正是他，把一個「我」字，說成了「喔咿喔、喔咿喔」。吳建軍知道自己就是泰山。卻受慣性作用影響，一旦掛上那一條藤索，就必須搖擺到另一個樹幹。於是，兩株樹幹間、兩個詞彙間，掛著滿滿的「喔咿喔」。

吳建軍出生的島嶼金門，魏晉以降，成為中原賢達避難之所。海上仙洲是它當時的名稱。它的別名漂洋過海，成為一部分人心照不宣的秘密。唐朝末年，安史之亂後，朝廷於各地牧馬，方便徵用平亂。明末以來，國勢弱、海事亂，倭寇與盜匪趁機劫掠，金門島戰略優，忽為兵家必爭之地，明末，於金門東半島舊金城建城，取其固若金湯，正式命名金門。

吳建軍幼年，熟背大陸與台灣歷史地理，並不知金門沿革。但是沒關係，歷史是人說出來的，若說不出來，至少也可做出來。若是說了、又做了，這樣的歷史彷彿泥土、空氣跟水，成為吳建軍的一部分。

吳建軍的灶坑，牆上本浮雕灶君塑像，後來刻上國軍十二大信念。三合院外牆，如果面積大，或漆或刻「莊敬自強，處變不驚，慎謀能斷，獨立不撓」。如果面積小，便寫著「反共抗俄」、「親愛精誠」等字句。

他們做得更多了。在每一個學校大門，塑立蔣公銅像，出入，必行注目禮。

遇見士兵、士官、軍官，必須行禮。吳建軍未必分得清楚官階，但見著軍裝，敬禮就對了。各地設有碉堡，衛兵站崗，豢養狼狗幾條。士兵真槍實彈，不聽或不明喝令，可解板機，瞄準射擊。砲彈是真實可見的，夜來臨，貓藏跡，狗噤吠，畫過天空的槍火，人與獸，都感到害怕。防空洞內，進行一場場靜默的儀式，沒有神祇的祈禱，只一支或兩支蠟燭權充香灶。

他們做得更多，不比對岸的敵人少，也不比砲火溫柔。吳建軍的外公曾噲聲，他的女兒是良家婦女，哪能唱歌跳舞勞軍？外公旋即被抓，直到女兒透過村指導員陳情，並答應唱歌跳舞，學醫藥護理，才放了外公。

吳建軍學校的走廊，滿滿民族英雄小傳。文天祥被囚、史可法被殺、岳飛被冤，掛滿走廊。血流滿、泣慟天，哀哀矜矜，卻必須不憐不悔，必須莊敬自強，慎謀能斷，即使孤島海外懸，仍需戰至一兵一卒。萬一不幸，當了那最後的一兵一卒，可以學《筧橋英烈傳》，突襲殺敵，壯烈成仁。

吳建軍日後回想，警覺到他們隨時都有拋棄這個島的打算，卻同時以戰國時代的即墨莒光城自勵，鼓舞人民棄自己的生命如蔽屣。

他們挑選某個禮拜天，村指導員不疾不徐，高處站，迎風展，拿出口哨一吹，家家戶戶如被灌水的螞蟻，忙拿掃帚打掃。

他們說，到海邊要辦理入海證，他們說，到台灣要辦理出入境證，他們說，岳父到你家居住，必須通報。他們說，吳建軍的姑丈雖似醉了，誰能保證不是匪諜的欺敵之術，而且，崗哨衛兵說，他給過吳建軍姑丈三次機會，口令、口令、口令。吳建軍姑丈囁嚅不語，這才射殺。他們說，吳建軍的姑丈貌似喝醉了，但誰能保證，這不是中共水鬼的詐敵之術？

他們說了，也做了，這些個歷史。

這些又做又說的歷史，就是吳建軍的困難。就是他站上三民老師的講台，訥訥難言的所在。

他們說，同學們說，來點不一樣的金門吧？他們點的這道菜太難因應了。難說，說不出，「喔咿喔、喔咿喔」……吳建軍因為這樣，成了口吃患者？

吳建軍依稀知道還有別的，但什麼是那一個別的，吳建軍並不知道。他只能把他知道跟不知道的，都讓泰山說了。

母親沒有成為泰山。吳建軍很難了解，要如何不能說、不善說，才會成為口吃患者？母親拿著麥克風微笑，神態不安。導遊就像三民老師，親友親像同學，他們說，來，上台說些話。

母親向來不知道「說話」的含意。有時候，說話就只是說話，不需草稿、不必義正辭嚴，只要客氣地說，謝謝大家，然後微笑鞠躬，賓主盡歡。但是，母親卡住了，她在想，大女兒為家族與親友，舉辦旅遊，跟她的關係是什麼？她要如何詮釋這個結果？佛說因果，難道得從因開始說？

吳建軍看著母親默默，害怕舊事重演。所謂的舊事也不很舊，母親晉身慈濟委員，需要寫自傳，以便核發委員證書。吳母在一個週末午後，特地到兒子家。吳建軍備茶水，進書房。母子對坐，猶如春秋戰國，君與臣，就一張棋盤對峙，比棋局，劃國事。吳母坐在兒子面前，跼促不安，欲說還羞。誰是君、誰屬臣？母親一開口，吳建軍就知道，她搞混了自傳與告解的意思，訥訥地說，與家人搬居三重，成衣廠組長老是挑她毛病，她日日酗酒，常常是天已醒，她卻還熟睡，急忙刷牙拭酒味，噴花露擋酒氣。吳建軍內心一驚，冷靜不動。三重老家以木板隔間，為通氣，木板上頭鏤空，他竟不知母親酗酒。

吳母紅著臉說，她日夜詛咒組長快死，又燦然而笑，幸好神不理會，組長至今活得好，且成為她的會員。不善言語的母親，但精於詛咒，她說自己心歹，不愛與人爭，卻又吞不下那口氣。吳建軍堂嫂於市鎮偷偷捲了一件衣服，得手後回娘家，渾不知店家差人跟在後頭，直到她入村。隔天，店家帶員警，進村找一個長髮及腰的女子，整村頭，只吳母留長髮。店家咬定吳母偷竊，吳母交代說明前一天，未曾進城。兩造爭執時，吳母忽想到上午剛離開的姪女，一口氣說不得，只能燃香，說給列祖列宗，說給眾神。

吳母說，她不是故意的啊，當時，真正生氣。

而今，吳建軍坐在母親前，一如神。默不做色，沉不出聲。沒有香炷，只茶香淡淡。杯子淺，杯口窄，一勺勺舀起，往事都是恨。

吳建軍母親說，她真壞，自己去死就好，差一點連累很多人。這是吳建軍第二次聽母親提，但每次聽都依然震撼。吳建軍調整一下痠麻雙腿，想起第一次聽，正在家族之旅的夜晚。入夜，盥洗後，手足妻小等，齊聚父母房，喝高粱、配花生，胡扯嘻鬧恰如樂團暖身，只是沒有人知道，幕掀開，不能說、不能演、不能歌的母親站上舞台。吳建軍後來回想，只能說躁動以後，有一絲靜謐，細如蛛網，黏如網綱，母親訝然，感受歲月的風動。哀哉，大風若雄，吾心何往；哀哉，大風若狂，吾魂安在？吳建軍母親化身部落長老，口傳不為人知的掌故。

隔著漫漫時、茫茫空，吳建軍再又看到母親長髮如絲、如綢、如墨的風華少婦。長髮飄逸及腰，而非挽白髮織髮髻。窈窕少婦總在晨間梳髮，捲梳頭的殘髮，塞進三合院外牆上，被雨水與風侵蝕而開的小窟窿。

那是母親無意識的習慣，還是有意識地，寄她的最後的魂稍給牆、給時光，如同符咒，鎮守她願意鞏護的一切？

吳建軍不知道朝母親開槍射擊的士官長曾否走進他家，並繞到側面，看見母親把三合院外牆，裝扮如一個女人？寄居少婦身體，而今淺藏小窟窿的絡絡烏黑頭髮，或扮演了一定的激情想像，母親微笑婉拒，回娘家走個時許就到不用麻煩，士官長說，開車不到十分鐘。母親上了吉普車。母親說，這不是回娘家的路，這是哪兒？士官長說這條路，回他心裡的家。

母親下車，士官長揚聲，再走，開槍殺妳。母親繼續走，背對士官長，背對著他的家。宛如新娘出嫁，士官長以槍聲代替鞭炮，吳建軍至此才明白，何以母親前唇一片青，終年不褪。

現在，吳建軍母親面對中庭窗台，那片瘀，淡淡青，吳母再說了一遍。劇外劇、情外情，吳建軍母親說，士官長營部長官，為替他開脫，常到醫院關懷，護士與病人相繼耳語，長髮病婦恐與營長有曖昧。不能說、不能演、不能歌的母親，忽在想像中，能歌、能演也能說了。

而且，不只是那樣。

母親密謀自殺一事，吳建軍小時候就聽母親提過。吳建軍母親在廂房前車衣服，踏板動，針線滾，

左右交織的線，兜攏裂縫，吳建軍母親邊車衣，邊解開一個故事。說她暗地買了紅色布料當壽衣，有人問她為何縫製大紅衣裳，吳母佯稱為外婆賀壽。衣服製妥，紅閃閃，親像嫁衣，只不再嫁給吳建軍父親，而嫁予愁苦命運。計畫二是購買列管的農藥。吳母騙取父親身分證，詳填表格，店老闆不疑有它，問她若一罐不夠，要不要帶兩瓶？

吳母提到這事，輕鬆自若，依稀為一個沒有觀眾的計謀，暗地喝采。踏板踩，線交錯，吳母抬起頭來面對吳建軍的疑問：如果吳母死了，他會在哪裡？擺在眼前的是春蝶翩翩、夏蟬播播，秋意高、冬日遠，什麼臆測都不需要了的。吳建軍強調，如果呢？

吳母說，如果事情真的如願發生，他會投胎到別處人家，他不會記得眼下事，不會記得母子緣？吳建軍幾乎哭了。吳母含笑看他。她的笑帶著淚。事隔多年，吳建軍踏履母親自殺未遂的田埂，雜草出，野蛙跳，一塊地，平靜無奇，卻差點做了母親的墓地。

母親當時的故事，沒頭沒尾，吳建軍一心掛念若母親亡，自己安在？少問了「為什麼」？為什麼母親要死？母親為什麼要死？現在不需問，吳建軍母親自個兒說了。原來，吳家的族譜不是目前這個樣。在大姊之後，有兩個哥哥。一個生下來月餘，病死了；另一個生下，老天開了個玩笑，沒給他吞吐人間塵物的出口。連續劇成天掛在嘴邊的詛咒成真。嬰兒沒有屁眼。嬰兒折騰死了。

吳建軍已經混淆，究竟是在家族之旅的夜晚，母親陳述他有兩個早夭的哥哥，還是母親晉身委員，待寫自傳的午後，在他的書房，緩緩說著第一次為自己揭幕的故事。

無論是哪一幕，吳建軍都嚇呆了。事件慢慢兜攏而明顯。母親尋死，是因為兩個哥哥的死。時間經過，卻似乎過不去。

吳建軍母親崇信語言。這事到家族之旅當晚，吳建軍忽然想到。習字不多的婦女不知什麼是崇信，什麼是語言？但她卻篤定，只要她不斷地說說說，終於，神會聽到，為了解她的痛苦而予以實現；為了不再被打擾，也可能馬虎搪塞一番。如此，雖神若人。吳建軍母親必相信，神就像人一樣。

吳建軍母親用兩種語言跟神說。一種是祈禱。

吳母讓吳建軍拜神，也拜人。先祖生辰與忌日，大廳擺上蔬果雞鴨，左右蠟燭，猶如千里眼、順風耳。吳建軍的阿嬤、嬸嬸與母親，逐一捻香祈禱。吳建軍跪大廳，看雞鴨蔬果的時間還比列祖列宗牌位來得多。吳母的祈語著實長，吳建軍偶爾移開眼神，看著日復一日，被香柱燻得老黑油亮的牌位。吳母的聲音在腦勺上、雙耳間，一字一字親密地、謹慎地傳過來。天公伯仔，你要保庇，觀世音菩薩、恩主公、玉皇大帝、關聖爺、城隍爺、灶君、月娘，祢要保庇弟子吳建軍……

吳建軍母親，聲音嚶嚶嗡嗡，如一隻細蚊，她跟眾神，以私語溝通，且以低卑的姿態表達虔敬。吳建軍有時候回神，而且，他真的回神了，吳建軍清清楚楚聽見的每一個音，都是不識字的母親，從小為他朗讀的字義。

吳建軍另外還用詛咒跟神說話。隔著三夾板木門，咒組長快死不超生。一個黑魔金剛大剌剌占據

母親，跟她的心靈。不善說話、祈禱辭經常重覆，這樣的母親是如何運用黑溜溜的語言，吐出悶結的心事。神，若有耳、有聞、有智，該如何盼讀一個婦女的苦困？

最讓吳建軍好奇的是，他的母親沒有像他一樣，窮於說、虧於說，不「喔咿喔、喔咿喔」，沒有變成「泰山」，難道，母親是在祈禱與詛咒中，獲得鍛鍊？

祈禱生、詛咒死，善惡天秤，一頭抵一頭，融合為吳建軍的母親。

那個慣於使用祈禱與詛咒的母親，現在分別站在遊覽上，手持麥克風，訥訥難言；她也坐在吳建軍宅中的書房，臉紅羞愧，幸好一句牽扯一句，說出了未被美化與消化的陳事。

記得遊覽車到履的第一站，是台南草山「惡地形」，素有「小月世界」之稱。真正的月世界也不在高雄，而是天頂上，能瞧得見，但上不了的月亮。無論高雄的或台南的月世界，都光禿無物，彷彿說了再多的話，都無從攀附留駐。那是山川無言的世界，樹無蹤，草稀雜，遊客沿稜線走，依稀阿姆斯壯或吳剛，漫步月球。但這畢竟不是月球，有空氣可呼吸，有地心引力可墜落，吳母怪吳大姊，來這危險的地方旅遊，若有閃失，後悔莫及。吳建軍母親想阻擋親友通過那一片像片岩倒插、如劍尖連峰的惡地形。吳建軍與妻兒手牽手，走上連峰，走在刀口上。吳建軍遠遠瞧見母親焦急，空出牽著妻子的手，朝她揮。吳母一看更急，忙奔近，嚷著，拉好手。

一行人走過光禿的稜線，直說驚險、刺激，吳建軍母親急而帶怒，說她一顆心還七上八下跳，從他們走上山路，就急唸阿彌陀佛，觀世音菩薩。母親用禱告，與焦慮對抗。母親會在暗地裡，詛咒誰嗎?安排這趟旅遊的大姊、慫恿大夥兒走上稜線的導遊?或者，這一整趟行程?

摸黑前進。儘管是白天，仍摸索索，歙抖抖，依稀瞎子，不知道路是平的、還是凹。視覺沒有用了，聽覺漸漸失去作用，像狗、像營區綁著的大狼狗，以尖銳的嗅覺感受路的凹凸。彷彿蝙蝠，但不是蝙蝠。一切的敵意都朝向她。幾個交頭接耳的，在井邊打水洗衣的婦人。婦人，都熟的，嬸、嫂、姨啊，婆的則少了。婆若到井邊打水洗衣，就帶有目的了，宣告婆的家中，媳婦、女兒、兒子、孫子都不孝。這樣的婆，便用行動說明她的宅中，住了哪些人，哪些混蛋。

若是婆也在，且喜孜孜，不以打水苦，而和著肥皂，刷洗衣服，那麼，婆是帶著哪一種用心到井欄?

那夥人，不是不愛穿紅的、花的，只是那些衣裳必須留著喜慶時穿，平常得掛好，久久穿一回，才顯得新鮮活氣。當久久穿上時，嬸、婆等，彼此流連讚美，彷彿初見那件衣裳。

那夥人，不是不愛穿紅的、花的，但是在前線，打仗啊，軍中傳聞，為何要有迷彩裝，為何戰車外頭漆得斑斑，不是油漆技術差，是為了讓戰車可以被樹林掩護。穿花衣裳，中共架著高倍望遠鏡，容易被瞄準、被射殺。這麼說來，逢年喜慶，花衣裳上身，人人冒著生命危險，赴一趟筵席。

那夥人，縮成一窩鼠，吱吱喳喳，密謀著偷一顆蕃薯，幾條地瓜籤。她來時，她根本還沒有走近時，鼠群散，井欄邊，沒有人打水。她們說，晦氣啊。她，連鼠都看不上眼，她如往常走近，打水，洗衣。一如往常，洗完就走。

這不是往常。往常，她是女人，不久肚皮隆起，嬸啊、婆啊，圍繞她，從肚子的形狀判斷男女，有幾個人猜對了、有些猜錯了，所有人都猜錯的是，兒子生下不久，就死了。

女人安慰女人。大家都是女人，知道懷孕辛苦，知道蠕動的生命漸漸停滯不動，女人的悲哀若由女人化解，往往來得深刻。深到骨子裡，深到大家都去過，但沒有人記得的子宮中。以淚水交換淚水。以經血同情經血。又一個生命，以淚水跟經血灌溉，孕育成胎，嬸啊、婆啊恭喜她，苦盡甘來，預言這必定是前一個男嬰，含恩來報，長大必定孝順。

大家又錯了。只猜對生下男嬰這一項。男嬰活得還比前一個少，沒幾天就死了。本該隱晦不發，但越隱越發，嬸啊、婆啊等，都知道婦人的兒子沒有屁眼。一個被詛咒的生命。還是婦人被詛咒？還是這個地方不祥？他們快速推翻後者，把第一個答案頂上去。他們開始怕她，慢慢地疏離她，然後詛咒她。一個女人，該做了多少失德的事，才會生兒子沒屁眼？不是這一世作歹，也是前世做壞。虧德的人。失惠之女。

兒啊，兒啊，你們為何，一個一個，遠走？

沒有一個兒，能夠出聲回答。他們只剛剛睜眼，世界模糊，混沌。盤古開天，女媧造人，炎黃大戰，黃帝稱雄。這些，他們都還不知。他們只有一個聲音，哭。哭。還沒有學會如何不哭，又化入混沌。逝者已矣，生者枉然，成為瞎子。聾子。有眼睛不能看，有耳朵聽不得。只能以感覺，吸納空氣、水跟泥土，然後活著，如一株植物。

她已是異類。別種。不詳。

悄悄侵占她的，是禱告外的另一種語言。詛咒。大家都知道，詛咒不花錢，雖不知效用，但擺明了，非常經濟。只要以口舌逞兇。沒有本錢，但能賺進慰藉。在那個吳建軍還不及參與的年代，他的母親學會詛咒，操練純熟。在後來的那一個家族之夜，或者撰寫自傳的午後，吳建軍母親說，她的心真歹，詛咒組長去死。

沒聽過有人罵人，還結巴、口吃的？罵，是一種粗氣，讓喉嚨張開，氣大口進、大口出，芥蒂衝開，話語就來。吳建軍之後還發現，口吃的人，唱歌也不口吃。可是他不能像印度的寶萊塢，買衛生紙、買菜、買，都用唱的。吳建軍不罵，不唱，所以他的口吃，始終未能痊癒。

吳建軍好奇，母親怎麼詛咒的？吳母羞愧地說，囝仔不要聽，那些話，又歹又壞。

吳建軍好奇，詛咒的背後，母親可曾呼喚兩個哥哥，為之祈禱，如同母親站在他身後，舉高他的一雙手到額前，天公伯仔，你要保庇，觀世音菩薩、恩主公、玉皇大帝、關聖爺、城隍爺、灶君、月娘，祢要保庇弟子吳建軍……不是吳建軍，是他的兩個哥哥。來不及有名字的兩個哥哥。

說不出話的感受，惡劣極了。吳建軍同情與自己同樣症狀的人，心跟口，存有落差，雖處文明社會，卻不能語，如同泰山，「喔咿喔」叫，漸忘了他們的正常語言。三民老師與同學訝異看他，質疑他，難道將發表即席演說，醞釀這麼久，以致遲遲不能說？也許沒那麼久，是吳建軍的心理障礙，讓短短

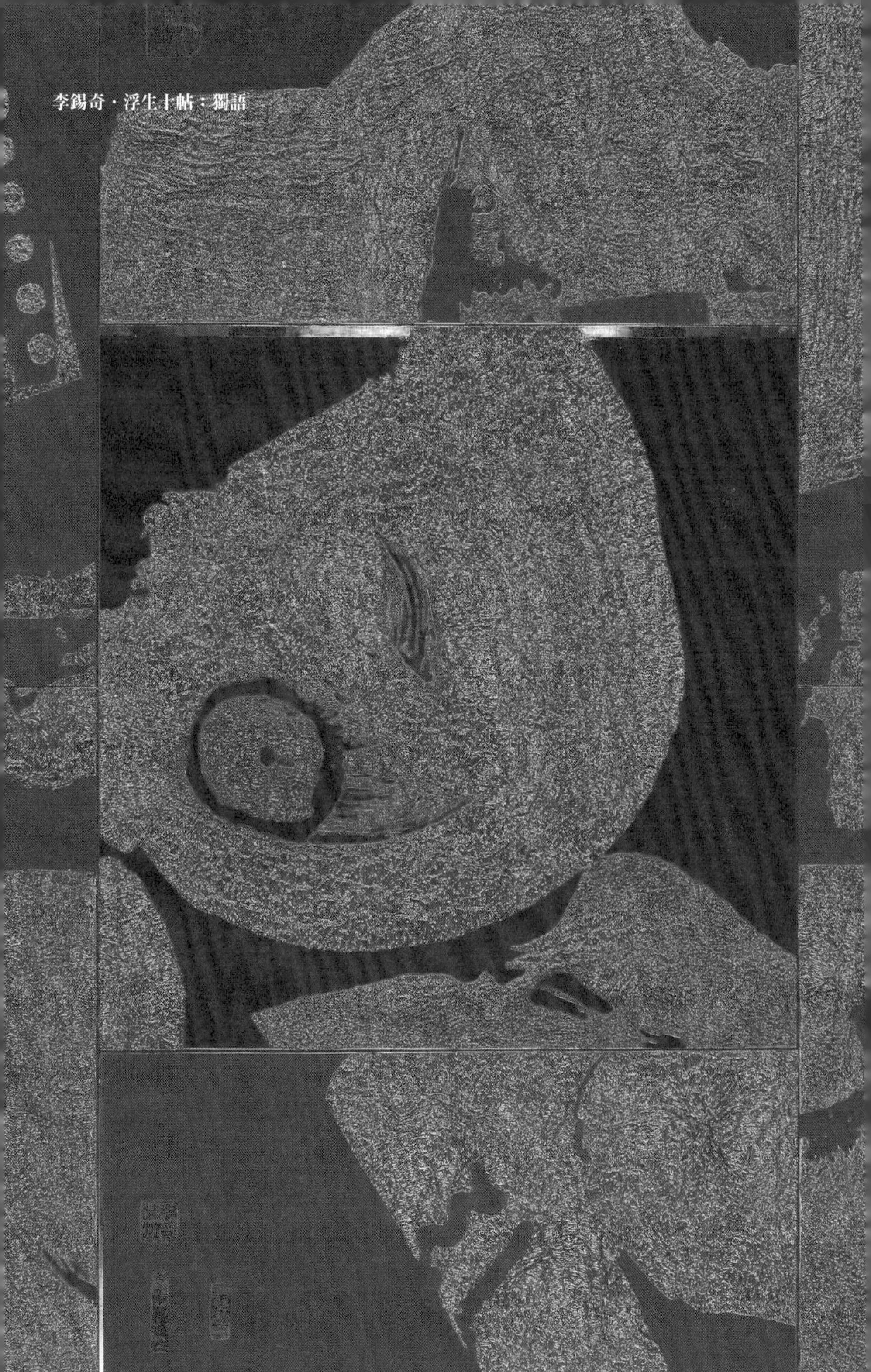
李錫奇・浮生十帖：獨語

的幾秒，拉得無限長。如同金屬。銀或銅或金，最好是黃金，既可燒融為金條、金磚，又可製成薄薄的、寬寬的金箔，一人一片，初一十五、過節拜拜，供信徒禮虔額敬，以金箔敬神。金箔禮敬的佛、神，也貼著信徒暗暗的祈求，燭光搖、金閃動，信徒打造的金身，成為容納俗言俗語的金門，通過那道門，沒有詛咒，沒有缺屁眼的人，沒有人口吃。

唱歌不口吃、詛咒不「喔咿喔」，與神說話，就像與自己說話。然而，神不在的時候，這些暗現象都存在了。

說不出話的感受，惡劣極了，那是神不在的險境。

到底多久了，三民老師與同學這樣看著他。多久了，吳建軍與親友，如此期待又狐疑地看著手持麥克風的母親？

並不是很久啊。也許，只是一分鐘。有一天的有一天，吳建軍與父親回鄉，參加廟會繞境，吳建軍舉著幡旗，跟著隊伍走。離鄉久，習俗疏，他不知道該怎麼辦的時候，吳父說，跟著跪、跟著拜。吳建軍問父親，早么的兩個哥哥葬哪兒？吳父不驚不愕，緩、緩、緩地說，那麼久，他已經忘了。

沒有名字的兩個哥哥，按習俗，身拗曲、裝甕中，如一團柔軟，剛好把甕，填得飽滿。

吃進兩個幼小生命的甕，含著兩個來不及說話，來不及祈禱與詛咒的哥哥，慢慢地，隨春風秋雨化作塵。這些塵，會不會也成為一片一片金箔，當他們伸出幼小的手，顫抖抖地黏貼上佛身與神像，能不能在心裡，說一句再見，平安。

吳建軍環伺野風四起的田野，想像著，在他還小的時候，兩個哥哥躲在暗處窺探，知道吳建軍是他們的弟弟，同時也是他們的後裔。四隻小手，左拍右、右擊左，與相思樹濤一塊兒，細碎碎地說，再見，平安。

忽然，鼓掌聲響起，吳建軍不知道母親說了什麼，她還麥克風給導遊，讓出了艱困的發言權。

也許，沒那麼艱困、也沒有那麼久。

吳建軍母親，微笑回座。吳建軍——我我我我——，花許久時間，第一個字還沒說完，就被同學的哄笑聲打斷。

但是，一切言語，就從那半個我，開始了他的脈絡。

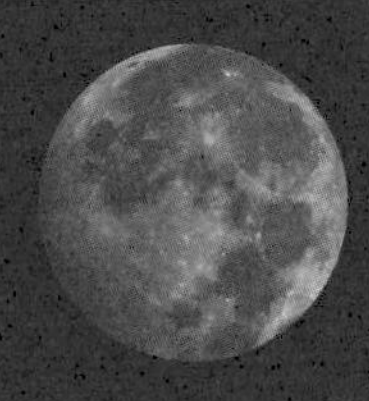

喊天梯

女人忘了她的名字。她說，自從村人一個又一個，離開他們的故居，離開他們的守候，就沒有人喊她的名字了。村人為各自的原因，守著森林邊緣。所謂的邊緣，到底還是邊緣嗎?女人從屋的這一頭，走到另一處的人家，得花數小時，屋舍沿著邊，蔓延。

是幾千、幾萬或幾十萬人，沒有人確切知道，因為那不重要。大家靜候著，等待消息。

沒有人知道旁人的等待是什麼。也沒問。大家滿足自己的等待，彷彿若說出了什麼，等待的人或事或物，將永遠不會來。在那個飽滿但安靜的邊緣鄉，認識女人的人，都暱稱她「漣漪」。漣漪是女人。水面的紋路是漣漪。杯子晃動，漾著陣陣的水紋也是漣漪，他們笑稱漣漪無所不在。女人有了一個好聽的、常見的暱稱以後，村人不再叫她的名字。漣漪取代了她的名字。

女人忘了，村何以為鎮、又成市，如同後來它的崩毀，女人也都忘了。常常是突然想到啃地瓜回饋玉米、借醬油回贈香菜時，才警覺人去屋留。女人慢慢變老，空宅越來越多，他們抱著信仰來，又離棄信仰。沒放棄的，如她，一個女人，沒有人喊她的名字，暱稱已不再有人喊。荒原，真的成為荒原，而且，是發現了以後，才發現荒原的大、荒原的寂。女人有時候想，所謂的鎮或市，真的存在過嗎?還是她經歷的一切，純屬臆想。

哪一年呢?她在森林外的旅店，遇見即將進入大山的探險隊。傳說大山藏寶，卻可能藏妖納獸，藏匿不祥，如何有一群人，堅定他們的呢喃與喧嘩，信誓旦旦，不獲不歸，以生命當賭注、以死亡為信仰，誰是那一群人?他們不等待，選擇迎擊，不安靜歸附，為森林邊緣再造一座宅。宅內，一個空空的、大大的煤油燈，永遠亮著，卻不知燃亮的目的。

漣漪走進旅店。裡頭的人都來自外地，沒有人認識她。沒有人注意到一個漣漪正在酒與煙之間晃動。晃動是為了找一種可能。除了等待之外的可能。

酒店探險隊，來自各地各國，操用著閩南話、泰語、馬來西亞、北京話、英語，酒吧後，一名服務生朝漣漪招手，她走近坐下。旁邊坐著的男人，喝著威士忌。漣漪知道明天，男人將展開冒險，不管他是否聽得懂，漣漪端著服務生給她的水杯，為男人祝福。漣漪的右眼瞼，曬出幾個雀斑，一珠純黑落在雀斑間。燈光昏沉，男人不知道何以一眼辨出雀斑與痣。

漣漪舉杯入口，才知所飲的，是酒非水。酒也好。酒，入喉爽辣，吞肚溫厚，在訣別的、或者曠曠無時的離別，除了慰藉也是豪勇，仔細嚐，卻顯得溫柔。更深的，屬於喝酒的心情，漣漪還在找。漣漪喝過酒，在她的邊緣鄉還是城鎮的時候。後來，人離開，酒也走了，原來酒是種群居生物，沒有人，就沒有酒。但是沒有人的時候，卻還有懷念。只是那個時候，酒已走了。

酒，讓漣漪懷念起那些莫名的等待歲月。酒，讓漣漪更深刻地想，讓眾人群居，靜默等待的緣由是什麼？移星斗、更樹衣，百花謝、群蟲蛻，撩亂的、繽紛的，但又寂深深、歲渺渺，難道鄉民鎮守的秘密比死亡更靜默？漣漪不知道。漣漪甚至沒法清晰述說她的靜守。

沒法說，是苦。漣漪開始懷疑，她走入旅店的原因，無他，只是因為酒。

酒，讓她想起人，想起曾經志同道合的一群人；儘管，大家都說不清楚。但是，誰能真正說清楚

一件事情？

隔壁的男人也說不清楚。也許他想說得清楚，漣漪卻聽不懂男人說著什麼。酒成為語言。酒不需要懂，只需要飲。兩人話不同，酒同款，越說越不清楚，兩人說開來了，雖然各說各的，似乎聽懂對方說的是什麼。他們被服務生送進一個包廂，繼續說。隔天，男人奔赴他未知的命運，路多舛、天罔聞，密閉大山之中，雖云尋寶，然而尋覓，只是另一種惦記。

漣漪天未亮，離開旅店，離開男人的等待。

雖不知道男人的名字，但在漣漪的等待中，男人成為她的等待。甚至漣漪想，酒，也成為她的等待。

知道男人叫吳可端時，已不知道時間走到了什麼地步。漣漪離開旅店，繼續默默等。男人的輪廓如浮雕，玉米熟、地瓜甜，男人的眉眼，紋在作物上，漣漪在左邊空下一個位置，遞食物給他。一天，漣漪警覺到了，卻不清楚留下左邊的空位，是遇見男人才有的習慣，還是一直以來，她留下左邊給一個未來、給一種等待？漣漪不知道，同時也知道，她有伴了。

這個伴，漣漪走到哪兒，他就跟到哪兒，有時候洗澡如廁，漣漪還必須遮掩一番，才能不害羞。

漣漪有時候會受不了這個伴，嫌他太沉默，怪他風雨來不能伸援手，怪的是這一來，漣漪的伴開始與她說起話了。比如當漣漪說，來，捧著裝妥玉米的小盆子，沿田埂，一次灑兩粒，伴就說，他會啊，以前在金門老家，他最愛種玉米。

問伴，為什麼愛種玉米？他說，金黃色玉米灑入田，走步步、踩步步，走過的田，玉米吃土，微微露出一丁點尖，像有人瞇眼，偷看這人間。最微妙的是，漣漪看見她的伴，學玉米瞇眼，如品嚐什麼奧秘，然後說，腳掌踩玉米入土，感覺到玉米微微陷，他也險險巔，原來成長的秘密就是這般哪。

責怪伴，怎麼不吃遞給他的地瓜？伴說，一共五條，他吃三條，是她賴皮，故意留一條地瓜，誣賴他。伴說，剛剛起灶烘地瓜，還是他從較遠的田邊，搬來幾塊大的土夯，不然哪能蓋得好？漣漪看著自己乾淨的手，相信伴真的為她搬來土夯。

漣漪訝異自己怎能聽得懂伴的話？她一直溫習著旅店之夜，男人跟她說的話。如同苗，無論地瓜、玉米還是花生，只要沾上泥土，就留有生機，語言也這般。漣漪不斷倒帶，溫習而複習，翻譯了她原本不熟悉的語言。漣漪不曾顧慮錯譯的問題，篤信它，猶如她鎮守邊緣，持續地等待。

這一天，忽然就來了。吳可端走出森林，認出她，跟漣漪說他是吳可端時，漣漪聽懂了伴的話。伴，不只在左邊，也在右邊，有時在前、有時在後。一個真實的伴，有聲音跟影子，呼吸時，漣漪聞得到吳可端身上淡淡的草香。等待，讓漣漪懂得忍耐，並且對突來的真實，感到懷疑。懷疑吳可端，會不會是另一個想像出來的伴？尤其吳可端挈領著一支古老的家族。吳可端說，他們是朦雙氏，男、女兩人，卻黏作一塊。

漣漪望著吳可端，她日思夜想的男人，跟所謂的朦雙氏，以及朦雙氏繁衍而出的大朦雙、中朦雙、小朦雙，懷疑在極度的召喚下，她擴大了她的荒原。

漣漪聽到他們議論著，要找天梯爬上去，跟天帝求情。朦雙氏希望天帝生慈悲、開法恩，分隔他們，如同以往他們是兄妹跟新婚時，你是你、我是我，我們賴著愛跟凝視，結合彼此，而不是讓血肉，黏纏糾結。吳可端看著漣漪，紅著臉說，他已完成第一個願望，再談第二個就顯得奢侈，但希望帶漣漪回故鄉，讓漣漪喊他父母，讓漣漪吹金門風、飲故鄉水。

面對漣漪的質疑，他們解釋天梯是從人間爬到天上。天梯不真是一道梯子，而可能是一座山、一棵參天神木，如果能爬到頂，就能找到眾神，概述他們的願望。他們還提到，要找會飛的應龍幫忙？

吳可端注意到漣漪的沉默。睽違多時再與漣漪相逢，吳可端欣喜莫名，但苦於不知如何表達。他想起分別的日子，他常跟漣漪說話，當時吳可端不知道漣漪姓名，但聊得起勁、快樂，而今知道她的名字、看見她的人，竟什麼甜蜜都說不出。

漣漪見吳可端發呆。呆頭呆腦狀，與旅店那晚沒有分別。吳可端看著漣漪，眼裡有著懇求的訊息，漣漪走近吳可端。不明白自己是走向了記憶、走近夢，還是更靠近她的荒原？漣漪摟著吳可端的頭，順著他的髮流，來回川走。漣漪想起旅店之夜，吳可端將入大山前，曾這般摩梭她的長髮，掌如火、流如水，除了心安還是心安，漣漪沉睡。

現在換吳可端，一個走出大山的男人，在漣漪的掌心作夢。

吳可端打理吃的跟喝的，但沒帶走太多，她跟漣漪說，他曾在森林空地，種植玉米與地瓜。吳可端不善言詞，他沒說出來的是，在荒蕪的大山，他的每次移動都像一次種植，栽種下他的寂寥，以及對漣漪的無盡思念。來自農村的他說不出來這些話，他看著漣漪，希望她懂。朦雙氏則為剛出生的小小朦雙，準備棉織的襯衣，在此之前，朦雙氏只能以樹葉、藤皮，為新生的朦雙氏草草製作衣裳。

漣漪未必懂得這些，她偷眼瞄著男人跟一群似人非人、似獸非獸的朦雙氏，興奮打理長征前的食物跟器具。吳可端陪朦雙氏，走入人去屋空的宅院，每一所屋宅都在離去前，門關得仔細，抽屜推得牢靠，彷彿隨時回歸，都沒有鎖上。邊緣鄉雖稱萬人或數萬人駐留，此刻吳可端跟漣漪一路走、一路痛，大山中蓊鬱蒼悠，人跡不見是常理，屋宅處處卻沒有人、沒有狗，大山外與大山內一樣寂寥，更有著孤單的、放逐的意思。吳可端見漣漪，猶豫著是否進山，反問她，森林內、森林外，究竟哪一種孤獨呢？

他這一問，漣漪就懂了。也懂得吳可端知道她怎麼活的、怎麼想的，又在這樣的生存境態如何自我鍛鍊，堅持一個極可能是空的、是虛幻的夢。漣漪哭了，小哭、大哭，最後靠在吳可端身上哭。大朦雙、小朦雙等，初見漣漪時，才確切知道伴著他們長大的吳可端，才是人間一種常態，獨立而自由，看見漣漪與吳可端抱在一起哭，懂得獨立而自由的人，能在適當時機，變成朦雙氏，變成跟他們一樣的族類。只是他們要拆就拆，儘管拆了，他們的朦雙關係，便在眉宇間、行動間，留下線索。

找天梯，是吳可端、朦雙氏的構想，但生而為「朦雙氏」的大、小朦雙，直到見著漣漪與吳可端的巧妙連結，才興起追求的渴望。他們整妥行當，再入大山，便一點猶豫都沒有了。

吳可端解釋，原本要找應龍，帶他們上天梯。吳可端聯手應龍，制服數不清的魑魅魍魎。吳可端不捨應龍，但念念不忘找出口、尋漣漪、返故鄉，只好告別應龍。眾人一聽都感到驚訝。朦雙氏不知道凡人吳可端，曾與神為友。漣漪驚駭大山望似寧靜，實則危機深。吳可端想起初入大山，遇見了刑天。當時吳可端隸屬李東尼的尋寶隊，刑天協助他們，不讓野獸、怪物襲擊，終因目的不同，各走各的歧路。吳可端念頭流轉，看著目標一致的尋梯隊伍，安慰而激動。

一行人入大山，漣漪跟緊吳可端，必須聽到或看到他才放心。大小朦雙取笑漣漪是大人了，卻怕怪獸，漣漪被嘲笑，只好退幾步，吳可端心中一陣甜，步放緩、頻回首。夜裡漣漪悄聲跟他說，雖是怕怪獸，更怕他跟前一回一樣，入大山，再相逢不知經年，才必須聽著、看著。走了不知多久，連大朦雙都產下第一胎，仍找不到天梯，連應龍或刑天的身影都沒看見。漣漪看吳可端、聽吳可端已成為一種習慣，這習慣支撐了漣漪，大山霧濃露重，沒有屋宅遮掩，但吳可端的一切成為她的抵禦。

吳可端果然在森林空隙，栽地瓜與玉米，有的草青冒芽，有著枯黃腐朽。青的、黃的、灰的老朽與悶壞的黑，一疊一疊的垢，一層一層的新。漣漪撿拾枝葉做燃料，聞到一股淡淡的腐香，似曾相識又難以辨識。她尋路而覓，發現作物積累的下處，有一處窪口，越近氣味越濃。那股氣味讓漣漪心神醒，見路況危險，喚來吳可端，兩人如壁虎，挨著山壁走，吳可端在前踩穩、漣漪尾隨而至，來到窪口前，撥開腐朽的樹與作物的枯葉，味道濃嗆，如山泉忽湧，撥掃遮蔽的漥口竟是一個大水池。吳可端伸指醮，含入口，愣愣轉身跟漣漪說，是酒。

凋謝的作物，並不真的謝了，有萌青發芽、有為鳥獸果腹、有腐朽為塵泥，再有一部分，轉化它們的型態，成為酒。兩人興奮不已，放聲叫喚，讓朦雙氏取來所有容器，裝滿，一只只傳回。汲取許多，漥口的酒沒乾竭，依然飽滿，吳可端料到層疊的作物底下，已構成暗渠，匯集漥口。

朦雙氏沒喝過酒，大大小小的朦雙們更沒機會。朦雙氏淺酌，喊燒、喊烈、喊著過癮。小朦雙氏沾一小口，喊著辣、喊著嗆，咳了好一陣子。吳可端喝一大口，喊著痛快。漣漪小口喝，想起旅店夜，莫名地嚐出酒裡的訣別味道，而今再喝卻是團圓了。朦雙氏頭暈，大小朦雙氏醉倒了，吳可端與漣漪對飲。玉米混合地瓜，酒甜而嗆。火堆漸熄，人間的火暗靜了，週遭卻不黯澹，孤月漸到頂空，溫柔的月色淡淡滲透。火燃映著一部分的容貌，月光則呈現兩人的完整姿態，在它的溫柔下，吳可端、漣漪相擁，兩人的慾念終於有了第一次觸動。

那也是一種釀造。玉米與地瓜，飽滿的金黃色穀物，脆甜結實的瓜體，它們留有自屬的粗礪，也允許在這樣的時刻，褪去外衣，盡顯縱的、橫的紋理。有部分則是環狀紋路，或是如山起伏、如樹冠聳尖。這是把各種紋路跟果實，都榨乾、都抹平的釀造，他們跟它們都必須觀察，找到默契與融合的秘法，如同時間，把地瓜梗、包穀葉，一次次積壓填實，最後有些變化在看不見的底層發生了，形成密流，穿過泥層的孔隙，再合流、分流，然後有了湍動，蓄成一個大漥口。

漥口裡，有新釀的酒。

漣漪習慣聽吳可端，睡著時也一樣。漣漪聽到呼吸之外的另一種聲音。窸窣窸、淒厲厲，也像是一種和氣。那像腳踩樹葉，像枝葉摩梭而月光恰巧映照，揉合出淺的淺的聲調。漣漪聽得歡喜，想起吳可端就在身邊，但也聽得焦慮，不知道這會不會一場走得太深太遠的夢。漣漪睜開眼睛。她在樹林裡，沒錯，正是前一天發現酒漥地方。人沒變，也沒走，她鬆一口氣，看著沉睡中的吳可端。她湊近去看。鼻頭幾乎貼著鼻頭。

沒有人或獸的移走，也沒有風，淒厲厲或者合漆漆的莫名聲響再出現了。聲音莫辨，她內心的憂喜也混沌，她推搖了好一陣子，才搖醒吳可端，察覺漣漪不安，問清事情，吳可端接著喚醒朦雙一族。他們都以為是喝酒，產生的幻聽。盥洗後，燒熱水醒酒，聲音不去。朦雙氏撥開矮叢，走進森林，辨明來聲，吳可端、漣漪跟進，證實聲音是從像竹子般、但有枝節的樹裡散播出來。不多時，朦雙氏認出樹叫「靈壽」，是稀有的樹。傳說，有一種樹叫作「建木」，週遭百穀自然生長，鸞鳥在此歌唱、鳳凰於此舞蹈，草木冬夏常青，建木附近圍生著靈壽，開著芬芳美麗的花朵。

男朦雙說，這的確是靈壽，可是怎不開花？女朦雙高喊，這若是靈壽，建木便離此不遠。男朦雙猛擊雙掌，拉過吳可端說，建木是天地的中心，太陽照在它頂上，它連一點影子都沒有，站在建木大吼，聲音馬上消失，爬上建木，沿著它通天的樹幹一直爬，就會直抵天庭。

藉由男女朦雙一男一女的插敘，吳可端、漣漪知道靈壽只長在建木週圍，也就是說他們距離天梯不遠了。關鍵點在靈壽受天地孕化，何以不開花？不開花的靈壽能帶領他們，找到天梯嗎？他們雖有疑問，但好不容易有了天梯的眉目，決定依循聲音追索。漣漪靠近聽靈壽，形似樹、身如竹，如一個肥大了幾倍的鞭炮。樹體內，像流水注入，唏颼颼，如風的騷動。不該有聲，忽然聲出，像有什麼嚥下一口水，或者吞入化不開的嘆息。規律的聲流忽然爆開。漣漪解釋不清，只能想像那是樹木細胞交替，生、滅之間最後的挽留。

他們跟著靈壽走，跟著聲音，一行人走一段、停一段，連頑皮的小朦雙都不敢胡鬧，幾個人聽著好一陣子，都沒聲響，只聽到大朦雙剛生下的幼幼朦雙放聲大哭，嚇壞許多人。漣漪、吳可端以及朦雙氏對看，哈哈大笑。他們放棄聽，改成觀看與尋覓。靈壽樹身瘦，葉子如柳，有的垂頭如沉思，有者聳立像劍脊，朦雙氏說，靈壽花季一到，劍脊處噴色成花，風吹拂，靈壽如彩虹轉。別說是天梯或建木，單是找到開花的靈壽，就讓人嚮往。

有了目標，就容易了，看著朦雙氏大、中、小家族，穿梭林內找樹，吳可端回想起小時候，與弟弟吳可莊，裁切紙，成長條形，製作藏寶圖，捲成畫卷。兄弟倆繪製無數的藏寶圖，每一幅的入口，沒有例外，都是單行道，必須以手指驅開藏寶圖，走上一小段，才會遭遇岔路。吳可端想，為什麼沒有一開始，就岔出的尋寶圖？為何不一開始，就容許選擇另一條路？吳可端拍拍自己的頭，讓自己專心找樹，卻被自己的問題困惑了。

他跟漣漪說了困惑，她說，若不走上那一段路，哪知道要尋的是什麼樣的寶藏呢？漣漪意有所指，吳可端懂、或者也不懂，但他高興自己終於有了傾吐的對象，小事、無聊事、煩心事都可說。

他們走走停停，找到的靈壽越來越多，漣漪以及朦雙氏中所有的女性都有著強烈預感，他們正逐漸靠近建木。傳說中大地的中心。不只漣漪，女朦雙們都聽到靈壽爆響或者「說話」的聲音越來越多，有時候突然衝爆而出，吳可端以為打了砲彈，女朦雙尖叫，她說那響聲讓她想起被顓頊放逐，她與夫相擁而亡，她聽到丈夫最後的心跳。小小朦雙沒有什麼可以比擬，驚駭張嘴，漣漪想到的是她在邊緣鄉的期待。當時，她勞動之後，常靜立，聽一會兒風，看它帶來什麼樣的訊息。以前沒有多餘的聲音，跟現在聲音太多，都讓漣漪不安。

有一天早晨，漣漪與朦雙氏早起烹煮地瓜湯，炊煙慢慢滲進晨興的濃霧。火舌沿鍋底往上竄，一條條的火，有著無比堅硬的紅；火分岔為舌，又如流水，溫柔如綢。柴火霹靂爆，亦如靈壽神秘的自鳴，靜心聽，柴火與靈壽在霧起的晨間輪流奏響，似獨奏、又合鳴。漣漪忽然想飲一口酒，悄悄從陶罐倒一小杯，感受兩種作物的合融，想起那一晚她與吳可端，不覺暈了暈。忽聽到女朦雙喊她，順著女朦雙的手勢，漣漪看見霧隱的後邊，高大聳立的柱狀物事直入雲端，男朦雙失神地說，那就是建木了。

他們一口咬定那就是建木，不然，哪來長到天邊的樹？吳可端估計朝目標已走了十來天，建木依然遙遠。差別在於靈壽漸多，爆響更激烈。以往只在白天聽聞，現連晚上都連番爆響。一行人縮在被窩，難安眠。又不久，爆響之外又多出尖銳物撞擊聲。幾個人貼近靈壽樹體，判斷撞擊聲非來自靈壽，然而，只要撞擊聲出，靈壽爆響來得更密更急。他們難以推敲其中因果，步步朝建木而走，又步步走向焦慮。往後幾天，他們無時無刻都處在兇猛尖銳的聲爆中，女朦雙為剛出生的孫子、也是孫女，在兩隻耳朵，各塞大塊棉布，渾似一隻大兔子，大家苦中作樂，忘情暢笑。然後小朦雙氏也要塞，中朦雙氏跟進湊熱鬧。

朦雙氏與吳可端、漣漪沒塞耳朵，他們警覺到更大的凶險似要來臨，不點破，但提高警覺。他們事後回想，才知道那是最危急的幾天。物種的生性不同，有溫柔與殘暴、有感與無知，因應它們的生性爆發出它們最後的呼號。吳可端聽出哀傷、漣漪聽出孤獨、朦雙氏辨出絕望、大朦雙體會到那是哀嚎，空氣中，匯集了粗暴的聲音與絕望的氣息，他們以為是錯覺，但湊近一看，不是錯覺，一些靈壽紛紛枯竭了。

少了靈壽部分的聲響，空氣的緊張感更強，隨時都像有落石從天滾下，然而，沒有，只是微風淡淡掃過林稍一點青翠。入夜後，吳可端留一點微火維繫眾人忐忑心情，裹著被單睡。漣漪睡一邊，手偷偷從棉布下鑽進來，握著吳可端。漣漪沒料到不久前，她還在寂靜無聲的邊緣鄉，現在像吳可端調侃的，蓋著一條無數鞭炮織就的大被單，只是這些鞭炮沒有火花，只有聲音。

吳可端揉揉漣漪掌心，為各自注入一股暖流。漣漪沉醉在單純幸福，默默認出吳可端的呼息，無論是靈壽或者莫名的聲響都聽不到了，漸漸睡去。漣漪驚醒是在深夜，她一點點聲音都聽不到，讓她以為回到荒蕪的森林荒鎮，她一握，吳可端還在，他的呼息規律起落，可是聲音呢？那些粗暴的聲音

呢？漣漪搖醒吳可端，不消說，他也知道情況不對。

靜，靜極了。沒有風，沒有樹的交談，一丁點最末的柴火，被圍在圓形的堆石中，餘燼碰，嘆息落，有盡的火，無際的夜。吳可端想添一些柴，才起身，衣物摩擦，窸窣作響。吳可端愣了一下，他已經許久沒聽聞，來自身邊細微的餘音。幾乎是他撥開被單的瞬間，在夜的不知道哪一點，忽然發出無法形容的巨響，轟轟地，轟轟地，像有人拿巨大的齒刃劃了天、割了地。大家嚇醒，來不及反應時，聽見一前一後，兩組厚重的腳步聲，一步一步靠近。趁著最後一點餘光，吳可端喊說噤聲，別說話，大家早已警覺多日，急忙靜心神，不敢出聲，吳可端拿地上泥土潑滅火末。

腳步聲漸漸近，不多時走近附近森林，經過他們身邊時，步伐不停，繼續走。兩個巨人一前一後走。無月星多，兩人各扛一斧，吳可端想起刑天，但知道祂們不是刑天，因為刑天的頭早被黃帝以昆吾劍砍下。朦雙氏悄悄說，根據祂們的身形跟斧頭，研判祂們是顓頊的屬下，大神重和大神黎。後來他們才知道，為免人間魑魅魍魎，登天庭作亂，重蹈蚩尤挑戰天庭威嚴，故而伐斷天梯。他們不再說話，也不敢多動，直到天明，才發覺矗立遠方的雄渾建木，已失去蹤影。

又過幾日，他們來到建木所在地，傳說中的樂園已非樂園，沒有米、黍、豆、麥等作物，沒有鳥禽歌唱，也沒有鳳凰跳舞，他們任意喊一聲，聲音存在，而且傳得很遠，建木倒塌在地，他們爬不上去幾百公尺寬的樹幹、也看不到建木倒下的那一邊，世界依然存在否？

他們尋建木找天梯，找到的，卻還是一個荒園。

朦雙氏幾乎就要哭了，他們曾經距離天庭，只有一段天梯的距離。這不遠不近的距離，將可以分隔他們的肉體，再獨立存活，再依偎相隨。朦雙氏絕望地跌坐地上。女朦雙抱著孫子，已安靜無聲，卻忘了取下他的布耳朵。

這段時間，幼幼朦雙以布搗耳擋噪音，大夥忘了逗他，讓他們學話。幼幼女朦雙因莫名騷動，整天沒睡，卸下布耳，打了個大哈欠，忽然跟大家說了句，晚安。大家訝異她何時能語時，幼幼男朦雙大睡剛醒，跟大家道早。幼幼女朦雙想跟幼幼男朦雙爭執，是晚安，不是早安，但已無力說話，沉沉睡去。

絕望的朦雙氏，聽著幼幼朦雙最初的人聲，忍著的哭泣，終於止禁不住。

漣漪本想走近安慰，卻走到建木折倒的樹身。圓寬的樹身，漣漪爬上去，渾如一隻螞蟻爬上一只大圓盤。木雖倒，樹息存，清香繚繞，漣漪忽然雙手為拱，抬起頭，往高空喊。只一聲喂，震得天地都是回音。站在建木說話，聲音都被消解掉了，建木倒，聲音以建木曾經占有天空為甬道，陣陣傳遠。

朦雙氏大喊，是啦是啦，往上喊、一起往上喊，聲音說不定能傳上天庭。領眾人，朝上喊。

喂、喂、喂。

吳可端站在漣漪旁，一起喊。漣漪有許多事，吳可端日後才會漸漸知道。比如喊、吶喊、大聲喊。在一個宅多卻無人的邊緣鄉，漣漪一次次，停下勞動聽風，辨識風帶來的訊息跟氣味。漣漪除了聽，就是說話，說給幻想的伴，一個會頂嘴、能分享心事的伴。

漣漪喊了又喊，聲音嘹亮，宛如他們一行人沒見到的鸞鳥。漣漪為自己喊，也為吳可端跟大大小小的朦雙氏喊。

他們的聲音高低不一，但在建木上，在一度是大地的中心地帶，朝另一個世界的中心喊。

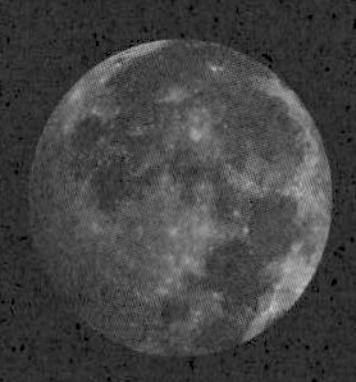

獵窮奇

霞光淺，雲如翼，鳥飛入冥，再遁天，彷彿飛進傳說中，人間難渡的天庭。這一天，無論白天跟晚上，都淡淡的。吳可莊坐在炎帝宮殿前的矮階，倚靠門檻，看晚霞不是晚霞、吹微風不知微風。他坐在那裡，懸在那兒，依稀他已不是他。吳可莊懷疑，他活在夢境中，每天吃喝撒，現實生活樣樣沒缺，甚且飽足，飽足得讓他懷念飢餓、困頓以及恐懼。

炎帝以及祂王朝所在的天、地，並非吳可莊的人間。他的現實是二十世紀，金門南邊一個背山面海的小村落昔果山。他生下來的時候，金門已經歷九三空戰、八二三砲戰的火煉，單打雙不打、投誠中共的喊話，都成為生活的底色。還有貧窮。還有恐懼中夾藏的淡淡希望。

村人搭船，有到台灣、有輾轉下南洋。他的哥哥吳可端往南，找尋更熱的太陽，開更熾熱的花蕊，吳可莊尾隨兄長旅途，卻逢遇了傳說中的太陽神炎帝。炎帝是一個慈祥的長者，傳說中祂是神，吳可莊與祂共處生活，祂是一個人。他隨炎帝遠遷南邊，尋找已化為精衛鳥的女兒，炎帝無所缺、無所憾，經營祂的萬疆南方。

可能是因為是在南方，比昔果山更南、比海南島、菲律賓、馬來西亞等更南，似乎只是想到南方，就隱約感受其中藏匿訊息，唆使他離去，找他的兄長。吳可莊不知道該怎麼跟炎帝說，他要找去哥哥，跟他一起回家？何況，炎帝是中華民族的共祖，留在祂旁邊、住在祂的宮殿，不正是另一種意義更深遠的「回家」嗎？吳可莊困惑，也怕他一開口，會傷害對他關愛有加的神。夜漸近，霞影收，遠古時代的每一天，都宛如戰地的宵禁，燁火稀疏，一叢叢，如天神在大地點燈。

這又不同宵禁了。吳可莊覺察火裡有些聲音，他忽然站起來，往篝火而去，自己都嚇一跳。居民們嘵嘵說話。他久未參加的篝火已發展成劇情片，他聽了一會兒才聽懂有個怪獸叫作「窮奇」，老虎貌，脅下長翅膀，在地上奔跑如雷，在空中飛行如風。吳可莊在遠古世界見多了怪獸，比如「𩿧」，叫聲如嬰啼，長牛的尾巴；「鵸」的樣子像雕鳥，長兩隻角「鵸」，還長有人的手。比起來，𩿧、鵸如二十世紀科幻片的混種怪獸，人獸拼合，更恐怖。這個窮奇，獸混獸，反而理所當然了。

居民說，窮奇吃人。這沒什麼啊，𩿧、鵸也吃人。吳可莊慢慢聽出窮奇的可怕了，或者說一種邪惡。窮奇懂得人語，看見人們爭論，便把正直有理的人，一口氣吞進肚子裡。聽說某人老實有德行，竟把人家的鼻子咬了。聽聞有人作惡多端，捕殺野禽犒賞。加上牠有雙翅可飛抵天庭，雖不敢暗噬眾神，但慣於挑撥離間，天庭譁然。

窮奇惡獸大有來頭，是西方上帝少昊的後裔，殿址在長留山，主司察看太陽沉沒西邊時，反射到東邊的光輝是不是正常。少昊沒察覺後裔不肖，違反人神秩序，居民嚼舌說，當一個好神，未必能當好父親哪。少昊維持人與神的每一天，但不能管好窮奇的每一天。居民又說，若人人都能見賢思齊，天下太平，就不需要眾神了。吳可莊聽不出來居民到底挺哪一邊？或許哪一邊都不挺，只就事嚼事，為無窮無盡的篝火增加一點餘溫。

吳可莊盯著篝火瞧。火大的時候，它的顏色深紅，像地瓜烤得太過，皮剝開，瓜肉外緣一層深褐，彷彿鋤頭久置，長了一層鏽。地瓜的中心依然晶亮，冒著煙。火若小，像玉米太早收成，一排大、一排小。村人沒見過的火是日光燈，一按開關，透過電線奔至的神奇能量趕走了黑暗世界。電池也是神奇發明，把神奇的電力縮在圓圓笨笨的桶形物中。他跟哥哥吳可端常到軍營垃圾場，找寶貝，找到幾個電池，敲開，只見黑嘛嘛的粉末，沒看到哥哥說的，裡頭有兩個小小人兒，踩著腳踏車發電。吳可莊慢慢察覺他坐在這裡，卻懸在大哥那兒，他想跟大哥分享別後，他在怪奇世界的遭遇。大哥能信他嗎？大哥能被他找到嗎？

吳可莊盯著火，忘記那是火，而是一塊地瓜，一截光，一段不完全的訊息。

吳可莊恍神過日，沒注意到天天升起的篝火，也有日出日落，宛如連續劇。他聽到興奮的喊叫、激烈的爭執，不知溫馴村民因何事熱鬧，回神細聽，才知天庭頒旨，要捕捉危害人世的窮奇，以正人倫天綱。村人有嚷著要加入搜捕隊，有的說窮奇不敢進入炎帝領域。村人想起窮奇的凶惡，喘大氣、口不語，又有人說不拿窮奇，對不起後代子孫。再有人提到搜捕窮奇，將可入天庭、見天帝，懇求一個願望，至於神奇寶貝、金銀財寶，更不在話下了。

吳可莊眼睛一亮。不謀什麼財寶，而是藉此上天庭，許他的願，找回大哥。不多時，天庭的命令一道道頒，炎帝知道搜捕窮奇，驚險無比，可能因此喪命，慈愛子民，不忍對外宣達。一天，天庭命令再下，倡言搜捕窮奇刻不容緩，炎帝審思，心知必將折損子民，衡量小情與大義，只好忍痛公佈。炎帝沒料到第一個報名的，會是隨伺左右的吳可莊。

炎帝喚他到跟前，想起不知多少年前了，吳可莊憑空而至，說他來自二十世紀，不知為何，竄進這個不屬於他的版圖。炎帝不知道他說的是什麼。對於大砲、美國、蘇俄以及中共、台灣等，更不了解。炎帝也不需要懂，祂只要懂得吳可莊，知道他的善良就夠了。炎帝明白，此去蒐獵，善良不足以成為武器。炎帝不捨，但不挽留吳可莊。祂有一個預感，他們會再見面，祂不擔心失去吳可莊。但祂以愛護子女的心，為吳可莊以及其他九名義勇軍，準備路途所需的防身與攻擊武器。

當然不是弓箭與刀。炎帝說。佩戴蜀鹿有利後裔繁衍，炎帝一一為他們繫上蜀鹿毛髮。有一種野獸，名叫「緩」，形狀像羊，沒有嘴巴，無論如何都殺不死牠。有一種小獸叫作「飛兔」，用牠背上的毛當作翅膀，可以飛行天空。有一種四隻翅膀、一隻眼睛卻長狗尾巴的鳥，叫作「囂」，吃了牠就可以治肚子痛。有一種鳥，叫作「當扈」，形狀像野雞，吃了牠眼睛可以不花。有一種植物叫作「帝休」，樹葉像楊樹，開黃花、結黑果，把花跟果煎湯喝了，可以心平氣和，不輕易動怒。有一種樹叫作「懷木」，果子有木瓜那麼大，吃了果子，可教人力氣大。炎帝花個把月，為義勇軍準備護體與防身物器。

村民為義勇軍辦理送行，炎帝沒參加。祂在宮殿內，遠望星斗顫亮，祂的頭，忽為人臉、又幻做牛頭。吳可莊暗暗走近，在門外瞧見了。他握緊拳頭，不敢踏進，輕移步，走進熇火照不到的地方。

窮奇能奔能飛，四方大帝派員追緝，窮奇似乎警覺了，逃竄無影。義勇軍武器帶齊，研判窮奇必入大山深澤，避一時之災，專往無人之境走。山外山、雲外雲，疑是水盡時，才迴身，泉湧山壁後。

儘管沒有人的路可以走，還有獸路可行。人、獸都絕跡了，還有鳥的路。

義勇軍仗著力氣大，能飛能跳，索性遇河搭橋，劈荊棘鑿路，初時是想造福左近居民，可以上山砍伐或採食野菜，過了幾個月，察覺到所造的橋跟路，宛如在無盡深、無窮絕的大山留下線索，宛如他在電視見過的迷宮遊戲。電視裡的主角在迷惘之際，因死亡的威脅而心中警明，丟一塊石頭、截一斷線頭，當記號，好判斷已走過的、且證明是絕路的甬道。而今，義勇軍做了比線頭或石頭更明辨的線索。然而，吳可莊有一種錯覺，隨著開建的路跟橋越多，更覺得大山越來越像一座迷宮。

數月以後，又是數月，義勇軍幾乎忘了成軍的目的在搜捕窮奇，見著路與橋方便百姓，全力地建構起來。在打石、鋪路、伐樹時，大家專心一致，享受流汗的快樂以及飽食的滿足。吳可莊察覺到一種危險，正是這股自在滿足，讓他在炎帝宮殿，一待就是許多年，忘了歲月，忘了大哥可能已經老得不在人間了。他提醒義勇軍獵窮奇一事，他們訝然醒覺，是唉，都忘了出發的目的了。隔天，他們出發，恢復元氣，睜大眼睛找尋，可是很快地，他們又被斷崖吸引，忙著衡量山谷寬度，需要多大的樹木搭橋。

吳可莊腳下，彷彿綁著幾座山谷與森林，動彈不得。正當吳可莊焦急又無奈時，有一件事情改變了這種趨向。義勇軍發覺，搭建的橋被破壞了。他們爭論橋毀的原因，是被大山中不知名的怪獸破壞了？有一種蛇叫作「肥遺」，六隻腳、四隻翅膀，當牠翱翔天空被人們看見時，大地就會發生災難。可是沒有人見過牠呀。有一種鳥，名叫「畢方」，形狀像鶴，青身子、紅斑紋，嘴是白的，腳只一隻，哪裡出現了，就會發生火災。可是，毀橋沒有火燒的痕跡。有一種鳥形狀像蛇，四隻翅膀、六隻眼睛、三隻腳，名叫「酸與」，牠出現的地方必定發生恐慌。可是，恐慌能毀掉一座橋嗎？

彷彿，毀橋者也是一個迷宮，沒有人知道是誰破壞了。吳可莊眼睛一亮，難道窮奇來了，知道他們的搜捕，故意示威挑戰？義勇軍排除了肥遺、畢方、酸與，認為必是窮奇無疑了。

吳可莊提議，可仿照國軍駐守營區的方法，兩人一組，每組值班兩小時，可輪流睡覺，免得熟睡時，慘遭不測。義勇軍問，什麼叫作「兩小時」？吳可莊難以解釋，最後決議，守得疲憊時，就輪下一組。半夜，吳可莊被喚醒時，天沒騷動、地無動靜，蟲鳴鳥暗，月薄星多，吳可莊悄聲跟同伴說，天表下，那個像杓子的星座叫北斗七星，其餘，他都不認識了。同伴辨識了許久，才認出來；認出來後，大拍自己腦袋瓜，說以往怎都沒發現。

他們拿樹枝撥弄營火，積壓的木材遭遇空氣，火陡升，把黑暗趕遠了一點，不過一剎那，天又昏、地復熄，一丁點的火，只能是一丁點的喘息。吳可莊跟同伴不再說話，靜靜倚靠樹幹，吃了些「當扈」，可以使眼睛不花；嚼了片「懷木」，以備足力氣。吳可莊覺得，天淡淡地暗了，像一層雲遮掩月亮，可是沒有月的夜晚，眾雲也擋不住星光，察覺有些異樣，又沒看到什麼可疑。直到遠邊的天漸漸亮，吳可莊才知道自己守的，約莫是四點到六點這個班次。同伴都堅持累了才換人，但服了奇物、異獸，疲憊感來得遲，他升鍋煮食時，還有兩個組別沒有輪替。

陽光升，照遠山，移影罩著營地，是錯覺嗎？吳可莊看見腳下的、山的映影，動了一下下。他盯著山影的輪廓，瞧啊瞧，笑自己痴呆，哪有能走的山呢。倏然，山影又動，吳可莊吃一驚，喊著說，山在走呢，大夥看向吳可莊，又看看他盯視的影子，山果然動了，再一起探向東邊。太陽高些、陽光刺些、影像朦些，吳可莊舉雙手遮眉眼，山頭遠、連峰尖，一座過一座。吳可莊瞧不真切，隱約覺得山在看他。吳可莊看見了，但無法確定，納悶地說有一座山，長兩隻眼睛，他指出方向，眾人看見，感嘆大自然造化奧妙，山不只長眼，還生出嘴巴。

他們以為是陽光漸熾，帶來的錯覺。長眼、生嘴的山，竟朝他們靠近。忽然，有種繃緊的物事崩毀了。細聽，山谷砰砰落，大夥臉色一沉，辨出那是橋毀了，斷木的滾動。有人發聲說，小心，窮奇來了，但見走來的山，沒虎貌、沒翅膀，與傳說中的窮奇，出入太遠了。

義勇軍議定，留吳可莊在營區，吸引異物，其餘跳上樹、伏巨石、藏野林，就戰鬥位置。來者，是巨石、又是巨人，左手舉盾、右手持斧，一步步踏來。初時步伐悶悶響，走近了，鼕鼕震動，吳可莊從平視漸漸高仰，幾十公尺高的巨人矗立眼前。義勇軍又害怕、又興奮，預備隨時攻擊或退守，但隨著巨人走近，他們不再害怕，等到看清楚巨人模樣，又沒來由地感到悲傷。

巨人上身赤裸，塵與土、風與水，厚堆堆地積累；堆得更多的是歲月，以及比歲月更底層的東西，猶如把內在的狀態穿在外頭，滄桑、腐朽、悲哀、絕望……巨人繼續往他們來，繼續踩毀義勇軍鋪設的橋。空空的山谷，木椿跌得深，回音也深，卻一點一滴變作眼淚。那是沉靜的、毀絕的伴奏，義勇軍們忽然升起一個念頭，跌吧、崩吧，他們不怪巨人毀壞，但願這一丁點的崩塌，能減緩巨人的痛苦。

吳可莊猛地一醒，看隱落各處的同伴，紛紛走出藏匿處，神情悽，魂魄落，一股哀傷環繞，宛如催眠。吳可莊大喊警戒，趕緊穿上「飛兔」製成的翅膀，快速飛起。吳可莊發覺，在巨人面前，他連飛翔逃跑的意念都削卻了。但不能哪。吳可莊振作精神，吸一大口氣，大喝一聲「喂、喂、喂」。

有了寶物加持，吳可莊喊聲特大，聲音迴盪群山。義勇軍倏地醒轉，巨人則停下腳步，從胸口睜大他那兩隻被泥、被垢遮掩的眼睛，仔細瞧了瞧眼下景物。沒有頭的巨人，也失去了他的表情，他的肚臍眼撐了開來，輕輕噫了一聲，像鏽蝕的杓摩擦斑黃的鍋。這一聲，單調又豐滿，興奮又懼怕。炎帝與黃帝爭霸，落敗後南遷，經戰敗磨折、歷歲月磨耗，有些事跡依然傳敘，村民偶在篝火的夜晚，聽父老嘆息地說，炎帝大將刑天，曾經挑戰黃帝，為炎帝雪恥。刑天不幸失敗，被黃帝以昆吾劍斬斷頭顱。刑天不罷休，四處翻找他的頭。義勇軍想到此，脫口而說「刑天」。彷彿體內自成風暴，巨人身體一震，揚起陣陣塵土。

義勇軍嚇一大跳，以為激怒巨人。巨人卻坐了下來，喃喃地說，他原本並不叫刑天，被黃帝斬斷頭顱後，才有了「刑天」這個名字。他真正的名字，存在那個找不著的腦袋裡，他要知道自己叫什麼名字、要以腦裡存放的意志感受炎帝何在？

義勇軍由驚而喜。刑天雖挑戰黃帝失敗，但被南方以及炎帝後裔，敬為英雄，義勇軍這才明白，為什麼不畏懼高如山、狀如獸的巨人。義勇軍自承奉炎帝命，緝捕窮奇一節。刑天跟著欣喜，歲月流、時光艱，還能在窮山苦境得聞炎帝，擱下手上武器，默念炎帝。

久不見同胞，刑天看著義勇軍，問他們別後情形。刑天的眼神定在吳可莊身上，脫口而說：吳可端？

刑天尋頭途中，曾遇見入大山尋寶的吳可端一行人。兩造初遇，曾經惡戰一場。後來，彼此理解同行，終因目的不同分道揚鑣。與吳可端離別後，刑天繼續找頭，日子一天一天過，刑天發覺，自己找著頭，也尋著吳可端，甚至是找頭重要、還是找吳可端要緊，他都模糊了。

刑天穿越時間之無形、穿越空間之有形，在矇懂的、混沌的時空，偶然見到樹林間隙，不知是誰栽種的玉米、高粱、地瓜，刑天都認為那是吳可端栽種的。作物枯榮交替，刑天發覺時空是在的，在一株搖曳著新綠、搖擺著枯黃的作物上。刑天趴地表，凝視玉米穗上，露珠晶瑩、歲月豐收，他證實時間的存在，證明了與吳可端的共處，也明白，他仍沒有找到他的頭。

刑天的走尋沒有四季、沒有方向。有時走往極東的日升之處，霧興大山，雨狂森林，儘管刑天高峻，並不能參透雲霧裡的日頭，待雲去霧薄，日已歸西，刑天才發覺自己正走向落日。刑天改追逐聲音。他辨認大山中，不屬於怪獸，只屬於風的聲音，他聽見遠方的遠方，私響低悶，鼓鼓作語，刑天不知道那是什麼，但料到極遠處，有一種活動、且可能是來自人間的活動。

刑天找到義勇軍一行人，見到炎帝的子民，他沒想到，居然還找到吳可端了。他驚訝地盯著吳可端，想起他們共行的日子，高興地湊向前，伸出顫抖的巨大手掌，想握握吳可端或拍拍他的肩，吳可端卻吃一驚，跳到一棵大樹上，反而問他，怎會認識吳可端？

刑天睜眼，狐疑細看，吳可莊雖吃驚跳上大樹，但又高興地嚷問，什麼時候見過他的大哥吳可端？刑天這才明白錯認的原因。吳可莊稚氣未脫，吳可端沉穩冷靜，但寬額方臉，眉濃眼大，又是同個模子。刑天遇故友之弟，依然高興，轉述與吳可端的逢遇，吳可莊樂得跳上、跳下，最後跳上刑天肩膀。這還不夠，就著刑天寬厚的肩，立定跳躍。吳可莊上下落，刑天跟義勇軍，被逗得呵呵笑。吳可莊偏頭看見刑天背後背，拖著一截奇怪物事，以為刑天不僅是神話中的英雄巨人，還可能是猴子或猩猩，長著尾巴。

刑天反駁，他是人，哪來猴子的尾巴？刑天想轉頭，窺探背股，但他已經沒有頭，以巨大身軀當頭，所謂的轉頭跟轉身也沒有兩樣；而刑天伸手，也搆不著吳可莊所說的尾巴。

吳可莊忽然大聲說別動，刑天果真定止，吳可莊攀上刑天泥垢交陳的後背。金門乾旱，大雨常數月不下，吳可莊與哥哥扛鋤，到田裡翻土，大地渴，且渴做一隻一隻眼睛。它們沒有瞳仁，只有眼眶，無神地看著天。兩人揮鋤，趁地表進入死硬前，鬆開它的束縛。鋤頭揮，煙塵動，煙沙陣陣隨風起，飄得高、散得遠，彷彿廟裡祈求燃香。刑天的後背，正如一大片乾旱的田，吳可莊認出，幾株玉米擠生在乾涸的細縫間。玉米枯萎，莖幾叢、葉幾落，如幾聲嘆息，掛在刑天脊椎。吳可莊幾乎放聲大笑，心頭忽然一陣沉重，邊使力拔玉米，邊問刑天疼是不疼？刑天知道背後長著玉米叢，覺得疼卻不能說疼。當時，黃帝砍了他的頭，他不過一驚一愧。驚的是不敵黃帝，愧的是對不起炎帝，哪還覺得疼？

沒料到乾枯玉米叢，利過黃帝的昆吾劍，刑天強忍背後一股撕痛，要吳可莊拔出。義勇軍繞到刑天背後一看，都感到驚訝，吳可莊使勁一拔，玉米鬚，帶著血和肉，刑天輕噫一聲，大夥驚呼。吳可莊堀坑埋了玉米，刑天則跌坐地上，汗珠掉地，宛如淩空雨落。刑天與吳可莊兩造，都不知該說什麼話。

刑天對屁股長玉米這事感到愧羞，對體驗疼痛這事，更覺得奇妙。彷彿疼，更讓刑天耳目聰敏，他聽見這段日子以來不斷聽見的低悶私響。刑天遭遇吳可莊一行人，以為聲音從他們而出，哪知竟不是。刑天很少語言，很難向吳可莊等人清晰解釋那是什麼，刑天拿兩顆石頭敲擊，爆爆聲響，但這不同刑天聽到的，如果聲音的外頭，再裹層膜、再和一陣濃霧，或許就更像了。

義勇軍又揣測，難道會是窮奇？

奉炎帝命獵窮奇，已不知年月，連窮奇的影子都沒見著，義勇軍垂頭喪氣。獵窮奇不在刑天的計畫，但是找尋遺失千古的頭，何嘗能當作一個計畫？為了這未必是計畫的追尋，刑天卻告別好友吳可端。刑天望著埋著玉米的隆起的土胚，彷彿埋著他的另一個頭。

刑天說走吧，一起去找窮奇。

有一種獸，長得像老虎，脅下長翅膀，跑得快、飛得疾，被稱作「窮奇」。窮奇吃人，吃正直有理的人，吞老實有德行的人。聽得懂人語的窮奇，知道人們與眾神，都在爭論牠。窮奇想辯駁，牠不單吃人，也吃妨害人類生存的蠱。蠱，毒性猛烈，種類繁多，如蜥蜴、螞蝗跟金蠶等。蠱，有自然孕育孵化，也有人專門培植，用來害人。牠吞噬這些害人之物，便需以人當藥，否則肚腹疼、頭欲裂，依稀被吞噬的蠱，在牠體內融合為蠱，更巨大、更兇猛，牠必須以人血阻擋蠱的破化。這些，並不為世間所知，世間只傳說有一種惡獸，叫作窮奇，吃人。

窮奇有牠的委屈。牠左思右想，最後的方法是上天梯、進天庭，告知天帝，吃蠱食人血，是牠生而為窮奇的天性，除非天庭能有一種藥、能有一種法，讓牠繼續吞食蠱，不再吃人；或者，免除牠繼續吃蠱，為人間除害？除非，天庭承認人間沒有惡源。

窮奇立定主意，奔群山，穿萬雲。窮奇沒料到，四處都是捕獵牠的人，傷心之餘，胡亂急行。窮奇看到了蠱，不再吃食，任蠱群自然脫化，也許害了人，也許傷不了人。不吃蠱，窮奇不需食人，幾個月過去，窮奇的神性出現了，牠不飲不食，並不覺得飢餓，且絲毫不損氣力。牠的身體告別了人間善惡，牠斑斕的虎紋，黃越黃、黑更黑；牠的紅色翅膀，一張開，就像一團燃燒的火焰。窮奇察覺自己更輕盈，更接近天了。又過不久，最後的蠱跟人，從牠的體內排泄而出，窮奇就只是窮奇，牠能聽到人類在遠邊的爭執，能感受到人們對牠的厭惡。窮奇不再怨懟，牠的肚皮容納人間喜惡，雖然極少聽到人們對牠的感謝。

牠消融一切善惡的肚皮，有一天忽然有了奇妙反應，無預警地，肚子出現如歌的巧爆。窮奇剛開始以為肚餓空鳴，但是否餓了，窮奇自己明白。肚皮砰埔砰，如鼓；肚皮硄啷鏘，如鑼；肚皮叮噹嚨，如鈴。窮奇躲在人們找不著的僻山野境，聽著自個兒肚皮發出的巧妙音樂沉沉睡去。有時候放虎蹄、亮火翼，訪千山萬雲，肚皮聲震，彷彿伴奏。

窮奇已斷了人間是非與自己恩怨，仍懸念著，尋天梯，訴天庭。窮奇偶爾出現在人們眼前，牠仍是惡獸，老虎貌，脅下長翅膀，不知為何，人們似乎不認識牠了，忘了牠是窮奇，不再喊捕喊殺。

窮奇在午後，聽肚皮鼓音奏樂，是了，牠該上天庭，為天下所有因果相循的惡相眾怪請命。牠知道西南方的都廣之野，有一株建木，是天地中心，週遭百穀自然生長，草木冬夏常青，建木附近長有靈壽，開芬芳美麗的花朵，找到建木，依循細長樹幹而飛，就可抵達天庭。窮奇心念定，立即動身。窮奇越往建木接近，發覺肚皮的響聲越密集，以前是間歇性音鳴，現則激烈怪響。窮奇找著幾株靈壽，如竹，樹身中空，常發聲響。留意了幾回，窮奇發覺肚皮竟與靈壽互鳴，靈壽囀、肚皮應，窮奇不解那是何意，察覺群山後頭，有不明的能量靠近。窮奇立地直飛，穿霧破雲，不久後，認出來自天庭的兩個神，大神重和大神黎，掄斧扛刀，往森林另一邊走，正是建木的方向。

窮奇內心一陣酸楚，難道天庭派神，緝捕牠？窮奇心念灰冷，攀坐大樹，牠感到靈壽越響越急，肚皮跟著越鼓越密，但自傷遭遇，罔若無聞。一個深夜，大神重和大神黎往牠走來，牠雖驚慌，但想到，被兩個神逮捕上天庭，也是上天庭的方法，這一想，心沉寂，靜待大神重和大神黎緝拿。兩個神靠近牠、遠離牠，窮奇吃一驚，兩個神，竟不是捕獵牠來著？神的沉重足音遠去後，窮奇發現，靈壽不叫，肚皮也不響了，倒是聽見有人在不遠處，喂、喂、喂大叫。窮奇好奇，拍火翅輕飛，見著一群人在斷

折的建木樹幹上喊。

建木倒，窮奇無論如何飛高，少了依循的建木樹幹，未必能順利找到天庭，窮奇納悶兩個神，不來追牠，卻去砍樹？納悶時，後頭聲音來，窮奇藏入雲內，看見一個沒有頭的巨人，領著一行人，往建木走。巨人看見了什麼新奇事情，改走為跑。跑沒幾步，又回頭，把一行人拎上肩，使勁跑。巨人高聳，在建木中的男子看見了，歡呼跳躍。不久，兩幫人馬會合，兩個男子欣喜擁抱，又哭又笑。雖隔得遠，但窮奇一留神，就聽得清楚。吳可端、吳可莊兄弟相逢，都問對方怎麼會在這裡？

吳可端答說，他跟同伴尋建木，要上天梯去。

吳可莊則說，他跟義勇軍奉炎帝命，緝捕窮奇。

兩兄弟敘舊後，吳可端與刑天對望。看著刑天半缺的頸項，吳可端知道，歲月流轉，刑天還沒找到他的頭。吳可端高聲謝謝刑天，帶他們兄弟倆重逢。刑天想起與吳可端分行後，經常問訊白雲，可知道吳可端行蹤？沒有頭的刑天，無從微笑，也無從表示他的情感。他看著雲。

雲朵大，雲層厚，窮奇藏在雲裡頭。刑天看不見窮奇，窮奇卻看得見刑天，並聽到他內心的話。刑天是武將，但懂音律，曾編製〈扶犁曲〉、〈豐年詞〉為炎帝祝壽。刑天內心奏起〈扶犁曲〉，吳可端聽見了，窮奇也聽見了。隨著靈壽的沉寂，不再鼓音的窮奇肚皮，忽然又砰砰地響著。大家沒聽見〈扶犁曲〉，都聽到發自雲後的聲響，懷疑那是雷，但鳴叫巧、囀聲妙，哪會是雷？

大家看著雲。窮奇被瞧得不自在，揮翅而走。翅，紅如火、疾如虹，穿過雲。窮奇虎紋斑爛，黃

的越黃，如黃金閃亮；黑的更黑，有著寶石的冷光。眾人看去，天空中，像有兩種光，一種是火、一種是水。

窮奇聽出那是吳可莊的聲音，他朝著窮奇飛逝的方向，喊著龍，天空有龍啊！

分界樹

對吳建軍來說，外婆過世，宛如巨木頹倒。外婆當然是女生，但身形高峻，比男人更像男人。外婆的巨木形象，早在吳建軍幼童時就立下的。外婆住金門榜林村，常趁農閒，提裝著餅乾的謝籃，步行到吳建軍昔果山的住家。

昔果山、榜林村，兩個村頭距離多遠？這擺明了是一個地理問題，吳建軍至今仍沒有明確丈量出來。小吳建軍覺得從彼村到此村，約莫要走兩小時，騎腳踏車約三十分鐘，後來騎機車，七、八分鐘或五、六分鐘居然就到了。小吳建軍曾多次與弟弟、堂妹走路到榜林，參加廟會或拜拜，為的不是燃香祝禱，而是糖果與雞腿。當然，在啃食雞腿之前，小吳建軍會接受外婆或舅舅的安排，誠心誠意，跪足半分鐘。

為了縮短兩個村頭的距離，小吳建軍不走大馬路，試探小徑。小徑與大馬路平行，木麻黃與相思樹夾途，樹葉垂如爪、來風聲如泣，小吳建軍與弟妹越走越怕。進也惶、退也慌，弟妹手握手，爭執討論之後，決議往前走。小吳建軍打氣，自比蔣介石，整戈待旦，反攻大陸；或者像衛青、霍去病，深入荒漠，驅逐匈奴。小吳建軍氣勢陡升，胡亂怪喊，沒嚇著樹讓出更寬的路來，弟妹在後頭，反而哇哇怪叫。

小徑上，泥路印牛蹄，深深地踩在三人心版，再出現三輪車胎痕，更讓他們放心。小徑不往陰路行，仍通往陽間，通抵他們熟悉的榜林。及長，小吳建軍身高近一米八，舊路不見蹤跡，外婆也不再健步如飛，中風病塌在床。

吳建軍與母親、妻子顏亦雯以及六舅返鄉探望。

吳建軍沒想過外婆會死。

從小，外婆就像一尊佛，慈眉善目不在話下，且高大強健，當外婆從村前小路走進來，寶藍色唐裝水漾漾地晃盪起來，那時候，狗群齊聲朗吠，左鄰右舍放下洗衣板、摘著的蕃茄跟持犁的手，一起望向路口。那如果不是一尊佛，也該是一尊仙。而今，仰望的對象倒在病榻，頭髮白得發亮，皮膚皺成一團，外婆中風失憶，甚而厭倦語言，再不說話。外婆中風後，老態才顯，九十幾歲了，卻像幼兒一樣，被外傭綁兩個紅色的小小蝴蝶結，吳母與六舅倆逗外婆說，像教未足歲的小兒學語，一再地唸著吳建軍小名。外婆頷首，知其心意，抬頭朝吳建軍微笑。外婆的笑，讓時空回流，吳建軍想起往昔，沉默踱到房外。吳建軍知道那一天已不遠，他快要沒有機會喊外婆。而外婆呢？是看淡了人生，已看清了這些個稱謂跟關係？

幾個月後，外婆辭世，吳建軍與家人回返金門奔喪，吳母送喪時一遍一遍喊著「阿娘阿娘」。「阿娘阿娘」曾一回回在電話裡傾訴，吳母叮嚀外婆，告知她天氣暖了、寒了；「阿娘阿娘」也曾是一次一次的囑咐，要吳建軍回鄉時別忘記到榜林村探望。「阿娘阿娘」，吳母不再說了，因為，吳母不知道吳建軍也常想念她的阿娘、他的外婆。外婆是舅舅們、表兄弟們跟吳建軍的聯繫，外婆走了，像去了一頭的三角形，再也沒有人能夠身集兩個姓氏、溫暖兩個姓氏。

外婆亡故，巨木頹倒了。

吳建軍之後許多次，再從昔果山出發，騎車經榜林到後浦小鎮。他不再如以前穿梭幾條窄巷，找到榜林村九十九號。他有時候不走酒廠新路，而騎上童年舊路，尋覓那條失去的小徑。它平空消失，宛如從來不存在。

吳建軍經常回到外婆的喪禮上。三合院外、防空洞的土坡上，四舅跪著，雙手舉高，朝天喊，無情的天，還他的娘親來。他沒擤的鼻涕拉得長，如滿人腦勺後的長辮子，哭得激動時，鼻涕迎風甩，如一個難過的鞦韆。外婆睡在厚黑色的棺木中。棺木與外婆一樣巨大，但是更無言。木頭離開了樹，再也感受不到風了。

與外婆家隔鄰的三合院已成廢墟。樹，穿破屋頂，樹冠距離地表三樓高。

屋子棄置已久，最早雜草滿庭院。當時，吳建軍返鄉探望外婆，帶著母親託付的紅包，親自交給外婆。吳建軍在門外張望，依稀聽見舊人家，小孩在庭院玩彈珠、居民述說栽種西瓜的季節，他們的遊戲跟生活一起消失了。後來，吳建軍窺見客廳裡頭，一棵小樹悄悄昂然抬頭。不多時，樹與神案齊，再攀上，長到屋樑。屋樑紅漆底，正中央畫著黑色的八卦圖。

八卦鎮邪，不鎮樹，它觸摸、再穿透，沒有束縛地，能長多高、就長多高。

鼻涕、外婆跟樹，不搭嘎的幾樣事物緊緊跟喪禮連結在一塊兒。吳建軍最後歸納，那都是一種存在的巨大。

外婆的喪禮上，吳建軍沒有流淚，幾年後，妻子顏亦雯的阿嬤過世，吳建軍奔喪台南，卻意外哭倒。

阿嬤枯瘦矮小，中風後，身體與靈魂一起風乾。阿嬤臉上，看不到生命的接受與釋懷，透著疑惑。阿嬤不可說、無法說的焦慮，寫在她的神態和身體。她像嬰兒，包裹尿片，但是沒有奶瓶，插著各種管子。外婆是一個仙、一尊佛，阿嬤卻像一個鬼、一截枯木。

阿嬤與外婆都中風，卻是兩種情景。

吳建軍於屋外靜默半晌，再進屋看外婆，母親讓他握住外婆的手，慫恿吳建軍跟外婆說話。吳建軍屈膝，半跪床邊，一句話都說不出來。說不上是吳建軍握外婆的手，還是把手交給外婆。女人，卻有好大、好厚、好暖的手，儘管在病中、失憶不語、儘管被身體背叛，外婆寬厚、包容的質地，著著實實地在那短暫的一握中。但是，吳建軍卻不敢握阿嬤。他忘了阿嬤的溫度。

阿嬤停柩處不遠，曾經有一株幾公里遠，即能望見的大榕樹。這樹，吳建軍來不及親見，但聽顏亦雯說過好多回。如同吳建軍難以度量昔果山跟榜林村的距離，顏亦雯也難以說明榕樹到底有多大。她細述堂弟曾從樹上跌下，撞斷兩顆牙。他們在樹下綁鞦韆盪，玩畫格子遊戲，盯看螞蟻如何繞過水漥，在樹根下築巢。小顏亦雯爬上樹，眺望遠邊遠邊的馬路，辨識父親的貨車。她爬得更高。輕拍樹皮，方便使力，好踩得穩當。她右手摟抱樹幹，左手指著雲、點著風，透過榕樹借給她的高度，辨識村內的屋宅分布、銜接的巷弄，以及堤岸後，稻草人或穿紅或扮綠，驅逐麻雀。

榕樹無緣為顏亦雯的阿嬤送行。阿嬤的最後一程，靈堂外，搭著壯觀的罐頭樹。八寶粥、汽水、蘆筍汁、咖啡、奶茶，這些阿嬤生前喝不到幾罐的飲料，在法事後，紛紛被鄰居、親友拆除。吳建軍看著比外婆小了幾號的棺材，送進焚化爐。從此，吳建軍再也沒有阿嬤可以叫了。

吳建軍還經常回到國中某一年。他下課後，回三樓公寓，書包一扔，就往外頭走。他聽得仔細的是背後有人嚷他，才剛剛回來，是要去哪兒呢？那是爺爺坐在客廳沙發上，朝樓梯間喊。至今，吳建軍都還記得，樓梯間燈光昏暗，彷彿出口不是一樓，而是地下室或防空洞，通往沒有出口的所在。但是，吳建軍跑到巷尾，沒理會爺爺的叫喚，與同學一起玩棒球。沒有棒，只有球。他們扔球，投向最後一棟公寓的側牆，球隨著旋轉與方向，不規則彈跳，一夥人追著球玩，直到天黑，直到住戶受不了球的撞擊，下樓，揚聲叱喝。

吳建軍與玩伴散了，回屋子，爺爺唸他，不讀書，只顧著玩？吳建軍沒進房讀書，吃完晚餐，接著看八點檔武俠連續劇。那是唯一一次，爺爺到台灣找他、見他，不久，爺爺回金門，就過世了。吳建軍後來問母親，爺爺到住家的確切年代，吳母卻說，爺爺終其一生未曾離開金門。爺爺守在老舊三合院，不曾嚷他、唸他，就死了。這怎麼可能呢？吳建軍對這段往事，記得清晰，但關於幼年，吳建軍認為母親記住的遠比他多。

吳建軍幾乎放棄他的記憶。但每次，吳建軍回母親家吃飯，樓梯間、燈影暗，往上走，影子依牆，被燈光拉做幾條，跟著他移動。吳建軍偏著頭看。影子無法察覺吳建軍微小的動作，不知道正被盯看著，緊密跟隨。吳建軍沒有看到影子岔走，攀上或溜下。吳建軍停下來看，他想，若能見證一條偷跑的影子，或許就能證明爺爺的喊聲，曾在樓梯間迴蕩……然而，光影又極其絕對，這事情，小吳建軍曾在床上看到、也聽到。

影子慢慢進入房間。

當時，小吳建軍還沒有醒來。影子知道小吳建軍必定會醒來。它耐心守候，且逐漸拉長它的身軀。三合院護龍，約莫兩個大人高，但高度不是問題，厚薄也不是，陽光把又高又厚的護龍移動了，變成ㄇ字型的影子，如同一頂帽子，跨過一尺高的門檻，走進長、寬各三十公分的第一塊地磚。影子進入第二塊地磚時，小吳建軍醒來了。他不得不醒來。放在額上，用來吸納腦袋高溫的毛巾，轉化成一個小火爐。腦袋瓜，兩把火，上下夾擊。六、七歲大或三、四歲大的小吳建軍，躺床上、發會愣，伸手移開毛巾，低頭看見床下一臉盆水。他掄吊毛巾，和水，掙力擰乾，這時候他看見影子移動了護龍，踏向第二塊地磚。

他非常虛弱。呼吸裡，有股酸，他不知道死亡該有什麼味道，但隱約察覺若死亡像鵝糞、狗屎、豬便等，有其特殊的臭，如果這氣味並不強烈，那麼最可能的味道，就是一種酸。沒有預告、毫無警覺，慢慢滲透著。怎麼會呢？他不過幾歲大。但病疾無法辨識侵入的器官、組織、細胞，長著哪一款年輪，病疾並不慈悲，辨老弱、懂陰陽，甚至知道善與惡。它一視同仁，只為它本身，找到最佳的擴張方式。

病疾不留餘地，它不著重共生，它追求極端。強烈的病疾便往往無法久存。它快速地擊退了病體的生命力。它快速地迎接了自己的死亡。這個時候，病疾跟吳建軍，也像光與影子。

換洗毛巾的小吳建軍，猶如朝陽中，殘存的一點露珠。他再遞換許多次，維持暈火中，小小的一點清涼。他訝異影子怎能有聲音？他低頭看著。那個ㄇ字、或者那頂帽子，已走出第二塊磚，踏向第三個。光，斜進屋內，好多灰塵在光柱裡頭中打旋。灰塵像小吳建軍好奇的萬花筒，看不見的風，依著灰塵轉；灰塵也透過這個機會，旋轉它自己，光撲撲的，如同黑白電視上看到的煙火。它們熱鬧，但是沒有聲音。小吳建軍辨認出，喧嘩來自隔鄰，或許是出側門十來步可達的堂伯家；或許是再經過幾十步、過廟口的堂叔家。無論是叔或伯，他們大聲說話，聲不可辨，但可聽出來，正為了吃食的快樂而喧嘩。

小吳建軍聽不久，幾乎就知道，隔鄰正辦著喜事。桌上鋪紅色布，蘋果西打、華年達橘子汽水，以及炸雞腿。他也想吃。但他吃不了，而且，不知道是哪一種病毒正在體內啃噬他。小吳建軍想吃，但其實，他不餓。他只是想，汽水跟雞腿的香氣，或能驅趕不好聞的酸。若滿室迷香，似乎跟死亡就離得遠一點了。

無法吃，小吳建軍只能聽聞著大紅色的喜氣。它們沒有止息的徵兆，所以，他盼望許久，沒看到有人進來看他。連經過門口腳步聲都沒有。小吳建軍愛吃，這時無法吃，竟然不埋怨。他想起，村人分贈訂婚喜糖，他本預留幾顆給哥哥，不料越吃越過癮，竟吃完了。他以糖果衣包裹小石頭，欺瞞大他五歲的哥哥。哥哥拿到糖果，樂滋滋打開，直接往嘴裡。一咬，死硬不堪；一舔，竟帶土味，吐出看仔細，哇哇大哭。吃，很重要啊，村人逢人就問，吃飽沒？他也想問體內的病疾，吃飽沒？小吳建軍想，若可以把真正的自己隱藏，給假的自己病疾，就沒事了，但是，病疾不是哥哥，沒這麼容易騙。

小吳建軍暈又痛，毛巾擰又擰，他懷疑自己真要死去了，但卻如此平靜。

好了，護龍移到地磚盡頭，開始往牆上爬了。它一爬，那個ㄇ字或那頂帽子，就開始變形。影子有了黑夜的姿態，而且這一開始，就有了它的猙獰。小吳建軍懷疑影子跟病疾是同夥的，它爬上牆，慢慢會移到天花板，再繞道自己倚靠的床板，伸手抓他。他估計這樣一來，影子還需要多久的時間，就可以掌握他？

小吳建軍等著。人聲喧嘩舊，影爪陰森來，小吳建軍不放棄，繼續醮毛巾、擰毛巾，貼覆前額。他維持住這一丁點清涼，察覺木麻黃在屋後，回繞著淡淡的咻咻聲。咻一聲，風過一陣。風快的時候，快速一聲咻，如子彈；風若慢，溫柔如白色花，晨光中徐徐開，發出好聽的聲音。

聽見樹聲之後，小吳建軍也聽見海了。晃搭、晃搭，該是漲潮了。影子過牆，走到窗櫺的位置了，按此速度，小吳建軍再不用九九乘法，也不需在作文課，以〈我的志願〉為題寫文章了。

頭溫繼續升、影子持續高、人聲不斷揚，樹跟海的聲息，不帶酸氣，也沒有腥味。他們同時存在小吳建軍的房間。它們擠成人生的真實，甚至是一種真相。

長大後的吳建軍娶了顏亦雯。他們回台南辦喜宴時，顏亦雯跟吳建軍說，那一棵已不在的榕樹時，吳建軍是懂的。榕樹腹地被顏亦雯的叔叔改做大廠房。廠房真的大，而且很空，讓吳建軍疑惑，何以容納不了一棵樹？喜宴採取辦桌，占用了榕樹的舊腹地。在曾經欣欣向榮，而今槁灰死疾的腹地上，吳建軍想起他在昔果山也有這麼一棵榕樹。榕樹不屬於吳建軍所有，而是叔公跟他的玩伴阿龍。

榕樹不奇，奇的是它的樹根緊紮著防空洞。小吳建軍跟阿龍都不解樹下何以能有防空洞？原來防空洞在一九五〇年間，受軍方命令挖掘。叔公原想學鄰居，在長桌鋪上厚蚵殼，中共砲彈來，躲下頭即可。直到叔公親眼看見砲彈落，並不爆炸，下鑽數公尺，才轟然炸開，成一個深窪，才銜命構築防空洞，並栽上榕樹。小吳建軍跟阿龍比較洞與樹，洞依然是洞，十年前、十年後，只會潮濕而不會愈大。樹，卻不斷長高，藉由鬚根落生，榕樹成為地表上的鐘乳石洞。榕樹沿防空洞擴展疆域，落根旁生，樹幹彷彿裸露的胳臂，把榕樹烘托得更雄偉。

爺爺與叔公常在榕樹下，折樹葉，吹口哨。有時候口哨成調，只是不知名，或依稀呼應著兩個老人的舊時記憶，連習於粗作的村民經過，都不禁放緩腳步，或者停下牛、擱佇犁，仔細聽一會兒。哨音，不過高與低、強與弱、急跟慢，然而微風來，榕葉篩，啁啾如暗鳥、明亮如畫翅，搭以兩個老人的合鳴，風有了時間，黃昏有了人生。柔白炊煙冉冉升，隨風徐擺，如少女裙。老榕靜謐，卻不覷靜，它快速成長。

深夜來，砲彈到，老榕無懼地抬起頭與身。它不是神無法阻攔，但可分出身軀，緩和砲彈的威力。

老榕緊紮著防空洞，樹冠蓊，分支茂，如同族長與他的後裔。

阿龍家的榕樹，媲美小吳建軍家後頭的木麻黃。似乎是個約定，爺爺栽下木麻黃後幾年，榕樹跟著茁壯。不同榕樹的闊、矮、翠，宛如肥胖的綠人，木麻黃樹葉垂、色蒼鬱、形瘦削，沉默寡言，不同老榕多語。

小吳建軍曾爬上榕樹，樹矮枝椏多，不若木麻黃開闊。木麻黃長得少見的壯闊，樹圍得兩個大人合抱。小吳建軍長大到可以爬樹時，發覺樹幹上長著的樹瘤，彷彿樓梯，提供支力點，供他蹬上。小吳建軍想，父親、伯父、堂哥等，大約都曾爬上樹。有一天，他在樹上發現有人費心，用童軍繩綁了吊床，偵查幾日後，竟是鄰居攀高繫床。

樹是吳建軍家的，但是天空不是、風也不是，小吳建軍樂見鄰居樹上架屋，並趁鄰居不用時，蹬爬而上。吊床綁在分岔的枝幹，躺上，身子懸空，小吳建軍緊張地緊抓繩頭。吊床的牢靠讓吳建軍逐漸放心，他躺著，遠望防空洞上的老榕。跟爺爺討零錢，租來漫畫，枕吊床而觀。他鼓起勇氣，爬得更高，心想萬一跌下，還有吊床防護。他爬高，撥開遮眼的樹葉，讓天空更大，並且向右看。海在右邊，海平線上，軍艦如紙雕、如皮影人，只是舞台太大，看不清楚它們真否移動了。軍艦終歸是以它們的速度，從大海那邊，走到這頭的海；宛如昔果山與榜林的距離，不知究竟多遠，但無論走大路或小徑，騎車或步行，都會到達。

春天到了，小吳建軍撿木麻黃果給母親，洗淨，輕輕醮著紅汁，在蒸粿上，印上一朵朵紅花。夏秋時節，全家人出動收穫花生，牛車載，車車垂綠，倒在木麻黃樹下捻花生。日頭熾烈，村民找蔭涼的地方農作，不會有人打木麻黃的主意。

吳建軍呼一口氣，在乾枯的廠房，望著烏灰石綿，想著還好，沒有人爭奪他的樹。顏亦雯的叔叔蓋廠房，製作魚箱的打氣管。成千上萬的塑膠打氣管陳列廠房中，它們透著一點尖銳的管，指陳這個世界，卻彷彿每一根管子，都少了一口氣。

吳建軍買屋的時候顧慮很多。交通、學校、市場、小診所與大醫院，最後，讓吳建軍負起房貸壓力，買下台北縣三重市的房子，是大樓的出入口有座公園。欒樹、榕樹等，交會著城市的綠。吳建軍想像進公園納涼、讀書。當然，吳建軍不可能學鄰居在樹下綁吊床，城市裡的人並不爬樹。說不定爬樹壓斷樹枝，還可能犯下公物損毀罪。樹，無論是哪一種樹，成為城市的景觀，並且吸收二氧化碳，製造氧，成為人類外部的肺。

新居起，住家長巷，戶戶門口都種了樹。有一天樹幾乎全數被砍光，吳建軍急問建設公司，住戶砍樹合法嗎？建商聲稱，樹屬於各戶，他們無權干涉。砍掉樹的住戶，伸展住宅面積，築鋼筋、架鐵屋。有一天再經過巷口，架築的鐵屋被敲破大洞、違章水泥屋鋼筋裸露，顏亦雯問他，難道是他狀告法院？吳建軍搖頭，微笑不語。

住戶哀傷、憤怒，擱置裸露的鋼筋、鐵皮，長達數年。又一溜眼，住戶退一步，後縮搭建，長巷恢復舊觀，但是，樹幾乎死光了。吳建軍抱兒子，走長巷，述說樹的故事。兒子聽了一陣，默默不語，似也為樹哀傷。吳建軍很快明白，三歲大的孩子為樹哀悼並不容易，兒子的沉默只是不解，樹死，跟等候外公來接，有什麼干係？

九點三十分，吳建軍的岳父開車來，接小孩到新店。現在到未來，只一點點距離，兒子卻焦躁不已，老盯著時鐘，怪時間走得慢。過了好一會兒，分針才艱難地從八移到九，兒子氣憤了，咆哮說，這時間、這時間，未免走得太慢了。

一到二、到三，以及五到六，像未來，永遠不會來。

為分散孩子的注意力，吳建軍帶孩子到公園，進長巷、出長巷，說巷弄往事。孩子再度不耐煩時，吳建軍與孩子走到公園長凳，坐著等。坐，是孩子最無法忍受的，而鞦韆等遊戲又很快玩膩。孩子聒噪胡鬧。吳建軍不理會孩子，開始瞎掰。孩子怨責外公遲來，賭氣不聽，耳朵卻關不住。吳建軍說，別埋怨時間過得慢啊，有一天，當我變成很老很老的老阿公時，你那時候也老了。吳建軍彎腰，佯裝駝背說，我走不動時，只好搭你的肩膀走。孩子急急地說別搭我，我也老了，扶不動你。吳建軍沒理會孩子接著說，你也累，想找一個人搭，才發現你的小孩走在前頭，便搭在他的肩上。吳建軍的後面原來搭著人，是外公、外婆、阿公、阿嬤，還有阿祖。台南的阿祖跟金門的阿祖。一排手、肩接連，老人過大街。他們過馬路，燈轉紅時，卻還沒走過一半。一排老人阻攔了路口，車輛的喇叭聲衝天嘎響，急躁的司機頭手伸窗外，朝老人們吼。

但是，我們要理會司機跟車子嗎？吳建軍問孩子。孩子哈哈大笑說，不管他們，得繼續過馬路。孩子因為接受了這個故事而覺得羞愧，又氣又急，就是不笑，眼睛拗成半個圓。

吳建軍故作彎腰駝背，上氣不接下氣地跟前面的兒子、後頭的爸媽說，我們趕快過馬路吧，喇叭聲震得耳朵痛。吳建軍邊說，邊艱難移動腳步，地上的斑馬線無盡頭似地，永遠走不到。兒子終於看得哈哈大笑。

岳父車來，吳建軍的述說還在進行。孩子進車廂，沒忘記跟吳建軍說，別搭他的肩過馬路，他一直覺得他小，連吳建軍的一隻胳臂都抬不起，何況是一副駝背的身體。有好一陣子，孩子以為爸爸就是死了爸爸的人。他上幼稚園，下課後到阿公家去，才明瞭阿公是吳建軍的爸爸。爸爸上頭，還有爸爸。爸爸的爸爸的爸爸呢？吳建軍說，就是牆上那張照片。那是阿祖，陪他走過蜿蜒小路，通抵藍天戲院看電影。確切的家族史，只是掛在牆上的照片，一張孩子記不得的臉。

但吳建軍確定，他在。夜空陰，冷風襲，吳建軍確定爺爺在身後。在曾孫埋怨時間走得慢而惱怒的夜晚，時光譁然，但有覷靜訊息。爺爺在吳建軍的述說中。它佝僂的身形一點未變，沒有變更的黑色唐裝跟咖啡色柺杖，或許正是為了安撫吳建軍，而忍住不變。

關於此，吳建軍不需要跟母親求索證據。而這，再也不是記憶了。

吳建軍經常回到外婆的喪禮上。因為，喪禮的後頭，接著另一場喪事。

吳建軍赴外婆喪事後，與父母、兄弟，探視舊宅。三合院久無人居，燕子有靈，不來築巢。年前，舊宅大樑蛀蝕，吳父跟伯父討論，怎可讓祖公媽日曬雨淋？吳建軍剛入村，遠遠看到工人攀爬屋頂構工，以為眼花了，屋後光禿禿，什麼都沒有了？

工人為方便換瓦抽樑，徵得堂哥同意，剷平整棵樹。吳建軍詢問，堂哥說金門樹多，留著無用。村落處處鋪水泥，車好開、人好走，下雨天不再泥濘、風颳時不再石走沙飛。無言吳建軍，走向屋後，木麻黃的根，像一把開岔的傘，散、傘，抓住貧瘠的紅壤，克服土壤的酸，拔卓雄立。吳建軍蹲下，觸摸樹根。他來不及送樹一程，樹身與根，吸收陽光，觸之微溫，樹體高過三十七度，樹發著高燒，給它再多的濕毛巾，都沒有用了。

小吳建軍登高，看榕、望海，小吳建軍臥病，聽樹語、海濤。只有海，還留下。吳建軍往阿龍家看，也依稀是個約定，老榕與防空洞移得乾淨。鐵鍊綁著一隻老狗。老狗趴在曬得浮起一層薄漾的水泥上。傍晚不到，吳建軍回返三重住家。公園中，孩子嘻鬧、老人閒聊，樹安靜站著、也安靜地動著。公園內沒有木麻黃，倒有一棵榕樹，它正悄悄看著吳建軍。它只能看著。不能走近。風吹葉搖，但它的聲音渺薄，何況還有欒樹、樟樹，還有人的聲音。老的、小的，低吟的、高亢的，平靜的以及急驟的。吳建軍坐了好一會兒，才注意到老榕的目光。它殷殷注視，看吳建軍、變幻吳建軍。吳建軍成了一棵木麻黃。依稀兩個亡故的樹靈，不遠千里，來此遇會。

吳建軍坐著，如同木麻黃面臨怪手的掘除，也只能坐著。那一剎那，木麻黃可曾發過聲，不依賴風、不是樹折，而是從很深的樹體，為所有注視過的夜空、所有凝聽過的低語，像一個老人，為他的最後，留幾句話，或一個字。吳建軍想起中風不語的外婆。病理上，稱為植物人。母親、六舅，不停教外婆學語，外婆尚不能出一言，何況是樹？吳建軍奔喪時，外婆已入殮，被封存在厚實的黝黑棺木中。外婆安靜無聲。吳建軍不再見過外婆了。吳建軍很想走向外婆永眠的樹體，小聲問候，也貼近耳，專注聆聽。

吳建軍沒聽、沒說，而現在，他只能探向一株注視他的榕樹。吳建軍以為自己果真起身，走了過去。但沒有。他只是坐著、看著。吳建軍想起上回坐在一樣的長凳，為孩子瞎扯混時間，等待岳父車來。分不清楚這個故事，是孩子搭車離去後，依然進行著，還是因為榕樹的凝視，展開的線索？這都不重要了。一排手、肩接連，老人過大街。吳建軍艱難扭轉脖子，看著後頭，一路延伸過馬路的行列。阿嬤也來。仍瘦的、還嬌小的，手必須舉得高高，才搭得著父親的肩膀。往生不久的外婆穿一身寶藍色唐裝，還新得發出亮光。吳建軍後面有岳父、岳母、母親。岳父在當了外公以後，才覺得自己老了，兩個弟弟罹患癌症過世，岳父常常感嘆生命無常。如今，他排在隊伍中，神情愉悅，要不是吳建軍制止，怕又要偷偷拉著外孫到文具行買汽車玩具。岳父因疼寵外孫，玩具越買越多，這便是兒子按捺不住的緣由，迫使兒子責怪時間走得慢，不能飛快回到滿是汽車玩具的不老王國，促使一群老人不懼窮冬，慢條斯理排起隊伍，過馬路。

我們都是很老很老的一群老人。阿公搭著爸爸、爸爸搭著吳建軍，吳建軍搭著兒子。兒子搭著吳建軍的孫，孫再搭著兒子的孫。兒子已老，他的孩子也是，一排列的老人正為了安撫一個怨懟時間的孩童，肩、手相連，慢慢通過路口。

吳建軍再扭頭，看見老榕跟木麻黃也來了。他們修整身形，成為人的高度，問吳建軍，他們該排在哪一個位置？

蟬寫信

有一種人，可以稱他男人，也可以叫她女人？

有一種人，不知道該稱呼「他」、還是「他們」？

有這樣的一種人，不比巨人高、不比怪獸奇，但是巨人加怪獸，都不及這種人更讓人駭異。吳可莊發現，在電視看到的「科幻」怪獸，還是不夠「科幻」，它們都被「朦雙氏」比了下去。

人與獸的拼湊，是怪獸的特徵，然而，人與人的錯置，卻更驚悚。朦雙氏酷似吳可莊電視中見過的連體嬰。連體嬰有腦袋相連，有的背貼背，朦雙氏則雙臂、腋下與腰，黏在一起。腋窩處，一枝綠色的植物從烏黑的腋毛中，抽長而出。植物隨朦雙氏的走動，搖頭晃腦，彷彿它，不僅是活著的，且在等待開口說話的某一天。

植物來頭不小，叫「不死草」。朦雙氏，兩個人加一枝草，吳可莊不禁想像有這麼一天，不死草真正想要不死，以兩個人的身軀當沃土，在適當的時候，逮泥土，抓岩盤，因不死草而不死的朦雙氏，只好再死一回。大哥吳可端悄悄跟他說，朦雙氏本是兄妹，結為連理，惹火天帝顓頊，遭受放逐處罰。兩人無可食、無可棲，相擁而死。攜有不死草的風神禺強經過，不小心遺落不死草在屍骸上，夫妻倆死而復生。朦雙氏跟吳可端，為不同目的尋天梯，吳可端希望早日回返故鄉，朦雙氏則希望天帝慈悲，再分開兩個人。

傳說找到建木，往上攀爬，可直抵天庭。吳可莊遵炎帝命，夥村民組義勇軍，獵殺危害四處的怪獸窮奇，來到世界的中心。吳可端與朦雙氏為求見天帝，抵達建木處。他們都遲了，建木已被天帝顓頊派大神砍伐。顓頊鑒於蚩尤結夥天上、人間的魑魅魍魎做亂，命砍伐建木，以及一切通抵天庭的天梯。

吳可莊辛苦找尋大哥多年，不期而遇，分外高興，還不及敘舊，看見許許多多的朦雙氏，在被砍斷的建木旁，又氣又跳又哭。大哥跟吳可莊說，他們一起出發時，只朦雙氏一個人……或者該說是兩個人，旅途長、生命寬，越走，朦雙氏越多了，吳可莊聽得發傻。

一個朦雙氏，配載兩種性別，男穿褲，赤裸上身；女穿裙、體態飽滿，他們跳上跳下，有的和諧如一體，如兩人三腳遊戲。有的上、下不一，跳上去的質疑被另一半往下扯；掉下來的責怪另一半跳不夠高。他們直盯著對方，掐脖子、戳眼睛，兩個人扭打在一起，更像是糊在一塊。吳可莊說不準建木多寬、多長、多麼浩瀚，但面對巨大的死，儘管亡逝的是樹，一棵剛知道它存在、即已死亡的樹，吳可莊像看到一場殘酷的戰爭。吳可莊想到老家屋後的木麻黃、榕樹，以及矗立入海小徑，他常爬上去捉金龜蟲的相思樹，忽然覺得他們是三個人，而不是三棵樹。

建木倒，沒有血，只有沉默；不發呻吟，也不再仰望天地。一棵樹，失去風，嚇走棲息的鳥，它不再是天與地的橋。吳可端、吳可莊未目睹大神如何砍伐建木，但都聽見連番的爆響。那是巨斧砍伐樹身的聲響，那是建木的嗚痛，此刻朦雙氏嚶嚶哀泣，是哀悼，但也是另一場戰事。朦雙氏的哭鬧，消解了建木死亡的尊嚴，吳可莊皺眉嘆息時，忽見一個女人置身朦雙氏之間，安靜地看待朦雙氏，甚至是吳可莊的怏怏不快，都被女人發覺了。女人髮黑唇紅，青春正茂，又漾著不符年紀的嫻靜。

吳可莊打量女人，臉紅的卻是大哥。一切發生得太快了，兄弟巧遇、建木倒、窮奇逃逸、久不見的巨人刑天忽焉出現、朦雙氏哭鬧，吳可端忘了為彼此介紹。吳可端帶吳可莊到漣漪旁，一個是弟弟，另一位是……吳可端一時語塞，朦雙氏中的女人，呶呶嘴，朝吳可莊說，這是你的大嫂。

吳可莊竟跟他的大哥一樣，倏然臉紅了。吳可莊上學時，最怕與女同學說話，上課中，手肘無意間碰到女同學，都倏然一縮。女生、可愛的女生，對吳可莊來說，是超越生物性存在的；女生、漂亮的女生，單是作為一種存在，就足以讓吳可莊仰望。女生、氣質的女生，是一種魔術，讓風動了、使樹綠了。吳可莊曾在母親、還有堂嫂身上，嗅見這股氣味。以往，小吳可莊挨揍了，哭了，被母親或堂嫂擁入懷，情緒很快被消化乾淨。吳可莊見到漣漪，聯想起童年，也才發現已經好幾年，不曾開口喊一聲母親了。

吳可莊激動地喊大嫂、大嫂。不知何時，朦雙氏們警覺有事發生，不哭不鬧，圍繞兄弟倆與漣漪，聽吳可莊喊大嫂，像發現新辭彙，跟著喊大嫂、大嫂。吳可莊細看，朦雙氏果然有長、有大、有小，還有幼幼版。小朦雙氏兜著吳可莊瞧，吳可莊環著小朦雙氏們看，眼睛一對對，都骨溜溜的，黑白分明，尤其當他們湊近，不再是連體人，而是一對兄妹。

吳可莊想起堂嫂的孩子。過了這許多年，該長高長壯，再回去時，怕是抱不動了。吳可莊心念起，矮身、伸手，抱起一對朦雙氏。小朦雙氏彷彿不曾被高高抱起，吃一驚，等回神，身子已離地，歡呼地踢著四隻腳。

除了朦雙氏、吳可端，刑天也找到他爬天梯、上天庭的動機。刑天為替炎帝出氣，尋黃帝較量，被黃帝以昆吾劍砍掉頭顱，這些年，刑天穿越大山，遇見入山尋寶的吳可端，以及獵捕窮奇的吳可莊。目睹建木倒塌，他不禁懷疑，天帝為防患他找到頭顱，早下令部屬偷渡人間盜走？不然，大山縱大，能使刑天迷失多少時間；山澗雖深，能淹沒刑天幾條胳臂？刑天越想越有道理，跟吳可端談了他的疑惑。吳可端嚴慎思考，頻點頭，吳可莊悄聲問哥哥，刑天的頭早被砍，偷瞄刑天平整的脖子跟高峻如山的身體，完全無法判斷，哪一個地方藏了可以思考的腦？

吳可端從未想過這事，訥訥地說，可能是脖子吧。漣漪在一旁，聽得仔細，不輕聲、也不大聲地說，心，是心吧。吳可端在森林邊緣的旅店遇見漣漪，私情互定，後來迷途大山，漣漪苦守無人村落，直至大哥回返。吳可莊難以想像在巨大的城廓，街渠、屋宅、傢俱樣樣齊，卻獨獨沒有人，漣漪如何一個人走過她的四季與土地，但吳可莊可以肯定，荒城沒有學校、老師也沒有電視。老師課堂上說過，古人常言心，以為心是思維的、善與惡的樞紐，近代研究指出，腦才是一切。沒有人的村落，自然也沒有人跟漣漪談這個，但是，若刑天不以心思考，能用膝蓋想嗎？吳可莊沒反駁，倒不好意思自己岔開了話題。

吳可端不需要說了。刑天自己走進了主題。刑天拉長身子，空氣嚇嚇響，大夥吃一驚，不知道刑天要做什麼。刑天手伸展，大夥嚇得跳開，朦雙氏們更是縮在一起，吳可端看見刑天有動靜，跳上刑

天的的掌心。吳可端與刑天同行時，常坐在刑天肩頭，漣漪與吳可莊不放心，跟著跳過去。

刑天回復遠古巨人的形態，三個人站肩頭，宛如三隻小雀。刑天衡度建木，不禁讚嘆建木作為天梯，果真看不到盡頭。吳可端知道刑天想把建木扶建起來，大聲鼓舞，好啊，我們來試試吧。吳可莊看不到刑天的臉，何況，刑天根本就沒有頭，但這瞬間，卻感受到刑天抬頭微笑。刑天雙臂遒勁，如老木、如鋼筋，放置建木底下，卻如幼兒胳膊。刑天不洩氣，似乎世界被移開了一點點間隙，往天空更靠近了，也在一丁點的間隙中，漣漪看見筆直建壯、渾然無物的建木軀幹，壓著一丁點的嫩芽。刑天再試了幾次，建木紋風不動，刑天嘆一口大氣。

漣漪忽說，建木被砍了，何不自己種一棵呢？

漣漪請刑天放他們到地面，讓刑天再扛起建木，三個人都看見一只嫩芽。刑天吸一口大氣，死力撐住建木，吳可端眼快心細，從嫩芽底部挖起，一夥人走回去，朦雙氏等都湊上來，知道漣漪建議，鼓掌叫好。吳可莊質疑，芽這麼小，要長成天梯，該花多久時間哪？

吳可端說，天帝除了砍伐建木，必也毀了世界各地的天梯，再說，他是農夫哪，還有什麼不能種。吳可端想起以往與應龍耕種的時光，不禁莞爾。吳可莊玩心起，忙著問該栽在何處呢？漣漪建議，可在建木斷折的樹幹鋪土，也許母建木有靈，能護衛子建木趕緊長大。眾人紛紛叫好。與吳可莊同行的義勇軍知道一夥人要種建木，心想這事天長地久，幫忙運土施肥後，決議辭行，另尋窮奇。吳可莊知道種建木，本不在炎帝命下，不好挽留。

運土上建木斷莖，花了好幾天，吳可端採取栽地瓜苗方式，先於陰暗處，培育建木苗，不時觀看、衛護，苗綠向榮，十分精神。一天，晨興微霧，陽光過林，霧閃動，如人與獸，在林中競逐奔跑。吳可端握漣漪手，漣漪忽然說，它們的確像人又像獸。漣漪連吳可端的想像都看見了，吳可端暗捏漣漪掌心，吳可莊湊過來問，什麼人啊、獸的，眼神向後看、嘴角往後撇。正後方，大大小小朦雙氏正捧著稀粥喝。吳可端說，不是啦，朦雙氏心地善良，是可憐人哪。說完，繼續看著眼前霧。水，凝結成一時的形骸，人呀、獸哪或者妖、鬼、神等，都在風與陽光中，充分映演著他們在人間的模樣。霧，好看的霧，當它們有了光可以穿梭，天上與人間，都在這一瞬。霧，漂亮的霧哪，當有了風可以駕馭，便極力拉展所有可能，儘管只在這瞬間。

吳可莊呼一口大氣，感嘆地說，這霧就跟金門的霧一樣好看哪。三人相視而笑，吳可莊嚷著說，大嫂要是不信，等種好建木，爬天梯、稟天帝，讓我們順利回鄉，就會看到了。

吳可端小心捧著建木苗，踩上義勇軍幫忙釘製的樓梯，爬了百來步，到達建木的中心。吳可莊與漣漪跟著，朦雙氏們則在外頭，圍作圓圈，吳可莊想，這情景彷彿炎帝族人夜間燒火圍，但今晨，他們不燒木柴，而把一株可能是僅存於天地間的天梯苗，審慎播種。經過幾天照應，建木苗已從指頭狀，長成小胳臂，成長速度快。吳可莊挖了三尺深的洞，吳可端放妥建木苗，填土壓實，再澆些水。內圈三人，外圍數十人，更外圈是刑天，都在心裡默禱。眾人走下建木平台，吳可莊猛地擊掌，暗忖說，是啦是啦，明明是腦在禱告，偏說在心裡默禱。大夥不知道他說著什麼，只漣漪微笑點頭。

子建木當「子建木」的時間非常短，從嫩苗到抽芽，不過十多天。子建木移植母建木的遺骸後，立即有了驚人成長。吳可莊在電視上看過「快轉」畫面，主角該是卓別林，留了兩撇八字鬍，快速繞進戲院，一陣胡鬧，觀眾喧嘩爭鬧，卓別林搶救女友跳上吉普車，方向盤沒掌穩，蛇行亂竄，撞上橋。兩人攜手跑開。後頭的人不知道為什麼衝著他們追。吳可莊不是很明白情節，瞧得哈哈大笑。這麼多的事件，按合理時間估，總得幾小時，卻只在五秒或十秒完成。子建木肯定勝過卓別林。建木有靈，待眾人離開平台之後，便開始「快轉」了，也在五秒或十秒間，長得看不到盡頭。

大夥不像戲院裡的觀眾胡亂蹭，來不及出聲，也不知道該跑，而像植物，一株株定在土裡。直到女朦雙放聲大哭，大夥兒才如夢初醒，證實了子建木已成母建木。就像吳可莊記得的默片，爾後的歲月裡，吳可莊經常想起子建木高、胖並進，以慢下、就來不及長大的態勢，嘩啦啦地，過霧穿雲。那像挾著怒氣，把建木被砍伐的委屈，一股腦兒宣洩出來。那更是生機，讓人、獸、妖，讓鬼、半神以及神，來不及達抵天梯的遺憾，經由它的後裔，而能繼續仰頭看天，朝望未知，指指點點。

建木枝幹筆直，如圓滾巨桶，尋著是一回事，能否爬上更是問題。差不多就在女朦雙大哭之際，子建木渾圓無枝的軀幹，枝椏倏然抽長。子建木沒有頭跟臉，也沒有腦，隱約藏著一份慈悲，從女朦雙的淚水中，長了一排梯子，直抵第一個枝椏。

子建木已長到天上去了，還等什麼呢？女朦雙喊著衝啊，拖著來不及反應的男朦雙衝抵樹座，兩個人，四手四腳，趴上樹幹，宛如大天牛。大朦雙、中朦雙、小朦雙以及幼幼朦雙，一起攀上去，像蟬、像金龜蟲。子建木彷彿因應人心，多長梯子，但建木之大，枝椏之間有著相當距離。第一個樹枝與地表，至少十來公尺遠。朦雙氏掙扎而上幾尺，旋即滑下來，壓著正爬進的其他朦雙，不久，集體爬進又變成爭吵喧嘩了。

子建木猛然抽長，朦雙氏群起而爬，吳可端呆看，然後靜靜仰望樹跟天，彷彿極天之上，另有一座大山，誰能說，爬上了天，我們就能不再迷路呢？吳可端惆悵一嘆，腦袋反倒清明，大聲喝止朦雙群，女朦雙哀哀地說，天梯來了，若不爬上，怎知到了明天，天帝會不會又差了神來砍？女朦雙的憂慮有其道理，但縱天帝英明，也料不到天梯竟然可以種，何況，吳可端說，梯這般高，要爬幾個月、幾年能到都不知道，餓了、渴著、睏了、冷了怎麼辦？

女朦雙被問住，男朦雙握住她的手，安慰她別急。漣漪說，得備上食糧，吳可莊補充，衣物也得顧著。他們不能空手爬建木，鍋啊、柴啊、衣物、食糧等，都要帶著。接下來的日子猶如過年，漣漪帶領女朦雙醃製肉品，吳可端與刑天梭尋大林，找尋以往播下的稻穀，吳可莊伐柴曬乾，男朦雙也想劈柴，女朦雙不准，哪兒都去不了，乖乖地以肉片和鹽巴，做起女人家的事情來，這更加深他上天庭、告天狀、離男女，還兩人自由。

吳可端揹著編製的竹籃，拎幾個大麻袋，坐刑天肩，很快找到播下的玉米、地瓜、四季豆等，常滿載而歸。吳可端常抬頭看天、看雲，仔細辨識每一陣風，希望發現應龍蹤跡。吳可端想找到應龍，又擔心應龍與刑天屬敵對陣營，未知流年風逝，祂們的心中可還有怨？

幾個月後，朦雙氏群、吳可端兄弟以及漣漪，揹妥行囊出發。朦雙氏依然急，上回爬不上，這回扛了重重的行李，蹬沒幾步就滑下了。女朦雙吃一大驚，急問如何是好？吳可端朝跟刑天微笑，刑天拉長身子，身體倏然横了、寬了，手掌打開，足可跳上十餘人。女朦雙不明所以，男朦雙卻知其意，興奮地說跳上去就對了。刑天分幾次，把朦雙群送上建木的第一根枝幹，再把吳可端、吳可莊跟漣漪送上去。

建木的一處枝幹，寬至少五十尺，長度似乎有所止，但沒有人好奇，探看究竟。把眾人送上來的刑天怎麼辦呢？朦雙氏想，刑天巨大，一來不就占滿了，會不會壓斷枝幹呢？

刑天把登天隊伍送上以後，身軀縮，握枝幹，蹬上建木長出的的梯子，一個起身就爬上了。眼看巨大的腳掌就要朝眾人踩了過來，身體再縮，落在枝幹時，只是九米高的巨人。刑天看了一眼大地，知道他即將離開迷途，走向新的迷途，但不走上來，永遠不知道新的可能。從第一根枝幹爬上第二根，刑天更小心，身軀不能盡展，一回只能送上三、四人。雖說是爬天梯，累的卻是刑天，一夥人都覺得不好意思。刑天說，與黃帝打仗，頭斷都不怕了，這又算什麼？

刑天縱是神人，體力終有盡頭，爬了幾十餘梯，還不到傍晚，卻已累了。吳可端疼惜刑天，好言寬慰。登天梯，方向純一，不可能迷路，但是天有多高，著實不知，需做長久計畫。刑天知其心意，安坐喘息。眾人打量晚上的下榻處。一根大樹幹，就是一個寬敞的平台。而這樹，許多天前還是可以俯瞰照料的幼苗，而高長入天。雖說都有爬樹以及樹上過夜的經驗，淩空高倨還是頭一遭。吳可端等人備火烹飪，女朦雙驚訝地說，不怕燒了建木？

吳可莊哈哈笑，早想到此節了。取出釘製的木層，一共兩層，長寬各六尺，上與下，都鋪土疊石。火在第一層燒，若餘燼飄落，還有第二層可接。只是火不能大，免得誤燒構架。用餐後，不過黃昏，霧流腳邊、雲掠眼前，連峰點尖，遠遠兜圍。一顆火紅，隔萬重紗，走千里路，說是太陽，更像燭火。漣漪趁天色可辨，取大鍋小鍋，儲接露水。在人間的光景，傍晚時刻正是朦雙群的啾鬧時刻，而今都安分閑坐，唯恐一個閃失，掉下樹去了。

吳可端編派人手值夜，沒有手錶計時，也沒有沙漏，累的時候，喊醒下一個人。吳可莊被喚醒的時候，霧散星斗現，許是上旬，已不見月亮行蹤。滿天星，從未更遠、或更近人間，如果天庭就在星斗上，怎能爬得到？真爬上了，該怎麼下來？刑天倚著樹幹睡熟了，岔開兩條腿，怕摔下去的朦雙群睡在岔開的空間，吳可莊想起以前老家，若他睡床邊，常用抱枕拱護著，還不放心，再擺條板凳。

樹幹寬，吳可端與漣漪不怕跌，睡得遠些。吳可莊靜靜看著熟睡的夥伴，有他的大哥、大嫂，非人非獸的朦雙氏，以及神人刑天。不可思議的組合，在這當下卻無比調和。吳可莊站起來，伸展身子。沒有風、沒有霧，星光淺，彷彿在每個人臉上抹了層蜂蜜。再注意聽，就聽到了刑天粗重的鼻息，以及有如車鳴的、泡泡破了跟布帛撕裂的齁聲。最常聽到一口氣卡在長長的甬道，後頭沒路、前端無光，

如同一個伸縮喇叭筒，上下鼓動，終於終於，有一個口縫裂開了，氣息由此鑽，傳出大大的爆響。

鼾聲盛大而紛鬧，吳可莊聽到蟬聲，無法意會那是一隻蟬，只是「咧咧咧」的，聲勢與音階都很驚人。等到發覺那可能是一隻蟬，驀然發現進大山、以及隨侍炎帝左右，都不曾在林間聽過蟬鳴。蟬這物種，難道來得遲，不及在炎黃爭霸時，鑽出塵泥，上樹嘶鳴？而若此刻有蟬，意味著蟬鑽出了天庭土，棲息建木？

吳可莊自覺推論有理，禁不住狂喜，幾乎放聲大喊，又恐自己錯聽，惹來笑話。吳可莊聽確實了，蟬聲來自樹幹那一邊，朦雙氏不敢走遠的那一頭。吳可莊輕聲走。吳可端與漣漪睡得正熟。吳可莊看了看兩人，吸一口氣，再往樹幹走。瞧瞧前邊、看看後頭，決意叫醒大哥。

吳可端排第一班，睡得正熟，見弟弟搖醒他，又神秘地要他別說話，機警起身。吳可莊把大哥拉遠幾步，要他注意聽？吳可端吃一驚，悄聲問，怎麼會有蟬呢？吳可莊道出自己的推論，吳可端認同，表示說等天亮，可一探究竟。兩人說完話，蟬聲忽止，兩人愣了一會兒，蟬聲又起，且似乎來得更近。吳可莊禁不住好奇，慫恿大哥往前走幾步瞧瞧。吳可端想起抓蟬的童年，心頭癢，猶豫著要不要叫醒漣漪，喃喃說，還是讓她多睡會兒吧。吳可莊摀住鼻口，掩住笑聲。吳可端小聲罵，怕你大嫂起來，找不著他擔心。

吳可端拉弟弟走，往前走。星光領路，建木樹幹如機場跑道，寬敞無邊。蟬聲陣陣響，似在左近，忽在遠邊。吳可端估計，至少走了半小時，依然尋不到蟬的確切位置。想到大山中，魑魅魍魎多，不

李錫奇・浮生十帖：會心

會是溜攀而上，與蟬聲蠱惑人心吧。吳可莊尋大哥途中，曾遭遇妖與獸，知其憂慮，但若真是魑魅魍魎，不揪出來，讓它們一路尾隨，不更可怕？吳可莊覺得有理，提高警覺，繼續走。

不是一隻、兩隻，而是一群蟬，忽從看不見的盡頭，「咧咧咧」飛過來。樹幹的確沒有盡頭，蟬的來處，卻非盡頭，朦朧間凌空而來，彷彿霧散景開。但此際，無垠天、星月現，蟬沒被霧遮掩，也不該在晚上出現。蟬又飛來。鳴聲突兀，像被折斷的一句喊聲。蟬不可思議出現，也帶來不可思議的景。首先是光。乍然閃動，猶如共軍夜間砲擊。但這個光，比砲彈更有力量，也更寬廣，兄弟倆以手遮眼，好像小時候跟爺爺進藍天戲院看恐怖片，留一小指縫偷瞄。他們看的不是恐怖片，連戰爭片也不是，只是一個尋常的白天。兩人感到不解，留意著蟬，以及隨牠們而來的詭奇世界。

我們或曾臆想，歇在雲端看世界，會是什麼模樣？吳可端兩人，坐在比雲更高的樹上，怎麼也想不到，登天梯途中，因追問蟬鳴，看見惦念的老家。他們對視，以眼詢問非眼花、非眠夢，也想不出哪一種獸或神，能夠以幻術蠱惑雙眼。他們幾乎要朝老家大喊，又怕這是偶然反影人間的鏡像，或者真是一個夢。他們不了解，但決定不打擾，不驚動，免得嚇跑了他們學會喊爸媽、種下思念與牽掛的地方。

如果這是夢，就是一個必須摀著眼窺看的夢……

有人拿鋸子，爬上一棵大木麻黃，鋸斷好幾截樹枝。金門軍管，鋸樹修枝都得報備。工程若大，村指導員且須列席監督。鋸了好幾枝幹後，怪手開了出來，吳可端這才知道，鋸枝幹，不在因應颱風

來，消風勢，避免樹倒壓著屋子。怪手擺好架式，彷彿知道雲後有人窺看，舉高機械手臂示威。怪手吃油，黑煙爆爆起，它的手臂漲滿青筋，斗口鋼筋倒插。斗口吞不下一枝草、一胚土，但經過它消化的任何事物，都消失了它們的形骸。像是一種破壞的展演，怪手鏟、剁、刨、挖、摑，木麻黃陸地遇浪。蟬棲息枝椏，驚逃急飛，嚇出幾道尿，撒在兄弟倆頭上。

一陣清尿過，兄弟倆抹頭、擦臉，眨了眨眼，蟬與蟬聲都不見了。安靜夜，唯星斗妙吵。夜安靜，只心事浮動。他們看到木麻黃被伐倒了。他們不知道怎麼沒有人制止？木麻黃不單是樹，它提供落葉供做柴火，給他們風跟樹蔭，便於休憩與農作。木麻黃至少陪伴了三代人。它看著屋內的人出生與死亡。它是時間，也是大地的氣息。兄弟倆不知道為何會在建木的枝幹，看見一棵樹的死亡。

吳可莊說，也許這是一個夢，往回走，搖醒值班打盹的他，就沒事了。他拉起吳可端的手，走向來處。吳可端又說，難道「子建木」哀悼它的母親，要讓他們明白它的痛，故意讓他們走進惦念的深處，徹底看清楚，樹不只是一棵樹？

他們邊遲疑邊走。不需走到值班處，看到漣漪身旁是空的，就知道這不是一個夢。

吳可端目視弟弟走向篝火旁，坐下守夜，才躺回漣漪身邊。星滿天，如小時候露睡庭院。風從來沒有啞過。風透過木麻黃說話，木麻黃也因為風，有了悄語、嘆息、以及怒吼。吳可端安靜地悲傷著。悲傷是一種曖昧。漣漪起身，定定地看著吳可端時，他完全沒有發現。注視是一種能量。吳可端發覺有兩顆星特別大，它們不從天上來，而是漣漪的雙眼。吳可端雖吃驚，但無意起身，告訴漣漪他與弟弟，為尋蟬，往建木的枝幹走去，目睹一棵樹的死亡。漣漪陪吳可端躺下，握他的手輕輕說，聽他談父母、手足、親友，但沒聽他提起過樹，也許木麻黃知道他正登天梯、稟天庭，託建木傳遞它的願望。吳可端忍不住問，樹也有願望？

漣漪說，如果樹無知，就不會託蟬，帶信給他了。吳可端入山尋寶，漣漪獨守無人村。在時間與空間的荒原中，很久沒有人喊漣漪的名字，她幾乎忘了自己，卻獨獨不忘吳可端。漣漪在腦海中寫信，信就是波浪。漣漪於季節流轉寫信，信就是風。漣漪寫信給大地，作物聽見，一一掙出土來。建木寫信給它的孩子、木麻黃寫信給吳可端，我們才會明白，子建木多麼希望看見它的母親。建木雖枯亡，子建木迎向它母親、貼近它母親，看一樣的天地。

吳可端明白漣漪的安慰了。有了承繼，就沒有死亡。他站起來，管不了是否會驚擾到誰，放聲喊。聲音剛出口，立即默了。他想起朦雙氏曾說，有一種樹叫「建木」，週遭百穀自然生長，鸞鳥在此歌唱、鳳凰於此舞蹈，草木冬夏常青。建木是世界的中心，太陽照在它頂上，它連一點影子都沒有，站在建木大吼，聲音馬上消失。彷彿建木要求，尋它而來的眾生，都不要因為語言而起爭執。

登梯隊伍向上前進。刑天扮演升降梯，一批一批接引而上。沒有人記得到底走多久，但朦雙群不再懼怕刑天了，入夜後，直接枕到刑天腿邊；他們克服摔落的恐懼，吱喳說話，追趕嘻鬧。一組組的朦雙氏又吵起來了。吳可莊看了搖頭，暗忖寧靜的登天歲月將不再了。

朦雙群的爭吵，只來得及傳出第一個音，「你」、「我」、「你」……朦雙群愣了一下，警覺到他們正在天地的中心，一個會把嚷啊、喊啊，都沒收的地方。他們不再掐脖子、戮眼睛，而好奇聲音被藏到哪個地方去？

女朦雙催男朦雙，仔細看著她的嘴，忽然「啊啊」高喊，再問男朦雙，聲音哪兒去了？大小朦雙有樣學樣，「啊－啊－啊」地叫。

吳可莊苦笑，從沒見過，這樣的蟬了。

暗聽香

金門多神。神在廟裡，威嚴如城隍；神在紅絲帶圈圍起來的大石頭跟大樹中，洋溢喜氣與神秘；神也在沿海陡坡，一座高三尺、寬兩尺，深不及三十公分的水泥砌牆內。要到這座廟，得在走向大海的小路旁轉彎。路更小了，芒草跟九重葛爭搶地盤，相思樹跟木麻黃拚奪天空。吳建軍母親、堂嫂、以及嬸、婆等村婦，初一、十五或特定時節，定時進香。他們三三兩兩，隊伍鬆、神情誠，以扁擔挑謝籃，盛水果、雞、鴨或者蒸粿與年糕，小心穿越小路，為神貢獻一份虔誠。

廟在海邊，背山面海，風水好。吳建軍每次跟母親前往祭拜，都猶如冒險。路窄，再是蜿蜒崎嶇，最後是陡峻，稍不留神，極可能跌個四腳朝天，打翻敬神的祭品。陡坡，是進香路的最後一程，亂沙與碎石夾陳，吳建軍每經過這兒都特別留意步伐，悄悄看前面、望後頭，他同時存著看人跌跤的熱鬧，也自命為支援部隊，一旦事發，趕緊搶救祭品。吳建軍因此，成為最熟悉這條進香之路的人。三十年後，這座因金門機場擴建而拆除的廟，幾乎撤出母親的記憶，吳建軍提起廟，活靈活現述說它、描繪它，母親不記得了，反倒問，你當時年紀小，怎還記得？

吳建軍說，廟前腹地窄，先到者占廟前，後來者沿著陡坡，擺置各家的祭祀，並細心地在盤碟底壓幾個石頭，避免坡陡風大，祭品滾落，成為一大堆風沙雞、風沙鴨。吳建軍靜待吳母燃香，讓他跪在廟前，吳母站立身後，舉吳建軍雙手，向神喃喃祈禱。之後，就屬於吳建軍與玩伴的時間了。廟附近，傘兵坑挖了一個又一個，如同許多個鍋灶。廟往前、往後百餘公尺，駐有海陸與空軍部隊，衛兵持槍站哨，為反共勢力架築防線，村民則在風起海吟的陡坡，拉近人跟神的距離。

吳建軍在散兵坑跳上跳下玩。陡坡原也不陡。唐朝末年，安史之亂後，陳淵率十二姓部眾於金門牧馬，吳建軍故鄉昔果山草多水盛，闢為牧馬之地。當時，金門多夷民，與武夷山部眾同族，崇信蛇信仰。吳建軍好奇，不拜龍、不祭炎黃，何以拜一條蛇？先民無知，不知道蛇褪皮屬自然之事，反倒崇敬蛇的再生能力。部族少年到了十二歲，由父親在兒子額前紋一條蛇，正式成為族眾的一員。當年的夷族，如今安在？吳建軍想，難道夷民會是他們的先祖？

吳建軍在玩伴阿龍家的榕樹下，聽爺爺與叔公講古事，提到昔果山舊名椒果山，夷民多為獵戶。叔公指了指偏後方，霧起朦朧的太武山，提到「太武」一詞得自「太武夫人」。傳說太武夫人是閩越先祖，住雲頂山巔，吸收日月精華。太武夫人修行過的山，後來都叫作太武山了。吳建軍等人聽到，不禁哇哇喧嘩，都想多上太武山，領受太武夫人遺澤，說不定有幸可以被雲遊的太武夫人收為弟子，成仙不老。可惜太武山已被軍方領管，建設為軍事要塞，只正月農曆初九，得以上山膜拜。兩個老人笑說，當年有一個夷人叫厲歸，對太武夫人心生嚮往，從陳淵習漢字、信道教、讀仙書，甚至與族人決裂，上太武山求仙，可惜啊，爺爺說，厲歸死在太武山了。

彼當時，太武山、昔果山之間牧草連亙，晉代以降，中原稱金門為海上仙洲，可惜，明末清初，鄭成功依金廈兩島反清復明，後轉往台灣，尋求腹地更廣的反清基地，伐樹造船，登陸台南鹿耳門，驅逐荷蘭人。隔年，荷蘭軍聯合清廷攻占金、廈，放火劫掠，並頒布遷界令，不使沿海居民暗助鄭成功，二十年後鄭氏王朝投降清廷，居民復返，風沙遍野，總兵官陳龍徵求城隍旨意，迎駕風獅爺，金門才有風獅爺信仰。陡坡原也不陡，丘陵起伏被樹跟草掩飾。緩坡也沒現在陡，駐軍架構防禦工事，大興土木，構築陡峻的山坡。兩個老人一搭一和，說明了陡坡何以碎石多，且常見斷玉。吳建軍跳上跳下，不顧斷玉可能是古人的陪葬，拿進陽光下瞧。切口處，不規則，沾土黏塵，吳建軍吐口水，抹淨暗的或綠的斷玉，且用衣袖摩擦，彷彿斷玉是一盞盞阿拉丁神燈。

吳建軍直到後來大姊舉辦家族旅行，才知道自己小時候不斷地跪、不停地拜，與過世的兩個哥哥有關。吳母喪兒，幾乎自殺，後才重拾勇氣，正視她的哀痛。吳母後來生了兒子，男的，有小雞雞跟小屁眼，但也憂心他將在幾天後，重蹈兄長厄運，遺失呼吸。隔一段時間，見吳建軍活下了，才報戶口。天地不仁啊，以母體為食，於是吳母帶領吳建軍，一次次跪下，一次次表現生而為人，他的無助與渺小。這解釋了吳建軍母親為何逢廟必拜，見神必跪。

有時候，人的依存，不在自己的記憶，而在他人的述說。吳建軍最喜歡聽二伯母說起他的小時候。吳建軍家族都不善說，伯母姓什麼，吳建軍不清楚，但知道她是外村人，領養到吳家當童養媳，長大後，嫁給伯父為妻。似乎伯母不姓吳，因而能說。能說的條件是善記。

伯母提到，吳建軍小時綽號「大頭丁」。頭大、身軀小，如同竹筷插貢丸。吳建軍點頭，想起以往穿套頭毛衣，頭鑽領口，猶如火車過長長的山洞。伯母說，他小時候學武俠連續劇，披上紅披風，嚷著自己是「紅飛龍」。伯母又說，吳建軍被當作女生養，男嬰但穿著女生衣物。伯母喚醒吳建軍淡

忘之事。他想起有一段時間，自己的小名叫「小麗」，與三姊的「美麗」，正屬「姊妹檔」。彼當時，父母接受廟公、江湖術士或者爺爺、奶奶，親朋好友的意見，他們決定騙神，拿起姊姊的衣服，往吳建軍身上套，當女生養，並當了遠房伯伯的義子，假裝吳建軍不是吳家的後裔。難道，神也忌妒人？

神，正邪都有。多數的「王爺」都屬邪神。拜好神，冀求好運，拜邪神，希望厄運莫臨。也許訪廟、拜廟次數多了，吳建軍與廟親近，直到長大。雖聽說廟內外，孤魂野鬼多，沒事莫進，但吳建軍可不這麼想，而當作親近的所在。村內的廟，光線微陰，卻反是一種溫暖，成為吳建軍遊戲跟午睡的地方。

廟內真正的陰暗，是一口掘在廟內的地上甬道。甬道以鐵皮掩著，吳建軍曾雙手穿進鐵皮與地板隙縫，使勁搬，鐵皮紋風不動。午睡時，偷望著它暗黑的接縫，想像這一口暗黑，有廟與大神的鎮壓，甬道內能有多暗、能有多黑？後來，吳建軍堂哥召集玩伴，合幾人之力掀開，嘩啦一聲，鐵皮歪倒另一邊，再嗡嗡作響，如負傷的守衛。吳建軍堂哥等拎手電筒，循階而下，通抵廟前十多公尺遠碉堡，轉彎，百來步，接鄰居家的防空洞，前走百來米，銜另一個甬道，再走，就到村外的營區。吳母知道，著急問吳建軍，可曾跟著走？吳建軍說沒有，吳母不信，當天多燒幾道菜，把菜餚擺上板凳，焚香膜拜，押吳建軍跪著，喃喃地說弟子不懂事，請神原諒。吳母擔心坑道陰氣重，鐵皮掀，邪氣走，怕吳建軍身子孱弱，中邪了。

母親讓吳建軍拜神，也教他拜人。先祖生辰與忌日，大廳擺上蔬果雞鴨，左右蠟燭，猶如千里眼、順風耳，阿嬤、伯母跟母親，逐一捻香祈禱，吳建軍跪大廳，看雞鴨蔬果的時間還比列祖列宗牌位來得多，吳母的祈語著實太長了，吳建軍終於還是會移開眼神，看著日復一日，被香炷燻得老黑油亮的牌位，這時候，吳母的聲音就在腦勺上、雙耳間，一字一字親密地、謹慎地傳過來。啊，天公伯仔，祢要保庇，觀世音菩薩、恩主公、玉皇大帝、關聖爺、城隍爺、灶君、月娘，祢要保庇弟子吳建軍……

後來許多次，吳建軍因洽公或參訪回金門，得暇回家時總在夜深時。老家在小時候，看似無比巨大高聳，而今卻像侏儒萎縮，但是，別怕啊，當我走向你，你依然巨大而溫暖，儘管屋內早無人煙。大門不鎖，吳建軍推入，過中庭，見廳堂點了幾盞雞心小燈；走進廳堂打開燈，望著列祖列宗牌位，與懸掛牆上，吳建軍爺爺、奶奶的遺像。

吳建軍沒跪，喃喃站著。吳建軍站著，就是一種語言，回憶從月下飛掠而過。有一次，吳父返家，吳建軍恰帶孩子受邀參訪，也是在夜裡回家。吳建軍兒子不是第一次回家，看見樓梯斜架，通抵廂房屋頂，嚷說好玩，爬上去。屋頂上，還瞧得見很遠很遠的天空上，一點餘暉，胭脂般，如同祭拜七娘媽的粉餅。七夕拜七娘媽，在這個屬於情人或女人的節日，吳母還是叫吳建軍跪拜，並在祭祀後，讓吳建軍手持胭脂粉餅，拋上三合院屋頂。吳建軍跟孩子多年後上樓，仍還記得當時的懷疑，粉餅哪兒去，真教七娘媽拿去裝扮？

屋頂空，木麻黃枯葉絡絡如髮；屋頂仍空，小孩看了看樓梯，滿臉慌張，驚呼下不去了……

二伯母甚少誇獎吳建軍母親，一來社會傳統，臉皮薄，許多讚美反以調侃取代；二是傳統社會，

晚輩在長輩眼中，向來只有挑剔的份。但有一件事情，二伯母誠心讚美吳建軍母親，她跟吳建軍說，羊母仔真厲害，大家都會聽香，但只有她聽得最準。

時約一九八九年，一個涼天的夜晚，吳建軍大學放榜，趁入學前空檔，專程回鄉報知考上國立大學。伯父、伯母與堂哥仍守居三合院，一入夜，電風扇全開，依然悶熱。堂哥興起另蓋樓厝的念頭，也在幾年後，金門解除戰地政務後實現。吳建軍夥同姪女，到村頭冰果店買剉冰。好幾袋清冰，淋糖水，二伯母見著，罵吳建軍破費，卻笑得高興，喊來堂哥的孩子吃冰。

伯父、伯母，以及堂哥一家，搬板凳到戶外，夜不深，燈光幾盞，寥寥透窗，顯得夜深人寂。伯父抓幾把花生，置茶几，高粱酒隨侍，一杯滿、一口乾，二伯父讚吳建軍酒量好，二伯母出聲斥責說，囝仔，酒量好要做什麼?要吳建軍少喝。二伯母問吳建軍，可常常見到吳西允。吳西允是伯母最小的兒子，國小畢業報考軍校，後擔任總統府、故宮軍職。吳建軍說參加喜宴，剛剛見過。西允堂哥擔任軍職外，並與太太批發成衣，於路寬、車流多、警察少的省道，兜售衣物。堂哥當軍人收入穩定，兼售成衣生意佳，二伯母經常收到堂哥寄來的現金袋，感嘆地說要不是當初羊母仔勸說她，讓她同意堂哥報考軍校，才有今天的好生活。不然讓孩子守身邊、留在金門，也只有捕魚、耕種的份了。吳西允為從軍報國，與母親爭執不休，讓二伯母做出決定的，正是吳建軍母親的「聽香」。

影響堂哥一生的那一天，吳建軍母親點香，告知神明與列祖列宗迷惑之事，擲筊確定欲聽的方位，吳母辨清指示，放緩步、悄聲出，彷彿稟負神明指示，為人間斷是非。人生哪，原也沒有絕對的是、與絕對的非，然而爭執於自己與旁人、正道與歧途，就染了陰晴，就多了苦疼與快樂。隔天，吳建軍想著母親聽香之路，為堂哥診斷一生，依然覺得不可思議。吳母悄俐如貓、機警如狼，更把堂哥當自己的孩子。吳建軍想到堂哥對母親特別尊重，每次訪，都不忘伴手禮，原是不忘當年。

二十一世紀第一年中秋，吳建軍應金門縣政府邀請，攜子參加「兩岸海中會」。他協助聯繫台灣作家參加。金門爭取成為兩岸小三通，變戰地為貿易與觀光的前哨站。中央命令遲遲未行，金門縣長李炷烽、局長李錫隆等，則透過陸委會交涉，協議中秋夜，金門、廈門破冰，於海岸中線會面。出發前一天，縣府於莒光樓前辦桌。好年景，氣候涼，天公作美，不來大風、不興急雨。晴朗天，黃昏前飛鳥颯爽，金門縣籍藝術家、作家李錫奇、許水富、楊樹清、張國治、翁翁，台灣作家羅門、蓉子、管管、辛鬱、碧果、張默、李昂等與會。郵輪兩艘停駐水頭碼頭，作家依序上船，於黃昏出港，記者占了有利位置，拍下李炷烽與廈門首長，一人一船，隔著海，緊緊握手。這成為各大報頭條。吳建軍跟孩子說，在歷史的關鍵時刻，他在現場，成為最年輕的見證者。

活動後，吳建軍返老家，帶孩子給爺爺、奶奶上香，走進廟，合十祝禱。吳建軍問孩子，可認得懸掛牆上的阿祖嗎？他認出兩張照片也掛在父母的三重舊家。孩子小時候不說我們家，卻說我們家族，而他定義的家族卻貧乏得很，只有他、吳建軍與顏亦雯。吳建軍說不是的，爸爸的上頭還有爸爸，那就是阿公了，阿公當然有爸爸，吳建軍得喊阿公，他得尊稱阿祖，阿祖自然有男有女，他們當仙去了，他們就是掛在牆上的這兩張臉。爺爺、奶奶的遺照，無意中成為時間課材，教懂孩子歷史。

吳建軍點三炷香，讓孩子跪著，立在孩子身後，喃喃地想說什麼時，母親的禱告詞，忽然變得模糊，他舉起孩子的手，訥訥地說不出話。吳建軍想，儘管他沒說出，可神還是聽得見，默禱孩子健康，課業與人生都順利，唸著父母、妻子，唸著一張張他為之祈求的面孔。吳建軍忽然想到他的兩個哥哥。想到他母親上香後，悄聽鄰居言談，為堂哥釐定一生。想到二伯母讚嘆他母親聽香神準。

吳建軍帶孩子，穿巷進弄，走走停停。他無所惑、無所問，聆聽著經過處，宅內的傳聲。他聽見咳嗽，不透明的咳。吳建軍馬上就可辨識那是老人的咳。嗓音暗、氣力虛，因吸煙，喉嚨已經長期不痛快了。那是卡著痰。痰，這些濃稠的菌跟體液折磨老人的肺。老人必須使勁咳，才能舒緩，有時候還必須以發著字音「ㄣ」的方式，鎮壓痰。吳建軍的爺爺長年來就是這樣咳著。吳建軍搬到台北不久，父親也這樣咳。且夜咳厲害。爺爺的廂房距離吳建軍房間遠多了，不像在台北的窄家，一人咳，眾人醒，但依然可以分判咳嗽的節奏。咳、咳、咳，咳、咳、咳，咳咳咳。二分之一拍，變四分之一，繼而八分之一。到這個兒後，爺爺、父親以及房間後頭的老人，就再也躺不住，而必須坐立，猛咳，然後呸呸，噴吐一口痰。咳嗽大約是老人枯弱的身軀中，甚少維持強健的動作，吐痰的勁道更勝年輕人。

吳建軍驚訝自己還記得爺爺的咳嗽，而咳嗽，能當作語言，解自己的或他人的迷惑嗎？母親當年如何判斷哪一個是她需要的聲音？

不知道是小孩本就該餓、該醒，老人猛咳之後，小孩哭了。小孩約莫五、六個月大，哭啼已離開「嚶喤、嚶喤」的急促哭法，而能把哭聲拉得更長一些。這哭法便少了一點急迫與淒厲，更多的是通知跟警訊。吳建軍曾經為了育養孩子，當過奶爸，他知道若沒人適時搭理小孩，他會快速啟動警報系統，以更高的音量啼哭。似乎哭得傷心，但走近看，小孩子的臉上有時候竟是沒有淚水的。未學語前，小孩只能以哭說話。

吳建軍好奇宅內的動靜，小孩覺得他奇怪。小聲說，風好大啊，陽光好強。這兩句話拌在老人的咳嗽跟小孩的哭聲之間，竟意外地清晰。吳建軍嚇一跳，想到以往母親聽到她要的詞句，大約就是這樣吧。吳建軍暗暗玩著解謎遊戲，若當年母親聽到「風好大，光好強」，此去苦樂摻半，堂哥的未來將不明確了。村里人多遷往台灣或金門他處，且中秋已過，村人或上班或下田，走了一小圈，竟沒聽見人聲。若母親在此際聽香，恐走走盼盼，也聽不到神的啟示。吳建軍聽不到人聲，卻是聽到記憶中的聲音。

玩伴阿龍家屋前本有防空洞，上頭榕樹蓊鬱，爺爺與叔公講古事，有時候興起摘榕樹葉吹口哨。榕樹跟防空洞已不在了，風還在，為各樣的葉片吹奏不同的聲響。過木麻黃「咻咻咻」、經榕樹葉「唏唏唏」，走相思林「窣窣窣」。老家屋後的木麻黃也不在了。野樹新長，不相思、也不木麻黃，吳建軍辨不出樹的名字。吳建軍帶孩子逛一圈，回返舊居，什麼也沒聽到，又似乎什麼都聽見了。

直到好幾年後，吳建軍才知道自己想聽的是什麼。他半夜醒來，渾噩無覺，忘了身在何處。吳建軍近視，但在忘了自己是誰、又身在何處的混沌中，忘了這副軀體已帶著後天的恙疾。黑夜中，事物

俱都清晰。他看見窗後，淡淡的、不知是路燈還是月光，透進窗簾，從中間、左與右，滲進來。天花板懸一盞燈。燈下置電風扇。吳建軍確定，這不是他的家。他家主臥天花板沒有電風扇。吳建軍蓋著花色的，印著玫瑰圖案的棉被。有淺汗與積尿的氣味。他在哪兒呢？床，不僅他一人，還聽見旁人深深的呼息，偶爾鼾聲起，抽搐般，忽弱忽強。吳建軍辨出是父親躺在旁邊，他住在昔果山堂哥家。他想起自己喝醉了。

前一晚，參加村廟做醮，與神轎繞境後，吃辦桌，一杯來、一杯去，沒有一杯不是一口飲乾。堂哥、堂嫂、叔、嬸、叔公、伯公、嬸婆等。他們說，好久不見哪，長這麼大了。吳建軍不好意思在長輩面前提老，只能微笑應允。然後，喝酒。喝酒不也是一種語言？淺喝、假喝、豪爽地喝，都顯現性格。吳建軍平時不是豪爽的人，喝高粱的時候例外。吳建軍喝多了。吳建軍父親在一旁說別喝太多。吳父年輕時好飲，雖勸說，但並不認真，辦桌結束，回堂哥家喝幾杯熱茶，來不及洗澡，也就睡了。

吳建軍雖飲醉，隱約知道臨上床時，也快十一點了。他醉得厲害，該天亮了還醒不過來、該一覺到中午，但按手機一看，只三點多。他又暈又醒，睡不著。室內除了父親的呼息外，就沒別的聲音。室內的聲音又壓過戶外的，彷彿房間成為一個胎室，他在父親腹腔內，聽著父親的呼吸。

吳建軍既訝異又悲傷，繞境時，當他問父親兩個夭折的哥哥，葬於何處？可有墳塚？吳父搖頭，說他不記得。吳父神色木然。吳建軍知道，那兩個特別的日子，正是父親把裹著襯衣的嬰兒，放置瓦甕。他左手抱甕、右肩扛鋤，出門，避開軍營與狼狗，拐小路、轉草叢。這兩件特別的事，也只是一件事。掘土，挖洞，把密封的甕置入洞中，再填土壓實。墳不能有墳頭，餘出的土夯撥灑於小路旁、野叢內。事後，埋葬哥哥的小路，什麼事都沒有發生，村人與牛、麻雀與蝗蟲，走過他、飛過他與跳過去。時日一久，連父親都走過去、跳過去，忘了兩個墳頭何在。

吳建軍不懂，為何自己沒有跨過去、跳過去？雖是「哥哥」，但也是對親人、對世界，尚未發音的兩個囝仔。

吳建軍下床找水喝。滿屋子的人都睡了。堂嫂的習慣與母親同，慣常留一燈蕊給客廳，微光映著門，映著廳牆上的神佛，與列祖列宗。吳建軍披外套，帶菸跟冰箱內的運動飲料，開鐵門，走到外頭。農曆十三，月漸圓，正往西邊落去，林木虛掩，微風輕輕吹，映影悄悄移。很久以前，吳建軍除完草、栽妥地瓜苗，或者播完一窟花生，喜歡躺在路肩休息。馬路熱，木麻黃沿路排，總有樹蔭多的樹。路肩窄，不過二十公分寬，吳建軍仰躺，屈右臂當枕，這一來，不僅雲在天上飛，連樹都飛上天。吳建軍躺下。路肩窄，料到夜深車子少，便直接躺在路上了。這一躺，又想到不如回老家，登樓梯，躺在廂房的樓頂。

老家慣常地，沒鎖大門。幾次回返金門夜歸，吳建軍順利轉動喇叭鎖，都非常感動，彷彿老家仍有人守著他。吳建軍夜返，不為別的，進廳堂，默禱爺爺、奶奶，看看掛在牆上的舊漁網，坐板凳，聽一會兒風，有時候繞到屋後，看一眼防空洞跟木麻黃。有時待個一小時，經常都是三、五分鐘。

吳建軍灌幾口運動飲料醒酒，架樓梯上樓頂。秋冬交界，夜風寒，吳建軍套上外套暗藏的帽子枕

著。西方月，東邊星，各有地盤爭光，上頭無息，下邊無聲，聽香，可有在晚上聽的嗎？吳建軍想到，他的母親善於聽香，最早的惘念或是焚香禱告，要問一問神，她死去的兩個孩子，安在？安好？母親必定設下一個又一個問題，比如餓了，誰照顧、誰哄？長到多大了？有學校讀書嗎？兄弟可曾相逢？若長大了，要學乖、學好，不要當壞人。吳建軍依稀聽見母親在他身後喃喃唸著，天公伯仔，祢要保庇，觀世音菩薩、恩主公、玉皇大帝、關聖爺、城隍爺、灶君、月娘，祢要保庇弟子吳建軍……不，不是吳建軍，是大哥、二哥。他們還來不及有自己的名字。他們若還在，會喚作什麼字音，他們可以叫作吳可端跟吳可莊嗎？

吳建軍想起遠在台北的孩子吳奐雨。他的名字來自顏亦雯懷孕時，夢見的星象。彼時，妻子說，新聞報導流星雨將至，一夥人聚沙灘看星雨。不久，星雨過，眾聲喧嘩，人群退散，顏亦雯卻覺得墨黑的天表中，還有一顆星沒有來。她相信，星星只是遲到了，終會降臨。她不過多等了一刻鐘或半小時，但是，這世界完全不一樣了，沒有喧嘩，只見安靜，一切的黑暗與覷靜，只為了等待一顆屬於她自己的星星。然後，一顆星星來了，它不是流星，而是一顆天文表外的星，在獨一無二的時刻，接近地球，向特定的人，揭示它的光芒。吳建軍母親懷大哥、二哥，或許也有他們的祥兆，然而那些是什麼，儘管母親夢見了，也無從讓他們知道。

吳建軍的父親除了耕種外，也下海捕魚。吳建軍記得許多個夜，他雖熟睡，但仍警覺到父親夜起，抽煙、咳嗽，大約是以開水沖奶粉、配餅乾當早餐，外出時，村頭一陣狗吠，吳建軍便知道父親捕魚去了。吳建軍從老家回返時，正巧遇見堂哥扛漁網、趿雨靴，外出捕魚。堂哥乍見吳建軍，嚇一大跳，知道他回舊家，也不及多說。轉身跨機車，才突然問吳建軍，鎖，已壞了好幾天，沒有鑰匙，怎進去？吳建軍說鎖沒壞，他一轉就開了。

堂哥每晚回老家，為神佛與祖先上香，臨走前，都會鎖好門。昨晚吃做醮辦桌，雖多喝了幾杯，仍不忘上香。吳建軍回到堂哥的屋子，走進房間。父親睡得酣熟，氣息進、氣息出，好似呼吸本身，就是一種人間真味。吳建軍正要寬衣補眠，手機響了，堂哥嚷著說，鎖依然嘛是壞的，他剛剛拿鑰匙開門進屋，出來時慎重地鎖上了，沒鑰匙是進不去的。吳建軍猜測，堂哥約莫是求個放心，若大門不鎖，人人得以進入，哪一天窗花、神佛被搬走都搞不清楚。

吳建軍拉上棉被，縮腳上床，想到喇叭鎖明明就沒有鎖啊，怎麼堂哥這般確定？鎖，到底有鎖沒鎖，吳建軍想半天，睡不著，又囫圇穿襪、穿鞋，回舊家，看個清楚。近凌晨五點，月更西，光更薄。東邊在海那頭，吳建軍非常熟悉，就在老家後邊。此刻仍安於等待，只海濤規律來返。這是時間、是人、也是世界，最是熟睡的時刻。吳建軍站在老家，大門緊閉，難道真如堂哥說的，鎖已壞了許久？沒鑰匙進不了？

吳建軍伸手，猶豫轉動喇叭鎖，忽想起小時候一個夏天，他在傍晚水潑廊下，為花崗石條消暑，晚上，與父親枕廊下。雖兩岸打仗，中共水鬼常泅泳上岸，暗襲軍營，宰殺駐軍，割取右耳覆命，俗

稱「摸耳朵」。然而，農家夜不閉戶，大門、以及兩個側門，從不關上。約莫凌晨四、五點，小吳建軍一個翻身醒來，也不知為何，半撐身體，越過父親的頭與胸，看向大門。小吳建軍視力好，二伯母與母親掉了針，都讓他找。小吳建軍揉了揉眼，卻看不清楚是誰掩在門口，藏在門柱後，朝內窺探。小吳建軍早上跟母親說，那個人像一團霧，聚為人形，頭、脖子、上半身等輪廓都清晰可辨，就是看不清五官。小吳建軍呆呆看著，那個人朝屋內打量，看到了他，閃到門柱後，又探頭再看。小吳建軍明確知道這不是夢，但不害怕，也沒感到好奇。看了一陣子，小吳建軍不知所以，倒頭又睡。

吳建軍想著這事，右手同時轉動喇叭鎖，喀吋一聲，吳建軍不知道是他開了鎖，還是門後有人，幫他開了門？吳建軍推開門，不急著進屋，藏躲門柱後，如同當年他沒瞧清楚的那個人，看看廳堂，又閃到門後。吳建軍每看一回，廳堂內就亮了一些，爺爺、奶奶、伯父跟二伯母的遺照，也更清楚了點。吳建軍不確定為何這麼做，但縮躲門柱，再往屋裡瞧，彷彿可藉此剝除光與影的障眼，甚至移轉到另一個時空。若是這樣，當年那個人，不停探量窺望，是為了看到什麼呢？

吳建軍閃看多時，天漸漸亮了，門廳內，爺爺、奶奶、伯父、二伯母的臉與雙眼已清晰可見，又不久，案前神佛法相漸漸露臉。吳建軍覺得，他想看到的，並沒有遲到，只是藏了起來。吳建軍反扣喇叭鎖，關上大門。躲在門柱後，悄悄聽著屋內動靜。直到這個時候，吳建軍才明確掌握，母親聽香時的姿態，有沒有可能，當光影移往下一個時分，如同一個魔術的或者幻化的時刻，母親會聽見，一幼一小，溜過身邊、廊下、窗後、屋內，他們的足音、笑聲，或者，大哭也行？吳建軍也明白為何母親讓他跪禱眾神，唸完長長的祝禱後，總要靜個幾秒，才讓他起身。

神跟神話，都如同魔術，必須剝除人間種種的障法，才能驗證那不是魔術，而是人生的另一種真相。

吳建軍母親沒有聽見神的聲音，但判讀了神的啟示，她無法叫喚沒有名字的大哥、二哥，但是，吳建軍知道他們被命名作吳可端、吳可莊，他們可能藏在門柱後，窺望他們遺失的親人。這彷彿是吳可端與吳可莊的聽香。他們看見吳建軍了。在很久很久以前，就看見他們不能觸碰、不能撫摸的弟弟。

吳建軍沒聽見屋後有任何聲音。吳建軍悄悄吸一口氣，把手放上喇叭鎖。他輕輕轉，把手悄悄移。喀吋一聲，鎖開了，吳建軍不急著推門，蹲下，兩手舉胸前，同時推移兩個門板。

門，在無聲的狀況下，開了一個小縫。吳建軍湊近臉，透過門縫，往內瞧。

神許願

有一座山，叫作桃都山。它在東海。山上有一棵大桃樹，桃樹最頂處，站立一隻金雞。當太陽第一縷光照在牠身上，牠聽見扶桑樹上的玉雞鳴叫，牠就跟著啼。金雞好奇，何以玉雞能比牠更早看見第一道曙光，總是玉雞鳴，然後金雞啼？

金雞，當然不服氣啊。不等朦雙氏問原因，吳可莊搶著說，玉石雖高貴，黃金價更高，應該金雞鳴，再換玉雞啼。朦雙氏搔搔頭，四隻手一起舉高，男朦雙左手撞著女朦雙右手，兩個人、或者說一個人，互相瞪眼，幾乎忘了吳可莊的問題。

吳可莊與兄長吳可端、大嫂漣漪，結伴登天梯、覓天庭，要找天帝，告知各自的願望。結伴登天梯多時，吳可莊看見朦雙氏，還是止不住遺憾。朦雙氏屬兄妹而聯姻，遭天帝顓頊放逐，相擁而死。風神禺強不小心遺落不死草於屍骸，兩人復生，卻成為一個人。原以為「少」才屬殘缺，沒料到「多」也是不足。朦雙氏多兩隻手、兩條腿，以及一個腦袋、一張嘴。朦雙氏希望登天庭，稟告天帝，兩個人黏一起，鼻息密、氣味近，兩個人對望，卻忘了彼此的模樣。

朦雙氏吵著、鬧著，加上越往天際去，風景越單調。幸好朦雙氏是一個人，但也是兩個人，想到說故事解悶。朦雙氏不滿意吳可莊的回答，且以為他的答案俗不可耐。原先爭吵的兩人，提正解時正經八百，男朦雙說，金雞以為玉雞先啼，必定看見了更大的海。金雞想，玉雞的海除了遼闊，還能是什麼？女朦雙說，實情並不是這般。玉雞緊盯著海，看緊日夜的交際，屬於一天最後的黑暗，隨時都會來，正在那個剎那，玉雞啼。

朦雙氏一起嘆氣，吳可莊覺得怪異，這口氣，兩個人倒嘆得一致。再想到故事中，金雞忿忿不平，巴唸著玉雞肯定好處更多，沒想到玉雞只是距離黑暗更近。這故事有些寓意，更讓吳可莊覺得悲傷，脫口問，有更有趣的故事嗎?男女朦雙說，這不是故事喔，指著遙遠的東邊，桃都山就在那兒。圍著聽故事的人，紛紛探東望，裊裊雲、邈邈疊，在連峰外的連峰上，真有一小叢的凸出，還帶著點綠，以及一丁點的白。朦雙氏的孩子小朦雙唇開口張，舞雙手，嚷說看見了、看見玉雞了。不過一眨眼，白點不見，證實那不過是一片碎雲。

吳可莊沒好氣，人說一個影，你生一個囝。朦雙氏聽不懂閩南俗諺，漣漪聽了許久，反倒疑惑同行登天梯已一段時日，怎麼到了這陣子，朦雙氏忽然能講故事?朦雙氏自己也說不來，只是強調他們所說，都是真的。

吳可莊並不刻薄，察覺朦雙氏語病，出言相譏，怎知都是真的?只是毫無憑證的故事罷了。彷彿吳可莊心頭藏著一隻金雞，不滿意無可躲避的黑暗，或者故事成了暗影、成了真。

朦雙氏愛鬥嘴，說完故事，沉浸其中，未及時反駁吳可莊，但還是聽見了，嚷著說不服氣，你來說一個啊。吳可莊雙手握拳，激動應好，開口時卻必須輕聲說，否則聲音被天梯沒收，變成空嚷了。吳可莊彷彿一口氣上下逆轉，頓覺頭殼翻，嘴在上、腦在下，要說的話遲遲爬，還不及爬到唇間，找一個字，發一個音，就溜滑而落，什麼都沒剩下了。吳可莊發覺從小到大，不曾習慣說話，為自己或同學或他人，敘說一個完整的事。吳可莊訥訥地說，金雞，那個雞……老家三合院的上頭也站了一隻。

吳可莊搔頭，不知彼雞是何雞，也是一隻等待黑暗的雞嗎？吳可端聽到弟弟提到老家，接下話，那不是金雞，而是風雞，跟金雞一樣呢，掌守時與報曉，嘹亮的雞啼可以斥退黑暗，並能鎮風煞、克白蟻。吳可莊感激大哥緩頰，他從未聽過這些，但相信這些都是真的。他學朦雙氏，也指著遙遠的東邊，大聲說，金門就在那裡，他的故鄉昔果山也在那兒，看見風雞了嗎？祂塑身漆白色，所以也叫白雞。

愛湊熱鬧的朦雙氏，以及朦雙氏的小孩，順著他的手勢往東看。吳可莊不知道他們見著了什麼，紛紛說看見風雞了。吳可莊想問又不好問，如孫悟空，右掌齊眉，極力看遠。

吳可莊懷疑朦雙氏們真見過雞嗎？遠邊雲，無論金的、白的，甚至是風的，沒一處像雞。

隔天，吳可莊看見刑天，一個被黃帝砍了頭，拚命找頭的古代巨人，不禁拍自己腦袋。黃帝持昆吾劍劈開山，藏刑天的頭，刑天再怎麼英勇，也不能沒有頭，卻還能打仗，然而刑天卻直截了當告訴吳可莊跟眾人，沒有頭沒什麼干係，要緊的是得有眼睛跟嘴巴。刑天草草包紮傷口，化雙乳為眼睛、肚臍為嘴巴，再找黃帝拚鬥。

幻化為另一種型態，彷彿一剎那，但沒有知道那是多久，刑天找妥武器，黃帝大軍早不見蹤影，他也不清楚自己胡亂走、找，跨越多少時、空。吳可莊常懷疑，刑天無頭，是以什麼思考，怎麼決定與眾人登天梯？這天早上，吳可莊不想這些，想到昨天應該談談刑天的故事，他沒有頭殼可以翻轉，但是不見的頭，如何把一個字、一個音，變成綿密的供輸管道，在口中一一排列，點名而出？

吳可莊拍腦袋，昨天若說了刑天，就不會出糗了。吳可莊剛這樣想，又懊惱，他想起自小以來，母親教他為人要寬厚，說任何話，要站在對方立場想。刑天願意被述說嗎？一個沒有頭的巨人，儘管身軀龐大，始終不能摘了腳指當頭，在指甲上填五官當臉，吳可莊亂糟糟地想，他警覺這陣子思緒浮動，依稀心裡藏著另一個人。這個人，毫不費力拎著吳可莊腳後跟，用力抖，吳可莊藏在口袋裡的錢幣、橡皮筋等物事，洩漏一地，但還不夠，他的疑惑、渴求、不滿等，紛紛跑出來。他不清楚這些胡想，會不會是他的本質？

日出了。日出後，早膳妥，刑天會一一送他們，攀上更高的天梯。他們所在地越來越高，日頭沒變低，仍從東邊掛單，懸空，孤零零。日出了。遙遙之山桃都，極遙之樹扶桑，它們的遠，在目睹陰陽變，它們近哪，吳可莊想，他也正看著日夜的變化。黑的層次，由星月註寫，滿月前後，光盎滿，從銀而輝煌、或燦爛而雪白。弦月時，月亮顯得無辜，遲遲升、怏怏走，彷彿趕著長大，趕著變成滿月。這一天，光沸紅、雲滾走，熱熱鬧鬧地擠在天地間，吳可莊想喚醒大夥來瞧，刑天倚著建木的主幹而眠，朦雙氏依偎著他的腿沿，如群菇種，大哥與漣漪睡得遠了，吳可莊叫不醒任何人，也想不出來有誰可以叫醒？天梯是世界的中心，一切的叫囂都被吸淨了。吳可莊不罷休，或者想試試可能的例外，他放聲喊。喊什麼呢？沒有聲音傳出，究竟說了什麼，吳可莊也無法判斷。

他改口，低聲說，來看日出，美麗的日出，正在日出。

吳可莊想，他必定是病了。忽地悲痛莫名，吳可莊放聲而哭。但是，連哭泣都枯竭了，沒有聲音的哭泣，讓哭的人都萎靡了。

漣漪最先發現吳可莊的異樣。吳可莊不是發呆，就是與朦雙氏鬥嘴，有時候沉靜，看似老僧入定，實則離思緒、遠塵埃，漣漪看著覺得熟悉，倏然發覺自己以往守著無人村，等候吳可端來歸時，也同款表情。那不是絕望，卻不抱希望，只是由著風，帶來四季，有時候必須是寒流來，才警覺已入冬了。然而，他們正在建木上，世間唯一通往上界的天梯，走在這條路，如果還看不見希望，人間就再也沒有期待之事了。

漣漪想，他們兄弟自小落番南洋而離散，異地重逢兄弟倆雖高興，但吳可端多陪伴她，與弟弟敘舊的機會就少了。漣漪暗怪自己霸占吳可端，但唯有這般，才能在兩人世界硬擠出一點空間，看見兩人世界的後頭，還有更多更多的兩個人。而今漣漪一偏頭，雖沒看見更多的人，但真實的人，一個就夠了。

入夜後，吳可端枕在漣漪旁，揉了揉她的掌心，在耳邊悄聲說話。漣漪沒聽見。不可能是聲音太大，被建木消收了，漣漪稍移開，透過遠處的熾火照耀，見吳可端故作咧嘴，實則什麼都沒說，漣漪讀出吳可端說著「謝謝妳、謝謝妳」。漣漪暗笑，禁不住臉紅，背轉過去。她聽見吳可端起身，往建木的枝幹走去。

建木碩大無比。幾十尺高的巨人刑天，站在樹幹旁，宛如一枝草，枝幹橫橫長，杳杳沒雲端，多長、通往何處，沒有人知道。吳可端未離眾人太遠，他往枝幹盡處走，直到熾火的光與星光的火一樣微弱，才停下。吳可端多次擔心入夜後露水濃，夜裡探巡，不忘幫弟弟拉高被單。他看著弟弟，盯著他鼻頭的一顆痣，想起弟弟鼻子高，小時候綽號「尖鼻仔」，痣還在，微偏右。吳可端以前當馬，弟弟當將軍，與村內玩伴玩鬧廝殺，而今弟弟長高，若還駝得動，恐吃重遲滯，再不能駕馭奔騰了。

吳可端循枝幹，來到弟弟習慣的下榻點，卻不見人，又走一小段，熾火芒漸遠、星斗光漸長，還是沒看到。吳可端一急，幾乎吶喊，但是，在天梯喊叫是沒用的，他只能選擇往前尋吳可莊，或者回到營區，喚醒眾人一起找。他決定往前，走向弟弟可能走過的路。熾火從一團，變為一點，然後，再也看不見了。吳可端不慌，他曾於深林多年，耕種營生，不愁黑、不怕暗，然而，黑暗卻可能吞噬弟弟行蹤，想到此，不由得心慌。

路與黑混淆，彷彿黑也是路，而暗呢？暗與黑，誰更接近徬徨？

吳可端暗徑摸走，一如戰地宵禁，天空遠、星斗近，砲彈更近，吳可端急得大汗直流。

忽然一股力量扯住吳可端，按下他。吳可端想，難道是深林裡的怪獸爬上天梯了。按住他的不是怪獸，而是吳可莊。吳可莊要他噤聲，指著不遠前建木樹梢，一個朦朧的物事。吳可端訝異，怪獸真循天梯而上？吳可莊小聲說，不是怪獸，看仔細了，鬃毛列背，雙耳尖聳，雙手舉胸，老是張嘴喝斥，非責怪人間是非，而在食風。吳可端頓然腦空，卻沒忘記從小母親帶他祭拜的神，喃喃說是風獅爺，說著想著，嘴闔不上、眼閉不了，訥訥說，是眼花了嗎？

往前或往後，時間都一分一秒往前走，但人間習慣向前找未來、朝後看過去，風獅爺應人願而生，探前、望後，卻發覺祂仍困在石雕泥塑的法身內，無以知天地、應鬼神、辨人間，繼而閉上眼，彈捻指尖。每一尊風獅爺都經歷了濁體漸輕的奇妙感受，一如人的天靈蓋，風獅爺法身鑽出前額，飄上去，忽掄掄站在自己頂蓋，彷彿疊羅漢。所謂的法力、神通等，一切都福至心靈，該來即來，不需演練。但是，神沒有自以為的自由，連「自己」的完整性都不明確。因為神，無法選擇不聽人間事。

神以及風獅爺多樂於聆聽，祂們深切知道，祂們的聆聽不能免除人間苦難，但可使苦難，在日後的時間中，一一找到卸除的方法。也許在法力之中，神解決了。當神了解人間苦，就沒有人間累。有時候，神只能放任，無力為之，聽憑命運，以命運之名橫行，要是萬事都這般，神何為？

昔果風獅，一挺身而為神，出天靈蓋，危顫顫，幾乎站不穩，彷彿風再強一些，就會吹走祂了。瞬間，或者俗謂的「電光火石」間，各種為神的線索通過祂的意識，昔果風獅瞬間明白自己的身世。

明末清初，鄭成功為占有更大腹地反清復明，於金、廈列島伐木造船，運載兩萬五千名士兵登陸台南鹿耳門，驅逐荷蘭人。隔年，荷蘭挾怨報復，夥同清廷攻占金、廈，燒殺擄掠，一把火，把乾涸的島燒得更乾。清廷憂沿海列島與居民暗助鄭成功，頒布遷界令，遷離島居民赴內地。明末進士盧若騰哀而為詩。《留庵詩文集》中〈虜遷沿海居民〉詩，道出百姓離鄉背井的悲哀：「天寒日又西，男婦相扶攜。去去將安適？掩面道旁啼。胡騎嚴驅遣，克日不容稽。務使瀕海土，鞠為茂草萋。富者忽焉貧，貧者誰提撕？欲魚無深淵，欲耕無廣畦。內地憂人滿，婦姑應勃谿。聚眾易生亂，矧為饑所擠。聞將鑿長塹，置戍列鼓鼙。防海如防邊，勞苦及旄倪。既喪樂生心，潰決誰能堤。」

二十年後，鄭成功孫鄭克塽降清，結束台灣王朝，清廷派遣陳龍任總兵官，接掌金門，居民返鄉，發覺家園遭伐木、火燹、二十年來無民居住，家園殘、風沙野，水源難養、作物不興，陳龍迎城隍慰人心，並接受溪邊人士周子煤與鄭氏舊部建議，以碑石造神，於金門東北角迎風處，立金門第一尊風獅爺。

透過眾神意念，昔果風獅閉眼，領受風獅爺的身世，且明白自己立為神，肇因昔果山位金門島中央，與共軍遠，再是島腰細，砲火瞄準不易，國軍於昔果山沿海低漥處，造機場。機場屬煞，居民請示神祇造風獅爺，方位朝南，面向機場。

煞地機場，後來成為金門人的夢，夢想透過飛機運輸，越海峽、抵台灣，落腳沒有砲彈威脅的城鎮。更多人搭乘水路到台灣，料羅出發、高雄到達，登陸後，四方散去。

無論是瓊林風獅、青嶼風獅、榜林風獅、后湖風獅等，都會聽到父老奉上祭祀與香炷，祈禱子弟平安，念句短、掛念長，他們喃喃說了許多，卻留更多的思念在心上，昔果風獅新神上任，雙耳盈盈滿，都是無盡的祈求。昔果風獅回顧身世，知清末年間，瓊林風獅曾經斷人間念，不再聆聽人世情。祂彈指，知瓊林風獅曾目睹婦女陪葬，飲盡最後一滴水、食淨最後一口糧，婦人躺作一具枯槁。婦人臉頰陷，顴骨高，眼眶凹，眼珠子深深沉入了，不再能夠想像跟記憶。她完全沉寂。燭光亮灼灼，還待照

亮一些什麼物事，卻沒有人，再能透過它的光，看清楚墓室富麗的陪葬品，以及人命的衰疲。婦人的身旁站著神，站著，無能為力的神。

人間事無情，瓊林風獅不再回應人間情，封閉感官，直到清朝末年，被婦人陳品娘喚醒。陳品娘懇求夫婿林資華病情好轉，打動瓊林風獅重返人間，當一個人民欽敬信仰的神。到民國，陳品娘已仙去，懇求聲如災難的後裔，綿綿無絕期，昔果風獅聽啊聽，多為父母為遠遊左營、三重、新店等孩子祈禱，遊子或工作或讀書或遠嫁，昔果風獅且知道金門旅居台灣，受限於港口以及謀生方式跟房價，北以中永和、新店、三重為主，於金門務農或勞作者，多選擇三重、中和，清晨聚橋墩，等待建案外包工程。永和為文教區，多屬教師與公務人員的移居地。旗山、左營兩地多國軍，金門女子遠嫁，於兩地定居，招徠後來的鄉親入住。

風獅爺的法力有限，不能照應著隔海的子民，除非……昔果風獅念頭動，就有了眾神提供的線索，遊子若帶上香包或平安符，眾神過海法力變薄，仍如一盞燭光不滅，於黑暗與困頓，點燃故鄉微火。

金門各村多有風獅爺，居民生、居民病、居民死，人間循環說快也快、說慢也慢，昔果風獅記熟了村內大小事，以及居民所欲所求。居民，其實無欲無求哪，他們的願望都不在自身，而在兒、在孫、為父、為母，他們的呼息顯得純淨，他們的皺紋不為時間雕蝕，而被自己的聲聲掛念給喊老了。

昔果風獅痛，也慟，更勤於聆聽，更勤於熟記。昔果風獅正對機場，背對整個村落，昔果風獅不回頭、不等到居民走到面前，已知來者。麟仔駝背，步伐被大地絆著了，習慣讓左腳拖右腳，長、短合拍，如廟會銅鑼。荷啊已過七十，比麟仔小幾歲，不僅背駝，而像隻蝦，弓身。她細小的腳如兩條藕，徐徐移、輕輕近，猶如少女。臭耳仔過五十了，身高僅僅五尺餘，腳丫仔超過一尺，在該發育的年少時代扛壓了玉米、高粱等作物，也肩負著砲彈、麵粉等搶灘運補物品，他不長身長，但腳丫子代他出一口悶氣。常常他在閒聊時，伸展驚人長的腳，哀嘆又自豪，他該長到一百八。行仔是臭耳仔的弟弟，運氣好些，遲幾年生，體魄雄建，腳也大，但昔果山屬沙岸，為扛船隻岸上靠，他體魄健，被派予扛船尾，輪機重，慢慢的背部多長一坨肉，未滿三十也駝背了。臭耳仔步伐沉穩如牛，行仔步數鏗鏘如雷。兄弟倆喊麟仔老父、喊荷啊阿母，老倆口的媳婦羊母仔，經常藏了腳步，像陣風、細碎移，來到風獅爺跟前，祂才發覺來的不是風，而是人。

正因為如此，昔果風獅警覺後頭聲細碎、漸漸近，以為羊母仔如同過去的每一天，跪跟前，喃喃祝禱美湘、蔭治、美麗、榮福、國團、建軍等，以及父母健康平安。羊母仔禱告後，神凝住、長靜默，似在禱告，又像發呆。世間聲，若風獅爺想聽，就沒有聽不到的，但當婦女決意關閉一扇門，那麼，關上的不只是門，連窗也封閉。阻絕兩個世界的水泥仍是水、仍是人間泥塵，它們留下無以辨識的縫隙，只讓神、只讓昔果風獅穿梭，遍覽每一個細微。

昔果風獅不知所往何域？無日月、乏風雨、缺呢喃，那是空室，亦如墓穴，卻在婦人的心。一個該當柔軟，卻以其柔軟，深深藏匿了；彷彿空了、化了，一切都不可說。

昔果風獅聽到背後腳步聲，知是羊母仔，但又多了些異樣。難道不可說的一切，終於也有卸下的時候。風獅爺雙眉展，待羊母仔來，等許久，腳步聲遲遲不進，睜眼看，竟是黑夜。眼前景，不是機場、不是跑道後的滔滔大海，只是一個空穴。不，不是空穴，而是大得瑰奇的夜，星斗多，更勝宵禁的金門夜，雖見星月洗雲，但氣息幽靜，想不出這是哪裡？

昔果風獅從不信往後看，可以瞧見什麼，忍許久，禁不住回頭。風獅爺脖子短，說是回頭看，不如說是整個轉過來，正對著背後的世界。背後與正前方一樣黑，但見兩人影，前後立。他們一見風獅爺，興奮跑上來，不跪跟前禱告，繞著祂跑，表情誇揚，說話卻輕碎。他們喊祂風獅爺，風獅爺卻不知道他們是誰？

昔果風獅一陣慌，急彈指、召眾神，卻杳杳無音。風獅爺安慰自己，別慌別慌，神，怎能在人面前失態？陡然吸大氣，身軀暴數倍，兩個人毫不驚訝，昔果風獅覺得沒趣，佯裝無事，回復五尺原貌。風獅爺鎮靜問他們怎麼認識祂？一人答說他是吳可端、另一人說他是吳可莊，他們來自金門昔果山，怎會不認識祂？

這太奇了。昔果風獅暗忖，懷疑祂在作夢。但是，神會作夢嗎？祂不知道，也找不到其他的神問。吳可端問風獅爺故鄉事，父母、家人、玩伴、農作情形，一一細數，彷彿剛剛離開家園，而不像他們說的，落番南洋，入大山，遇遠古巨人刑天，還有不可思議的朦雙氏家族。吳可端且說，記得做醮時，以蔗糖製作、渾身裹滿糖霜的龍？說他見過黃帝麾下大將應龍，活像供桌前他想吃，卻始終沒吃到的

李錫奇・浮生十帖：絢爛

龍。還說，他們正爬天梯，要到天庭找天帝，許各自的願。風獅爺禁不住想，真是這般，祂要許什麼願望？才想，暗啐荒唐，神給人夢想，哪還央求別的神給祂願望？

昔果風獅儘管不信，但一夥人沿樹而上是一個事實，尤其到了第二天早上，當祂親見刑天、朦雙氏後，只能搖頭苦笑。大夥看見吳可端兄弟喜孜孜介紹一頭獅子，說祂來自金門，是神，都愣了愣。天地大，凡事不能盡疑、盡信，吳可端兄弟如此說，他們就這般信。最高興的是朦雙氏，他們說故事時，多了一個聆聽者，而且每說完一則，風獅爺都搖頭苦笑，說祂沒聽過，男朦雙說炎帝見百姓為病痛所苦，進大山，鬥猛獸，穿野過澤，採集各式野藥。你們可知炎帝為何可以親試百藥？因為炎帝身體明透，從外即可辨識五臟六腑，若吃了毒藥，可緊急醫治。朦雙氏強調他所說，都是真的。風獅爺聽完目瞪口呆，吳可莊不服氣，接口說他就在炎帝試藥的現場，且炎帝四季中，髮色兩易，因為炎帝在春天想著祂早逝的女兒——傳說中的精衛鳥，髮就白了。吳可莊得意地笑。也說，他說的都是真的。

朦雙氏不示弱，你們知道蚩尤厲害，為何被黃帝打敗？因為黃帝得了夔的皮、雷神的腿骨，製成夔皮骨，獲九天玄女授予兵法，再用赤銅鑄造昆吾劍，砍了蚩尤銅頭鐵額兄弟八十一人。吳可端搶著說，他的朋友應龍就在現場，後來被蚩尤一撞，應龍才落入人間。小朦雙氏聽到昆吾劍，指著刑天說，在那裡在那裡，刑天當時在現場，在另一場戰爭的現場，這才被黃帝削了頭。吳可莊趕緊摀住小朦雙，不讓他繼續說，大家一起看向刑天，不知道他是否聽見了。

風獅爺發現，眼下這群人啊、神啊、怪的，都在故事發生的現場，按照人間愛戴英雄常理，當流

傳久遠，怎麼祂卻不曾聞問。眾人用罷早膳，收妥器具，踩上刑天手掌，刑天再伸長身體，分批托送，往更上的枝幹。昔果風獅這才知道，何以昨晚幻化要嚇兩兄弟，卻無功而返。刑天接引朦雙氏族群，再來接送吳可端兄弟、漣漪跟風獅爺。昔果風獅跳也不是、不跳也尷尬，往上計量高度，約莫十來公尺，心想從沒跳過，萬一失敗，會落哪兒去？偷偷望樹下，朝陽起，雲海深闊，遠雲沸騰、近雲鼓譟，風獅爺瞧得七上八下。

風獅爺想，正是在沒有眾神指引的情形下，祂才能學會，當自己的神。祂斂神色，看好上頭枝椏橫出處，心神收，踏上刑天粗礫的手掌，一挺身，疾疾飛，沒料到不僅十來公尺，而多出一倍、兩倍，祂再挺身，眼見著就要氣竭，急忙蹬踩建木主幹，借力而上，高出枝幹一段距離，再慢、慢、慢降，如同一隻蝶，迎風戲花。朦雙氏族群看得仔細，歡呼叫好。但嚷聲太大，反而一點聲音都沒了。吳可端兄弟用力拍手，雙掌故意交錯，不拍擊出聲。漣漪則輕輕拍掌。刑天看著，沒有頭可以點，只能搖晃身體代表讚賞。於是，昔果風獅的第一回神性演出，只有漣漪輕輕送來，漣漪般的掌聲。

昔果風獅莫名就裡，跟著爬天梯，朦雙氏跟吳可端、吳可莊輪流說故事，衝著輸人不輸陣，每一個人都強調，那是真的，或者說他們就在現場。朦雙氏說起慘絕人寰的愛情故事，天帝妒忌夫妻愛情堅貞，放逐兩人，夫妻食無糧、飲無水，相擁而死，幸好後來風神禺強經過，遺不死草在屍骸上，夫妻死而復活。吳可莊氣憤地說那不是真的，朦雙氏嘻笑說，他們就在故事現場，證明那是真的。兩邊爭得面紅耳赤，破口大罵，但在天梯、在世界的中心，只存願望，不置爭論。

昔果風獅看著兩幫人齜牙咧嘴，以及勸架的吳可端，想起農曆十一月，昔果山做醮，搬演歌仔戲跟布袋戲。演戲必須唱作俱佳，眼前戲如默劇，彷彿村裡人家，電視裡搬演的卓別林、頑皮豹。大夥吵開了，小朦雙氏跳上吳可莊後背，胡攀亂抓；中朦雙架住無辜的吳可端雙手，小小朦雙橫躺在地，四條腿卡住吳可莊……刑天打了個哈欠，漣漪微笑瞧著。

吳可端跟風獅爺說，在天梯上，喧嘩都被吸收了，果真不假。風獅爺倏然醒悟，正因為如此，祂才聽不到吳可端兄弟、漣漪、朦雙氏以及刑天的心頭話。祂登天梯，聽不到別人，卻是為了聽自己的聲音？神只負責聆聽啊，聽人間苦、聞世間難，神難道也需要旁人聽？而且，還是自己聽？登天梯眾人，各有願望，祂也有願望嗎？昔果風獅不禁焦慮，若祂沒有願望，杵在建木做什麼？祂想到昔果山，儘管老母雞風勢驚人，祂吼、祂叫，都阻止不了轟胖的飛機拔地起身，迎向太武山、越過太武山，消逝在港灣的另一頭。那個時候，昔果風獅也睜大眼，目睹神也做不到的事。

昔果風獅想要述說老母雞，學他們，說完後強調這是真的，祂就在故事發生的現場。但是關於飛機，還有一個方形的黑框會映出卓別林、頑皮豹，以及台灣與世界的景觀，這些都不是故事。而一架老母雞飛走，軍艦威風凜凜浮海面，說走就走，也不是傳奇。

昔果風獅想到，祂成為神，算得上是故事。有一個神，祂形狀像獅，五尺高，立架上，面對南邊海。風生就了祂。居民的崇信完整了祂。有一個神，祂是風獅爺，祂面向機場……這故事，還真是煞風景。

昔果風獅放棄了。祂發現執著於故事，是為忘了更棘手的願望。若天帝在天，祂如何看待勤苦爬上天梯的神？若祂跟天帝說，祂無欲無求，天帝會不會錯認祂，以為祂自大？昔果風獅看了看身體連在一塊，怪異極了的朦雙氏，崇敬地相信人外有神，神之外，還有神。

登天路長，遙遙望，不知高、未知深。吳可莊見祂神通厲害，曾慫恿祂不如一鼓作氣，上天庭。風獅爺婉拒。祂寧願當一個人，不再拒絕刑天伸出的巨掌，與兩兄弟踏上，循序而登。

夜間，昔果風獅歇息建木樹梢。是風、是風獅爺微微的重，祂緩緩起落。漣漪問，不危險嗎？祂笑說，初進天梯，就在建木樹梢，祂追索的答案，說不定就在起伏的危蕩中？

漣漪每夜，都來寒暄道晚，然後離去。昔果風獅目送漣漪走遠，轉過身，仰望星月，低看自己。祂閉眼，聽漣漪漸漸走遠。眼前不是機場、不是海，但一如昔果山，祂背對後頭的人。不比昔果山的是，祂聽著村內人，以藕一般的、以牛的、以蛙、以磨的腳步聲靠近。他們的步伐猶如聲音，各有腔調。他們離去呢？踏什麼樣的嗓音而走？昔果風獅想不出來。

昔果風獅想不出。祂現在只聽到漣漪。女人走孤夜，帶著她的故事和願望，她只能不斷朝天看。朝天看，相信天上有一個屬於她的願望。昔果風獅倏然心驚，在昔果山，祂不就是另一種天？然而，祂知道自己不是天，現在的祂也同漣漪，不停地朝天看。

漣漪離去，跟羊母仔來時的聲音一樣，兩個女人都暗藏自己，越藏越暗。一切，都不可說了。昔果風獅訥訥問，怎麼都不可說了？問著，暗著，越問越暗，一顆心越往暗裡去。風獅爺進入暗中。沒有星月，沒有祂，沒有人與神。漸漸地聽見有聲息來。彷彿這是甕、這是墓穴，外頭的，無論是聲音與人，春光與蝴蝶，或者遺落田中的小麥穗，或是枸杞醒神、當歸使祂溫暖以及柑橘氣味到，即知秋冬。它們都爭著進來，照耀滿室的黑暗；它們都爭著說，大霧茫茫、或掌繭重重，都是尋常的一天。這一天，何以不可說？卻化了、空了。

風獅爺再也忍耐不住時，微睜眼，竟已天明。朦雙氏所說，都是真的。東邊扶桑樹上，亮晶晶的白影一閃，喔喔雞啼；東海桃都山，一棵大桃樹上，啼聲閃爍，映在風獅爺額前。夜跟黑暗、日與天光，忽地匯集而逝。

風獅爺該吃風、卻沒吃風，而食滿了人間黑暗。祂漲得鼓鼓的。祂知道該許什麼願了。雖知天梯消弭一切喧囂，但祂好想跟吳可端兄弟說、跟漣漪以及羊母仔說，祂聽到自己的聲音了。

昔果風獅，背對人間、但也望向人寰，喊出祂的神。

發語詞

有一座山，叫昔果山。它不真是一座山，而是地名。除了這個山字，吳建軍很難解釋「昔果」是哪一個昔、哪一個果。有時候直接問，花果山知道吧？《西遊記》中，齊天大聖孫悟空的根據地，花改為往昔的昔，就對了。聞者是學生或剛認識的朋友，聽完一律微翹唇角，那微笑似乎說，有一座山叫昔果山，那是你的故鄉，那裡住人，但也有不少猴子。

吳建軍換個說法。往昔的昔，水果的果，對，沒有草字邊的，玉山的山。所以你的故鄉，高若玉山，長好多水果。這也不對。

吳建軍洩氣了，改口說昔果山，金門南邊濱海小村，村民捕魚耕種維生，它沒名勝、缺古蹟，寥寥數十戶，數十戶了了，兜個圈，半小時逛完。吳建軍忽擊掌說，尚義機場知道吧？昔果山就在機場附近。吳建軍以手擬機，若你從台灣來，飛機輪胎著地，向左看，可以看見一座廟，廟前立風獅爺，廟後三合院叢叢接。喔。若錯過了也沒關係，你總是要離開金門，得從尚義機場起飛，飛機離地的剎那，向右看，可以看見一尊風獅爺。廟看著風獅爺。三合院看著廟。那就是昔果山；是吳建軍向左看、向右看，甚至連閉眼，都能看見的昔果山。

吳建軍剛剛結束《文訊》雜誌三十週年座談，文友與他合影，並連袂走了段路，到古亭捷運站。文友大他幾歲，連沉默也比吳建軍大。吳建軍內向寡言，唯有喝幾杯高粱，或見著比自己更少言者，深知靜默未必靜，而是一張嘴，沒有對上語言，發不了音。吳建軍介紹自己故鄉，拯救眼前已近壯年的男人。男人部分的自己，沒有跟上來，留在遲遲的十七歲。也許，沒跟上來的部分，才是男人的元神。

紀州庵到古亭捷運，原來這麼遠。吳建軍跟陌生的文友提到了金門，也說了故鄉的誤解跟笑話，輕搭筋斗雲、翻過《西遊記》與孫悟空，嘻笑了幾回、沉默了幾番，竟還沒到站。吳建軍應邀座談，或與他書寫金門有關。從二十世紀末、寫到二十一世紀初，號稱小說百萬言，其實才過半數，專欄、散文等零星湊湊，應該能湊百萬。吳建軍想到此，終可略減心虛。陌生男自不知吳建軍心頭流轉。他也許正靠在巴士牌站桿，等待〇東公車。等待大台北歷史最悠久的路線，把遲到的自己，繫上安全帶，運過來。吳建軍自不知道陌生男心頭流轉。既然無言，何必默走這十多分鐘。

吳建軍想救出陌生男。從無言的地獄，救他出來。座談會上，每人分配十三分鐘，吳建軍預備說三大點，再補充兩小點。第一大點還不及說完，主辦單位於後頭亮牌：「三分鐘」。吳建軍訝異說，台上與台下，時間感完全不一樣了。

若時間充分，吳建軍準備出示他的傷痕。他，根深蒂固的口吃。他打算追述，他本不善說、不能說，但因為寫作，逼他一步一步走上講台。寫出了作品還不夠，還必須詮釋寫法後頭的說法。說法更後面的想法。以及想法後頭的河床、流域或海洋。或許是一塊寫著想法的臂肌。一個映著想法的身世。文字張望說法。說法回首想法。想法呢？朝後看，它們、他們與祂們，都在想。

吳建軍第四個發言。直到拿了麥克風，吳建軍才決定不揭露口吃殘疾。在陌生人面前提隱疾，究竟能達到激勵的效果，還是暗示眾人，他有病？

那個罹患殘疾的自己，好不容易被文字逐出牆，還要接引他，再次附身？還是吳建軍自認為夠堅強，內導氣、外抹油，讓他沾無可沾？

吳建軍想了想，決定不提，畢竟陌生人與陌生男，沒有不同。若說有，陌生男多出一段路。多了一段同安街。既是如此，何妨安於彼此的過去，不互相打擾，誰也不救誰。

吳建軍與大他幾歲的男子走到古亭站。吳建軍訝異男子不搭捷運。那麼，他只是純粹陪他走一段路？

吳建軍轉乘新蘆線回家。他沒與男子合影。他不知道跟男子的合影會被放大審看，還是滑進下一個頁面前，就被刪除了。

有一座山，叫昔果山。它不真是一座山，而是地名……吳建軍受邀擔任駐縣作家，未來半年得完成作品數篇、攝影數幀，他搭機返鄉找材料，想起曾跟陌生男這般介紹故鄉。有一座山叫昔果山，這成了一個發語詞，卻遲遲沒有跟上的故事。吳建軍面對故鄉，想不起來任何情節。

吳建軍騎上租來的機車，往山外去。前幾天，山東魯東大學張教授來台，托付他代訂陳高，前一晚，蔡姓友人宴請張教授，正好收了款，趁返鄉，親交嫁到山外的二姊。復興路上沒幾個遊客。鄰近太湖的商旅落成，或能為山外帶來人潮。吳建軍的堂姊，也嫁予復興路上店家。小時候吳建軍隨母親，偶到山外，怯生生走進滿是漂亮衣物的店面。堂姊嫁山外，昔果山村民人人稱羨，都說好命。可惜大伯夫妻走得早，無緣見女兒嫁好、吃好。吳母帶來丈夫親捕的魚，或是粿、或是曬得清脆爆爽的花生。

魚帶腥、粿沾黏，堂嫂接下母親餽贈，皆輕盈無比，彷彿它們都沒了重量，堂姊總能輕手一接。堂嫂家兩層樓，吳建軍習慣坐在通往二樓的樓梯，等母親辦完事。吳建軍戴上帽子，壓低，佯裝遊客，走過堂姊店面。他認出小吳建軍坐過的樓梯。堂姊在嗎？若在，不打個招呼說不過去，兩手空空來也不好意思，吳建軍走過店面，慶幸沒看到堂姊，又遺憾沒見著。

堂姊店裡，衣物滿堂，衣漿刺激味充斥，卻讓小吳建軍感到溫暖。這麼一個店面，連砲彈也不忍傷害吧，只有母親一直破壞他的想像。吳母小聲叮嚀，兼擠眉弄眼，要他喊堂嫂、堂姊夫。吳建軍喊了。但聲小，吳母不滿意，提高音量，催促他喊人。吳建軍情怯，頭更低、聲更小。母親滿臉堆笑，與堂嫂致歉，說孩子不懂事，喃喃唸了他一頓。

吳建軍想，自己那會兒多大呀？五歲、八歲、十歲？吳建軍看著十歲。十歲盯著八歲。八歲望著五歲。五歲以前呢？無論五、八、十，都看著現在的吳建軍。無辜的、受傷的，但吳建軍救不了他們。他們也救不了後來的吳建軍。而且，很可能正是那些小小吳建軍們的共謀，讓吳建軍一直壓低著頭、低壓著嗓，吞嚥許久，消化不了幾個字。有時候，有些音，像是「ㄡ」、「ㄨ」、「ㄆ」，吳建軍吞不下了，還會突然卡住，然後再猛地嘔出，吳建軍狼狽地看著自己，衣服、褲子跟臉，尤其是臉，滿是字音的嘔吐物。

母親一直教導他，要說話、得說話，最好懂得說話。但這些教導都成了冰冷的饅頭，塞吳建軍的咽喉，塞得緊、塞得死，吳建軍只能讓聲音透過狹縫，慢慢地艱困洩漏。吳建軍窺探堂姊家，意外想起一個說不出話的人。他叫作歐陽方。

一九五二年，歐陽方在太武山構工，建忠烈祠跟公墓。這一年九月，總政治部婦聯分會主委，蔣方良女士率領「筱快樂」劇團勞軍，於國小操場搭棚演出。歐陽方擠在人潮中看熱鬧。金門戲曲閩南發音，聽得懂北方話的，只有老芋仔。聽懂與否不重要，台上亮旗袍，曲調秀唱功，曲線融音線，大家都怔怔地睡著。睡著，看一個夢醒來，又醒來。隔天中午，歐陽方騎腳踏車進山外找吃的，天氣熱，肚子更餓，他尋攤販，吃一大碗蚵仔麵線，翹著腿，打菸抽，看見劇團成員沿街逛。

歐陽方揉眼，沒瞧錯，真是「筱劇團」。他認出唱小調的嬌小女子，卸濃妝，臉更清麗。一行人正由料羅村指導員林文民，導覽參觀。「筱劇團」演出的金湖國小就在復興路旁，假日的山外新市里人滿如淹，綠的、海青色的、迷彩綠的，以及深綠色、以及草青色，分屬陸軍、空軍、兩棲部隊、軍官以及憲兵，擠得山外幾條街，只能緩緩推移。彼當時，吳建軍的堂姊、二姊夫都還沒出生，吳建軍的父母不過青年，剛新婚，有可能父親拎海產、母親載西瓜，各在街的一角兜售。

如果「筱劇團」經過父母親的臨時攤，歐陽方必也經過了。劇團尾隨林文民移動。他們像箭頭，行經處，人流分立。民眾與士兵圍觀，沒有單眼跟照相手機，只能掏筆索取簽名。簽在哪兒都好。雜誌、假條、名牌，歐陽方於是知道，她叫徐小蝶。林文民哄開圍觀軍民，帶團員到一旁說，逛過了山外，正該趁著秋陽斜，登高太武山，看蔣公墨寶「毋忘在莒」。一九五二年三月，蔣介石題「毋忘在莒」，擇太武山巔摩崖俊銘，勉勵國軍反攻復國。太武山戰略位置重要，僅元月農曆初九開放民眾登山，刻

銘半年，歐陽方還沒機會瞧。

林文民看錶，時間近了，送他們上卡車。一名軍官在下，鞏護安全，另一名在上，拉團員上車。歐陽方衝回麵攤，跨單車，往太武山方向騎。歐陽方沒追上他們，守著公墓等。

傍晚，一行人走回，歐陽方直碌碌瞧。徐小蝶走不少路，晚霞點臉，胭脂如雲，鬢髮貼耳畔，越顯皮膚白。徐小蝶忽面露驚駭。歐陽方想，是什麼嚇著她了？徐小蝶半舉右手，話訥訥，說不出。吳建軍忽想到，曾在某演講活動，遇見患口吃的美麗女子。吳建軍想，患此症，意味著女子的美，已超越語言，不再需要述說了？她的述說反倒成為破壞。她的口吃提醒她，人間事少說為妙。但女子畢竟不活在書本，她必須走出文字，以敘述、以交際、以溝通，在人世謀生。為此，女子得破壞、而且是激烈破壞她的美，她的嫻靜，她的溫婉美好，而與以一句咬囓過的字句。然後再一句。

吳建軍難過極了。舉起衣袖，開大口，大力鑿向自己的嘴跟咽喉，掏出一丸球來。女子問，那是什麼？吳建軍說，這是語言的心臟，裁開它，文字溜洩而出。音，都殘破了，字卻安好。吳建軍承認，他是口吃患者。他用文字，慢慢縫補失去的聲音。吳建軍不知道那個美麗的女子，可曾模擬他的傷痕，熬煮成藥。吳建軍知道，徐小蝶不是口吃。歐陽方看見徐小蝶眼光投來，心頭一熱。兩名軍官衝徐小蝶跟前，問道什麼事？軍官跟團員望向她手指處，一起盯著他。歐陽方納悶，自個兒身後，除了構工的軍民跟散亂泥石，什麼也沒有。

歐陽方站直，魁梧身軀，架鋤頭。軍官橫手護衛團員，死老百姓，別怕。歐陽方這才明白，徐小蝶被他嚇著。他苦垮臉，目送他們離去。徐小蝶雙手抱胸，彷彿懷中真有一隻蝶，不慎鬆開，真會翩翩飛，不沾惹百合玫瑰，而飛到歐陽方肩扛的鋤頭。她邊走邊回頭，見歐陽方兀自盯著。徐小蝶上卡車，藉著草綠色棚布掩護偷偷瞧，才看見了，又急忙閃躲。卡車發動，黑煙卜卜吐。歐陽方警覺遺失了什麼，扔了器具，跨單車直追。

徐小蝶坐卡車末座，心神甫定，車子開動，那人居然追出來。她心頭蹦蹦跳，擔心被追上。卡車跟單車越拉越遠，剩一個小點尖，路上起伏。同事一上車，忙說話，沒注意到歐陽方追來。同事問她，那人做了什麼，讓她嚇成那樣？徐小蝶說剛剛下山，猛抬頭，卻看見兩隻大眼睛。大眼睛有什麼好怕的？大眼睛不可怕，只是初初瞧著，便只大大兩隻眼，什麼都沒看見。團員不知道她胡謅什麼，反正無事，沒再多問。

也許徐小蝶該問，為什麼歐陽方的凝視，能成為一股氣流，才看見，竟在耳畔拍擊出一陣陣只她能聽見的聲響。歐陽方守候公墓一整個下午。他正為死亡築巢，也為一個期待築夢，哪怕只是一眼。只是一眼。歐陽方敲擊花崗石。目視太武山來路。來路正是去路。徐小蝶從那兒上去，也必從那裡走回來。歐陽方揮鐵鎚，堅鐵與硬石擦擊出火花，泵泵泵，石子不入水，而上火。歐陽方的眼，越睜越大。

「筱劇團」本排定搭乘軍機返台，適值大霧，改搭軍艦。林文民與村民閒聊，扯到這事，歐陽方精神一振。秋天漁貨多，漁民要求晚上拉網捕魚，部隊以危安為由，未予放行，林文民轉呈上級，體恤民需，在他的背書負責下，准予放行，漁民聞之，皆感欣慰。歐陽方知道這事，也來幫忙。

吳建軍騎車繞行太武山，跟著歐陽方到料羅。歐陽方則跟著「筱劇團」、跟著徐小蝶到料羅。彷彿，一九五二年遙遙看著二〇一三年；彷彿歐陽方一直守在一九五二年，等吳建軍來找。不過，吳建軍要在一九五二與二〇一三之間，插入一九六七年以前或之後的年代。一九六七，吳建軍的出生年，吳建軍父親已經娶親，為了生計，決意墾荒藍色大地。夜間，漁船一叢叢，停泊料羅港。一艘船看著另一艘船，看向昔果山、后湖、湖下、山後、古寧頭等，看向漁夫們的家鄉。吳父喝完一攤還不夠，跨過船繼續喝。醉眼的吳父，眼前只剩高粱，忘了父母、妻小的肚子，只記得自己還沒被烈酒餵足。不知道是在第幾跨，吳父落海了。黎明時，才被發現救出。吳母敘述時說，若是漲潮，就沒命了。吳母記不得那在一九六七年的前、後，如果是前，而是漲潮，吳建軍就沒有機會跟上歐陽方。跟上徐小蝶。

林文民看顧漁民拉網，歐陽方本就其中一組拉，過沒多時，竟不見人。林文民以為歐陽方到別組，巡視幾回沒看見。原想問崗哨，但這一問，擺明了說漁夫失蹤。在海口失蹤，能去哪裡？難道歐陽方竟是匪諜？林文民內心焦躁，往沙灘暗處找。

再暗、再遠，林文民也不敢踏前，而可能成為鬼祟的身影，映在沿海步哨的準星中。準星映在數十個人的眼瞳，數十個人解保險、按板機，他有可能成為亡魂，只是因為捕魚，只是因為歐陽方。林文民咬牙咒罵，見著不遠處，暗暗沙灘上，有人站立。是歐陽方嗎？那人沒出聲，林文民心頭打鼓，回頭看見燈光微亮處，漁民拉網，自壯聲勢，往前走。

林文民以手電筒照，真是歐陽方。幸好是歐陽方。他正望著料羅灣。海上，軍艦趁夜色，默默離港。別站著發呆，幫忙捕魚啊。軍艦燈熄。但是，鋼鐵的暗與大海的、星空的暗，是不一樣的。鋼鐵的暗，非常具體，非常絕望。它們用鋼鐵隔成空間，活化空間。但此刻，燈不開、光不再，徐小蝶也決定默默變身為鋼鐵，成為鋼空間的一部分。安靜如鬼，速走如魂，她唱的小調歐陽方沒聽懂，但歐陽方聽出語音中的甜。

林文民見歐陽方沒搭理，站到前頭，舉高手電筒，朝他臉照。林文民嚇退好幾步。歐陽方雙眼放大，瞳孔無神，燈光一照，猶如兩只燈籠，從幽幽的地獄邊緣，一閃閃，搖晃過來。

也許並非不能說、說不了，讓吳建軍想起歐陽方，而是夜返昔果山，推老家大門，暗廳中、燈泡閃，廳堂彷彿成了一張臉。沒別的，有別的也看不見。兩點火，悠悠晃。無論燭心或燈泡，火，頂多拇指大；光，最多照亮案前，但門開剎那，燭如球，無論乒乓或伸卡，都是不應該。最不應該的，是在二姊家喝酒。二姊說別喝多，酒杯才喝空，像一種難忍的待客之道，馬上斟滿。二姊以地瓜粉和蚵仔，料理道地的蚵仔煎。只蚵仔煎跟炒蛤仔，吳建軍與姊夫喝乾一瓶高粱。

九點不到，山外店家紛紛打烊，二姊倏然想起，弟弟喝醉，怎麼回民宿。留一晚？載他到水頭，吳建軍都搖頭。稱與民宿主人有約，得回去。吳建軍騎機車出山外，見警察路上攔檢，捨大路，就環島南路，料到車少路彎，攔檢機會少，騎經機場，轉白乳山營區，過昔果山，轉回家。

吳建軍想起前回與父親歸，轉眼又幾年了。吳建軍年少時，甚少喝醉，過四十，卻常飲醉。吳建

軍有次，與任職公賣局善飲的長者喝酒，提到喝混酒易醉，是誤解。比如說半瓶高粱、一瓶威士忌、紅酒三支、啤酒一打，是吳建軍的極限，換酒之際，飲者自動歸零先前的飲酒，以為恣飲三大杯高粱，還能有三支紅酒的量。混酒必須遞減酒量。年紀漸增，合乎此理，但吳建軍卻慣常舉例三十的自己。吳建軍回不到那個過去了。但是面對時光，吳建軍始終穿梭自如。他看見大雨來，廂房屋頂積水，嘩啦啦瀉，他與弟弟等雨水清透，站奔瀑下洗澡。中庭堆積金黃的玉米，哥哥與姊姊在樓上，他跟弟弟拋擲玉米上樓，就廂房屋頂曝曬。

現在他看見兩只紅燈籠。初始，他還能辨證燈泡大小與流明，慢慢地，頭暈腦鈍，卻想起一個故事。小吳建軍與玩伴阿龍，常在榕樹下，聽爺爺與叔公講古事，提到昔果山舊名椒果山，夷民多為獵戶。當年有個夷人叫厲歸，虔信成仙之道，跟隨開毉金門的聖主陳淵習漢字、信道教、讀仙書，上太武山求仙，可惜啊，爺爺說，厲歸死在太武山上。厲歸死後，族人立碑，上雕日、下刻月，族人說，這是他們送給死者的夢，可帶領死者追求他生前的願望。

叔公祖繪聲繪影，厲歸死後化身蔡復一。傳說，蔡復一為大蟒轉世，厲歸一族，正是崇拜蛇信仰。被神、鬼轉世，都非好事，少年蔡復一受夢中兩只大紅燈籠所擾，常難安枕。直到習字練武，讀聖賢書，來自地獄或發自內骸的冥火，才漸漸沉息。燈籠是厲歸雙眼。叔公說被他盯上，得趕緊祈求恩主公陳淵。厲歸敬陳淵為師，只聽祂的。

吳建軍現在看見兩只紅燈籠，又怎麼說？吳建軍想起歐陽方跟厲歸。前者示愛未果，後者求神不得，一人一鬼，都有事，說不了。說不了，難道說予吳建軍？吳建軍料酒醉未醒，哪來紅燈籠，摸索背包，順利找出香菸。往昔返家，吳建軍習慣以菸代香，默禱先祖。吳建軍點菸、再點菸，紅燈籠竟還在。吳建軍傻笑，從來只聞菸酒一家，沒聽過菸能醒酒。倏然，紅燈籠無風自飄。吳建軍眨眼。揉眼。燈是燈，燭是燭。燭，並未漂浮而成燈籠。燈籠起，燭還在。依稀，燈籠藏躲燭心中，恰巧，吳建軍醉了、但又醒著，渾似日夜交會、猶如神鬼邊緣。

吳建軍該害怕，卻忘了害怕，若是爺爺、奶奶或者二伯與二伯母顯靈，見他驚駭，恐會失望得躲起來了？吳建軍真的不怕？他拿出口袋裡的手機，解鎖碼、提警戒，說不準，中共水鬼偷襲。但，這是哪一年啊，哪來水鬼？不是水鬼，難道是鬼？不、不——就算是鬼，他都願意再與至親再見一面。胃酸急湧，吳建軍鼓漲嘴，忍住逼近口腔的蚵仔煎、蛤仔跟酒，過中庭，跑進廁所吐。

從來只聞吐了，酒醒腦清，沒聽過吐了卻更醉。吳建軍吐完，黑夜變黎明。廁所不再是廁所，回到未改裝前的廚房。牆上浮雕灶君圖案，底下刻國軍十二守則。一頂大鍋，黑黝黝，他前一天下午說不定還烤過蟬。紅燈籠不見了，變成白泡泡一團霧。難道，水鬼道行高，如變形金剛，入夜紅、黎明白？難道，小吳建軍留在那一年，不是不走，而是有事不走，除非有人願意解謎。

謎題是小吳建軍，夏天傍晚在廊下潑水，為花崗石條消暑，晚上，與父親枕廊下。凌晨四、五點，小吳建軍忽然翻身醒來，半撐身體，越過父親的頭與胸，看向大門，看不清楚是誰掩在門柱後，朝內窺探。小吳建軍早上跟母親說，那個人像團霧，聚為人形，頭、脖子、上半身等輪廓清晰可辨，就是

看不清五官。小吳建軍呆呆看著，那個人朝屋內打量，看到他，閃門柱後，又探頭看。小吳建軍明確知道這不是夢，不害怕，也沒感到好奇。小吳建軍看一陣子，不知所以，倒頭又睡。睡，不代表忘記，小吳建軍沒有機會揭發真相，但是吳建軍有。他必須救他，救自己。吳建軍快跑出，逐白霧。

白霧本一團，才移動，倏分為兩球，左轉，經柴房與防空洞，跑上去。吳建軍跟上。如果這是夢，能夢到多真？吳建軍張望柴房。見雞仔置鐵籠內，一盞燈暖黃黃，如旭日，小雞偎緊，一隻蓋一隻，彷彿疊羅漢摘日。被剷平的防空洞靜默安坐，門洞開而幽暗，像牙，卻蛀了。吳建軍搬遷台灣前，曾慎重置放一個油漆罐，裝著蒐集數年的汽水瓶蓋，他能趁著黑、趁著時光的曖昧，溜洞內，以渴糖的手，抓一把瓶蓋？

白霧若知吳建軍心意，也許願意等，但它們分前後，跳上屋後木麻黃。木麻黃腰寬腿粗，吳建軍曾於上頭綁吊床、午寐、看漫畫。木麻黃已被砍伐，它已經不在，它的樹皮粗糙，呈螺旋狀，彷彿被誰扭了一把，而這一扭，就沒有停下了。吳建軍記得木麻黃的陪伴，激動環抱，盯著樹身的螺旋，好像第一次見。他好奇紋路怎麼旋著，扭轉著壯大時，它痛嗎？

球兩團，高高走，吳建軍踩樹溼，跟著爬上去。他懷疑樹還活著，且不僅活著，在握不著枝，踏不到樹幹時，樹主動遞給他。樹是活著，也是醒著。反倒是他，不知道自己醒著睡著，或者睡著夢著。這麼一想，無論霧兩團或樹一株，都比他更真實了。既如此，還有什麼可說可疑？爬，爬，再爬。多高了呢？吳建軍不知道。也許不需要管高度，而得在乎時間，等爬上黎明，就可以證明他爬到哪兒了。

吳建軍爬上樹，才真正了解歐陽方。他站立晦暗沙灘。不一會兒，雙腳漸漸陷。歐陽方以為他會被沙子吞沒。但是沒有。沙子只藏了他的雙腳。一個失了腳的人，眼神更堅定。他不知道徐小蝶藏在哪一艘黑暗中。那些陌生的鋼體。他放空一切去找。找到了如何？找不著又怎般？歐陽方就算想到了這些，也必須放下不想。他只要找，就可以了。他不在找一種結果，或者某種可能，他在找他的熱切。一個點起這個火的女人。他不奢望與女子依偎一輩子，但希望記住三輩子。歐陽方在找，一個正在離去的生命。他在找一種死亡。於是有冥火，升起。

吳建軍爬上樹，沒來由想起歐陽方，而且接近他。歐陽方明明是暗戀，卻搞了個生死名堂的說法。他感到吃力。吳建軍覺得歐陽方與他的鬼火，極可能附在他背後。難道，歐陽方希望吳建軍，回過身，伸手探時光洪流，救他？吳建軍納悶極了，怎麼這陣子碰到的人，都明說暗說，吳建軍，救我？歐陽方說、陌生男說、美麗的口吃女說，厲歸說、小吳建軍喊、徐小蝶嚷、兩團霧說，但他非巫非醫，還有隱喻的口吃，能救誰呢？

吳建軍想，厲歸也說了嗎？那個夷人。他用什麼語言跟他說呢？抓一條蛇，作成記事？死成一座石碑，以日月紋圖說？吳建軍想得糊塗，手腳沒慢，繼續爬。吳建軍糊塗了，所謂的「爬」是向上去，然而，他真的不是往下嗎？溜下時光索，抵歐陽方的沙灘，陳淵的牧馬場，還是堂嫂家，坐在台階上，怯生生喊了堂嫂、堂姊夫？

吳建軍醒來時，額頭還疼，進廁所臨鏡看，真見腫青。吳建軍醉臥老家廳堂，趴桌上，過一晚。吳建軍不相信。他明明爬了好久，去了很遠，狐疑自己往上還是往下時，手腳沒停，繼續爬。然後……然後一頭撞上大巨石。木麻黃頂處，哪來這一面大牆？他疾痛，摀住前額，看清楚了，眼前非石非牆，而是風獅爺。他一頭撞著，佇立高樹上的風獅爺？

吳建軍不信。醒來時不信，撞上的剎那也不信。信或不信，只吳建軍的事。風獅爺並不干涉。風獅爺舉高右手，兩顆球，跳上祂的肩胛，上下跳，沒有五官，不成人形，但吳建軍一眼看出，它們高興、它們滿足。它們遺憾自己不夠人，不夠鬼，但慶幸能為一團霧、一顆球，兜繞風獅爺如逛街，愉悅蹦跳，猶進九族文化村。吳建軍沒看錯，風獅爺伸手臂，往天邊去。天？彷彿不是天，有星、有雲，弦月是上或下，但風獅爺的手臂，讓天離奇了。他看見兩團光，越走越遠，該是盡處了，因為光，猶豫著不走。它們轉、它們旋。彷彿扭成木麻黃的樹皮。它們有痛，有快樂。它們在告別，在說再見，然後跳起來，如兩隻海豚，跳進舉高的游泳圈一般，它們跳進不知是誰舉高的天，飛進去，不見了。

吳建軍呆了好一會兒，視線回到風獅爺。這這這——吳建軍口吃再患，這不是廟前的風風風——獅爺嗎？吳建軍常爬上風獅爺法座，轉動祂手中的定風珠。珠子沒被吳建軍轉壞。但現在，定風珠無力自轉。唰唰唰。風獅爺跟他說話。吳建軍大驚，風風風獅獅爺爺說說說話。吳建軍專注著自己的口吃，專心要把聲音唸對，沒聽到風獅爺與他說了什麼。吳建軍想，他憂慮口吃，竟遺漏神跟他說話，這才是他真正的隱疾。

然而，吳建軍摀著前額，他寧相信自己罹患口吃，也不願意相信夢裡遇神。吳建軍不由得鬆動。這是任何事，都可能發生的年代。電燈、核能、手機都被發明了，誰能禁止發現一個神？發現一個神，寫line給祂，有什麼不可？或者，眾神入籍臉書，成立粉絲團，有何不可？但是，這太委屈神了，神，該立天書，有臉、無臉，不夠人，不夠鬼，都沒關係。

吳建軍拍腦袋，沒料到醉這麼久，淨瞎想悶想。吳建軍走到廟埕。風獅爺背對著廟，朝機場而立。吳建軍走向風獅爺。他的老家、村民的三合院、他時常祭拜的廟，以及走在同安街的吳建軍、爬樹的吳建軍、介紹故鄉的吳建軍、國中時吞吐難言的吳建軍、以為扛著歐陽方的吳建軍、好奇黎明的門柱後藏了什麼人的吳建軍、搭新蘆線的吳建軍……他們都看著吳建軍。看著他，走向風獅爺。

吳建軍走到風獅爺座前。面向祂。

吳建軍明白，面對自己的神，為祂想一個發語詞，是多麼困難。艱困得開不了口。字句被咬嚙，一字字，癱倒地。然而，有風來，就能找到發音的口徑。無論那是槍膛的一顆子彈，或是胸腔中的一個字音，它們都勇敢地，找到自己的聲音。

吳建軍禁不住長嘆。他發現，嘆息時，沒有人是口吃的。

見刑天

應龍，是一隻龍，黃帝麾下大將。祂有翅膀。金色。頭長兩隻角，能綻放雷電，於千軍萬馬中，心隨意轉，擒殺敵寇。應龍掌天下水。水柔弱，也無情，應龍曾興大水，退炎帝、敗蚩尤，倒未試過水、電合攻，這一來，只消敵軍鞋底有水一滴、頭頂有霧一片，不電死，也電癱。應龍未曾水、雷並作。應龍不知水與電的關係，直到在森林中，遇見來自二十世紀的人。他自稱吳可端。他跟祂說，祂是遠古的龍。

遠是空間、古是時間，吳可端不該在二十世紀遇見祂，還是祂，不該在神話世界，遇見吳可端？關於時空，每一個人都信誓旦旦，宣稱此時此刻，是唯一的真實。幸好一龍一人，不爭執對錯。蚩尤大敗時，餘軍擊潰黃帝南方的包圍，與應龍正面交接。蚩尤憂應龍以水攻，奮身一躍，銅頭鐵額撞上應龍。應龍雖負傷，奮力以閃電回擊，黃帝麾下的五虎將、八驃騎殺到，拖翻蚩尤，就地斬殺，身、首分葬兩處。應龍沒死，但承受了蚩尤的死，跌落塵埃。傷癒後，已不知何年何月，雖仍可驅使雲霧，但已無力飛返天庭。應龍得知炎帝降，麾下大將刑天，挑釁天庭亦遭斬首。黃帝凱旋歸，竟忘了應龍。

應龍迷失了。祂想到祂的輝煌。祂的兵卒擎弩箭，陣開十里，應龍指左揮右，軍隊如水，指向哪一邊，就毀垮了哪一邊。祂的森林草綠如兵，但都靜止了。不衝刺、不喊殺，應龍走過林間，仍常聽到殺戮。應龍也喊殺。殺殺殺。伴以大水、雷電，士兵們說，那是專屬應龍的軍歌。凱旋樂聲中，應龍被遺忘了。忘得又深又遠，彷彿吳可端說的，應龍在神話世界中，已萎靡成另一個神話。

巧遇吳可端，無意中救了應龍。吳可端是金門人，家貧，下南洋謀生，為了致富榮耀父母，參加探險隊，前進大山，尋找累世傳說的寶藏。吳可端的隊員病了、被怪獸吃了，就算放棄，但深入大山，已無路可退。隊員們一一放棄吳可端，他們死了。應龍救了吳可端。儘管應龍也不知，該如何走出大山。

既然都迷失了，誰對誰錯，就沒爭執的必要。

應龍曾問吳可端哪裡人？

吳可端說他住金門昔果山，反問應龍哪裡來？來這兒做什麼？既然是一條龍，幹嘛不飛，而陪他一起走路？飛翔哪有極限？天地遠，難道曾有很近的時候？

應龍說，不是不能飛哪，而是只要一飛，就會想到飛翔的極限，因為天跟地的距離，越來越遠了。祂療傷後，發覺再也飛不上天庭。再也飛不上天，飛行有什麼用？

應龍，是一隻龍，一隻放棄翅膀與飛行的龍。應龍想起吳可端悠悠看著祂，說祂又遠又舊，沒了夢想，或者，連夢都做不了。吳可端年輕。他要走出大山，找他的愛情、他的後裔以及父母手足。

應龍放吳可端一個人，獨自面對潛藏森林的青臞、彘等怪獸。青臞模樣像狐狸，九條尾巴；彘像老虎，尾巴像牛，吼聲如狗。但是，吳可端果決地離開應龍，面對可能的死亡，以及可能的新生。吳可端離去的那一天，應龍默默看著他，想起吳可端曾說項羽兵敗江東，四面楚歌。應龍想，這寫的是項羽，也臨摹了祂的現狀。沒有軍歌，四面碰壁，連楚歌都沒有。沒了吳可端的陪伴，應龍失去了方向。一隻龍、一個人或一個世界，就算是迷失，卻也索求一個方向。

應龍向空冥、朝東方，急嘯幾回，朝吳可端離去的所在，伸金色大翅，頭上兩隻金角乍然放光。

寂滅之處，寸草都不生的。但任何事，極了端、觸了底，都勢必有美質，從最窮僻的荒涼中發生。應龍飛上天，吳可端走在地。應龍振翅，無論晨光或夕陽，都更說明，祂的翅膀就是光。金色的光。祂一飛，就是一種飽滿。

應龍沉迷於飛。祂過去飛，是用兵擺陣，殺敵致勝；是收涓滴於胸臆，醞釀為大水、惡水。飛，是方法，是與風的遊鬥。應龍看著翅膀反影的光芒，飛是思念，是語言。翅膀每一回揮動，都彷彿默喊吳可端。喊他的名，喊他的方向。

該找得到吳可端卻沒找著，應龍懊惱不已。難道如吳可端說的，祂不該在吳可端的二十世紀，遇見他、認識他，而該分屬兩個世界，一個很遠很古、另一個很近很新，它們不該有連貫，連交錯都是錯誤。

應龍收翅，停崖壁間。眼前的森林、山巒，往四面八方擴去。無止境，也彷彿沒有回音。吳可端稱它們作「大山」。沒有更多的附意，但是遼闊、孤獨，容納著無盡數的小。小小如吳可端跟他的尋寶隊，當然得迷失在大山中，然巨大如祂、駕水馭電如神的祂，難道也是小小的，所以祂飛不出大山，所以祂迷失？大山的寬廣，究竟深入到多遠的地方、多長的時間，致使一條龍，一條願意飛翔的龍，也走不出來？

夕陽落，崖壁連崖壁，如同鏡子，包圍著最後的落日，應龍裹翅，立崖壁上，祂的翅膀也成了一片山，應龍內心一陣絕望，再找不到吳可端、再飛不出大山，祂恐怕也將成為大山的一部分。一片小小的山岩，滿足於光，映祂的飛翔於森林之上，亮祂的翅膀於眾崖之間。應龍將石化為一座山。儘管祂能飛、願意飛，終只能是飛行的小山，成為寂滅的大山中，一個招搖的、喬裝的把戲。

應龍可以快速飛抵森林底部，但祂決定收了翅膀，不再飛。祂想到，吳可端是用走的離開祂，更可能是用走的，出了大山。

應龍往山下走。應龍不知道崖壁與平地的距離。落差的高度，讓應龍覺得依稀往地底、往洞底走。落、差，純粹是空間，還是夾帶了時間？祂究竟深入到多遠的地方？眼前的洞底，真的是內部空間的極限嗎？或者，這只是個「假洞底」，背後會通往更深的地方？更深處，即可擺脫大山——這個祂迷失的所在。已忘了走多久，洞底不是洞，但肯定是到底了，沒有聲音、沒有回音，甚至，陽光都不輕易照耀祂收斂的翅膀。祂的飛翔，再度成了回憶。

應龍聽到森林內有騷動。夜深時，沒有猛禽或異獸，會在移動間，輕易踩響落葉，壓斷枝椏，應龍想到吳可端跟他的尋寶隊，是了，除非是人，是吳可端或者另一批被大山迷惑，走入尋寶的人；無論來人是誰，他們或從吳可端所說的二十世紀走來，比祂掌握了更多吳可端的消息。應龍思及此，內心振奮，但祂知道必須靜，等待一個人或一盞光時，必須寂滅，等待來者撥開樹叢，朝祂走來。

應龍等、應龍聽，祂聽出了不對勁，難道吳可端被異獸追襲？步伐亂、呼吸促，如果來者是吳可

端，祂勢必擋在他前頭，為他抵擋後頭的追兵，無論是蚩尤、刑天、甚至是黃帝。想到黃帝，應龍心裡螫痛，急忙收斂心神。

沒多久，來者快速移動，那不該是吳可端該有的速度，除非他吞食「猩猩」，一種吃了牠，就能善於奔跑的異獸。應龍提神，辨識暗夜流音。等看到來者是誰，應龍與來者，都不禁發愣。怎麼會，應龍巴望著吳可端，卻跑來一隻老虎？牠脅下長翅膀，卻不飛，窮夜急奔。闖入森林的老虎，也想怎麼會，好不容易躲過一批人，不料森林還有埋伏？

老虎，是虎非虎。牠叫「窮奇」，是西方上帝少昊的後裔，殿址在長留山，主司察看沉沒太陽西邊時，反射到東邊的光輝是不是正常。窮奇藐視牠的任務，無聊之至，透過天梯，跑進人間。人間傳說，窮奇一入人間，就世俗了，必須果腹、必須飲水，牠發覺人肉好吃，卻專吃正直有理、老實有德行的人。窮奇惡行傳遍人間與天庭，四方大帝派員追緝，窮奇警覺了，逃竄無影。

窮奇逃往南邊，炎帝的轄區。本以為黃帝打敗炎帝稱霸天下，黃帝的命令炎帝未必接受，然而炎帝慈悲為懷，領受黃帝令，派遣義勇軍擒殺窮奇。義勇軍組成不過十人，但收授炎帝贈與的各式防身寶物。比如，有一種獸叫「緩」，形狀像羊，沒有嘴巴，無論如何都殺不死牠。拿「飛兔」背上的毛當作翅膀，可以飛行天空。「囂」是鳥，四隻翅膀、一隻眼睛，卻長狗尾巴，吃了牠就可以治肚子痛。有一種植物叫「帝休」，樹葉像楊樹，開黃花、結黑果，把花跟果煎湯喝了，可以心平氣和。有一種樹叫「懷木」，吃了它的果子，可力氣大。

義勇軍不是神，施展法寶宛如天將，窮奇心想，若是一對一、或一擋二，祂或能一口宰殺他們，但義勇軍合十人之力已難對付，昔時炎帝大將刑天，認識義勇軍成員，結伴而行。窮奇想，祂能做的只有逃。怕飛上天，易洩行蹤，窮奇時飛時奔，又不時飛得高高的，偵查義勇軍行蹤。不料，他們不追捕祂了，而爬天梯，渡宇宙，打算上天庭去。

躲避義勇軍的幾個月中，窮奇不飲不食，並不覺得飢餓，牠的身體告別了人間善惡，牠斑斕的虎紋，黃越黃、黑更黑；牠的紅色翅膀，一張開，就像一團燃燒的火焰。窮奇的神性出現了，祂察覺自己更輕盈，更接近天了。但隨著義勇軍登天梯而去，窮奇失了警戒，忽然動念，再吃一個人如何？

窮奇吃人，是以人為藥。窮奇吃妨害人類生存的蟲，如蜥蜴、螞蝗跟金蠶等，防止蟲毒貽害人間，但需以人當藥，否則肚疼、頭裂。但此時平和，沒有追兵、不吞蟲毒，卻突然想到吃人？難道以往食人，除了驅毒，還在意口腔的美味、還享受著人臨終的恐懼？窮奇被自己的念頭嚇著，胡亂奔竄。

窮奇闖進森林，意在避開人，不料撞見一條龍，難道天意不讓祂吃人，而讓祂食龍？窮奇兇性大發，猛地揮動紅翅膀。火一團，虎一團，虎虎生火，撲向應龍。應龍見來虎不善，沒想到直接飛撲而來。應龍已許久未曾穿梭敵軍廝殺。但面對兇，自然反應狠；看見快，只能回以快。人間，可還有速度快過雷的？窮奇剛躍起，應龍發奔雷，哧哧急響，窮奇倒地，身上的火退為紅。應龍沒下重手，窮奇暈竭幾秒，馬上撐起身。應龍以為眼前異獸還將再戰，龍角蓄電，暗夜中，如一只弓。窮奇靜止不動，兩眼瞪大，長長一嘆。

應龍忽問，祂是窮奇？窮奇吃一驚，漸回神。眼前的龍，難道是協助黃帝大戰蚩尤，後不知所蹤的應龍？

昔時，黃帝宴會四大帝，少昊曾率窮奇與會。黃帝麾下龍、少昊座下虎，一金麟、一火袍，格外起眼。昔時天庭會，今日遇野林，前後對照都無言。還是應龍先開口，問祂可是病了？剛剛窮奇乍現，雖為一頭虎、一團火，但眼神迷亂。窮奇深深一嘆，細說前後。應龍對窮奇曾出現的神性感興趣，窮奇再度濁了、塵了，只能說心的種類太多，它們不會長一個模樣，至少會有四個、五個。窮奇問，何以四、五？應龍說黃帝加四方大帝，五個大帝統一世界，不正說明了，人心至少五向？

窮奇感激應龍解說，也好奇，祂何以藏躲暗林。應龍說，祂在等祂的二十世紀。應龍沒提到祂等待的吳可端，是二十世紀的人，補充說祂在找來自二十世紀的吳可端。

應龍跟窮奇解釋什麼是二十世紀。然而，應龍自己都不懂，哪能多作解釋。想到若吳可端在，見著祂剛剛與窮奇談心理疾病，怕要笑祂是二十世紀的心理醫生，而應龍就得改稱「應蓉」或「應璟」，或者，就還是應龍吧。而窮奇則像三重埔心懷仁念的大流氓了。

有時候痊癒不需要治療，需要的只是一張嘴。願意訴說的嘴。那些沉沒的隱密，有了注入空氣的機會，流沙與深潭、大海與急灘，都慢慢移開一條路。那些暗疾有了路，慢慢移動，依稀有光。

應龍與窮奇，在敘說的彼此中，發現對方並非沒有去路。

無論人與神，都免不惑於人心或神心的龐大。有時廣袤浩瀚，足以涵納群星奔騰的宇宙；有時卻癟仄孱弱，經不起風吹草動。放逐、背棄或是誤解，循著一滴水，擴大成湖、成海，追蹤細究，不過是一顆心。應龍慰解窮奇的時候想，人心至少五向，長年來，祂卻執於一，心住在身體，祂使用它，很少想像它。應龍想像祂的心。它是應龍所能想像，最厥偉又最輕脆的器官了。也是神和惡魔，一齊棲宿的同一個房間。

吳可端未必看出應龍的病症，但勇敢出發，挑戰大山。惑於大山之大，而裏足不出，不也是一種病？吳可端未必意會，但意會之外，另有精神、靈魂等語言。它們善於偽裝，經常不出現、也不出聲，但它們與風、與落葉、與花蕊等呼應，萬物應用它們微細的光影、細碎等，跟它們說話。吳可端不一定了解，但他作了選擇。

一龍一虎同行。有時候飛，飛上天，飛入祂們的舊時代；有時候走，想起與吳可端同行，以及被追獵的日子。舊時代的光榮，與後來的迷失、徬徨、孤獨等，越來越像。

一日，一龍一虎，飛抵山崖，分立兩個山頭。陽光漸弱，霞影漸多。窮奇本司職夕陽沉沒，反映東方邊的光輝是否正常，供人間判斷時辰、依循節氣，讓人與物有了秩序。而今，窮奇看東眺西，陽光漸薄、霞影變厚，太陽或沉山或沒海，天空紅染染，晚風陣陣濃，又不久，太陽更往後頭去。黑，成了一滴重量，逐漸渲染，黑的重量不見了。黑與光，越來越像。

窮奇聽應龍談吳可端，想到曾躲雲端後，偵查義勇軍，曾目睹兄弟久違重逢，彷彿就叫作吳可端

或吳可莊。窮奇不確定。應龍曾與吳可端同行，證實吳可端有個弟弟，就叫吳可莊，說要爬天梯，訴予天帝他們的願望。窮奇縮虎爪，斂紅翅，懊惱祂遲了許久才想起。應龍說想起不想起都一樣的，既然想起了，就去看看吧。

登天梯，意謂可能與黃帝重逢。黃帝，至高無上的神，卻曾經遺棄自己，應龍替自己、也替黃帝羞愧。然而，人心五向，神心、帝心又豈止五向？窮奇本欲上天梯，告知天帝，吃蠱食人血，是牠生而為窮奇的天性，但窮奇曾不食不喝數月，讓祂更輕盈，更接近神性，卻仍渴望食人，窮奇自謂的天性，仍基於本性，哪可一味歸咎天？

天太大。天也無辜。

應龍與窮奇為神獸，判知天梯並不難，龍虎伴，尋建木，祂們無所求，若說有，不過一份牽掛。窮奇曾目睹天庭派遣大神重和大神黎，掄斧扛刀，砍伐建木，斬斷天地通道，防止魑魅魍魎登天作怪。窮奇想，天梯倒，兩兄弟或仍在附近，待見到天梯，吃一大驚。窮奇不知，吳可端兄弟，曾經培植建木的芽種，不多時，建木神奇地抽長，直達天庭。窮奇看著建木，不知此刻所見為幻，還是天神大神重和大神黎，只砍倒一個幻影？

應龍與窮奇飛上天梯，一連數天，不見吳可端，不禁懷疑他們一干人，真的上天梯了嗎？天梯樹幹筆直，彷如人間正氣，乏樹瘤支撐、缺枝椏開路，怎麼爬上？祂們尋思該捨天梯，而就大山搜尋時，又看見玉米穀粒等殘食。祂們堅信，天梯成為一條道路，載運吳可端等，往天走。祂們朝上大喊。嗓

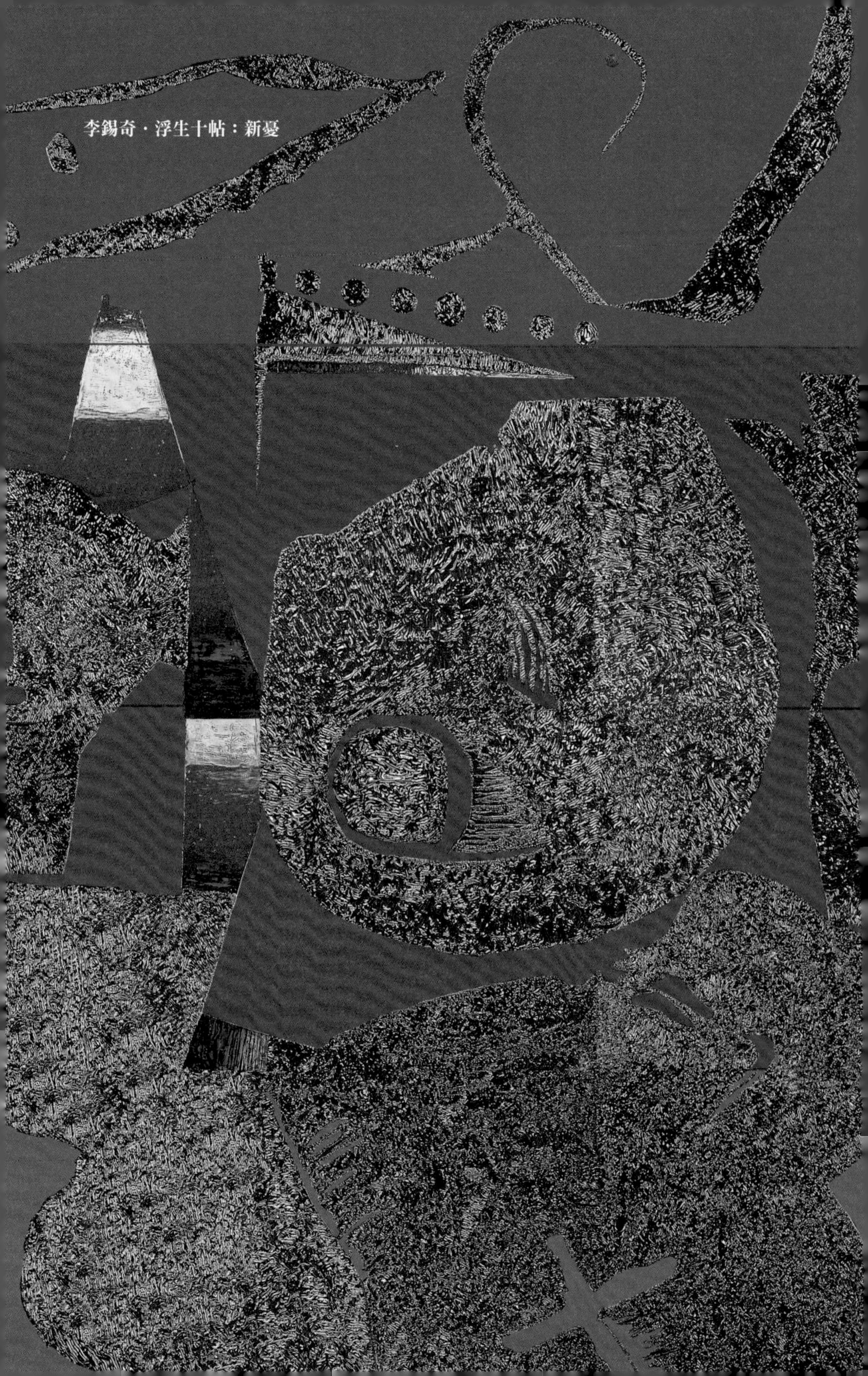
李錫奇・浮生十帖：新憂

音出，瞬間消弭。龍、虎哧然而笑，傳說果然不假，上天梯，塵囂止，一切的喊叫都被建木消弭了。

消弭的，何止喧囂，連飛翔也消止了。往昔，應龍馭風奔雷，取敵首級，速度奇快，但扶搖而上，不同借風使風，應龍與窮奇想，不論神與人，天路的筆直，都更崎嶇難行。

一天夜裡，應龍與窮奇默默聆看滿天星斗，不禁想，若天在極高處，那麼，星啊、月啊以及太陽，又在哪個地方？應龍侍奉黃帝、窮奇遵囑少昊，從祂們有智有知開始，天地、星辰即已存在，尋天梯，可抵天庭，但能抵達星與月？

龍虎心意通，默默懷想祂們自以為掌握了，但又陌生的世界。

龍虎歇坐天梯，耽於懷想，聽到冥空獅吼，都以為作夢。祂們睜眼，意識到剛剛都睡著了。相視一笑。祂們醒了，這次聽得真切，吼吼嗚、吼吼嗚，竟聽見天梯獅吼？難道是異獸，追趕吳可端等？應龍展金翅、窮奇開紅翼，一左一右，如蝶的兩翅，沿天梯兩側飛。

祂們破霧，天梯還在；祂們穿雲，天梯仍無止盡。祂們使上了神獸的榮譽，奮力地再爭一口氣、再拍一陣風，看見一坨黑黑的身影，背上似有鬃毛，頭上兩隻尖耳，佇立建木枝椏，朝上或下、朝神界或人間，吼吼嗚。祂們不知道，何以天梯未消沒祂的喊聲，何以祂的喊聲，朝向雲端，又同時往下穿透，讓祂們都聽到了？

應龍眼尖，很快地瞧見吳可端與他的弟弟吳可莊，跑向佇立樹梢的異獸。祂判斷，那該是一頭獅子。何以吳可端看見異獸，不跑開躲藏，而是迎上去？難道，吼聲迷惑吳可端，召喚獵物來歸，方便

異獸取食?應龍頂上雙角蓄雷,窮奇拍翅鼓火,就在祂們將對獅子發動攻擊時,聽到吳可端、吳可莊,訝訝指著祂們,大喊怪獸來了。

龍、虎或獅,都不是怪獸。龍是應龍,虎是窮奇,獅是金門風獅爺。龍,曾與吳可端同行;虎,曾想吃了他;獅,則來自吳可端故鄉,金門昔果山。吳可端說,聽見風獅爺吼,已大吃一驚,再看見一道雷電、一團火,從下邊飛了過來,更嚇一大跳,以為異獸循天梯而上,沒料到竟是久違的應龍。窮奇、應龍循天梯而來,風獅爺怎麼來的?何以祂的喊聲,不被天梯消音?大家都覺得奇怪。

煹火稀微、星月淡漠,一點火、幾點光,沒辦法看見天多長、地多深,但足以讓應龍看遍吳可端。這個讓祂願意走出大山的「二十世紀」。應龍暗哂,自己犯呆了,想了想,也沒錯,吳可端帶來了二十世紀。吳可端看見應龍忽降,且神采奕奕,不再是暗龍而為明神,興奮難掩地介紹祂給大夥認識。待應龍說老虎是窮奇時,吳可莊吃一大驚,不禁大喊,小心,吃人怪獸來了!但聲音喊得高,也就失了聲韻,吳可莊只得作緊張表情、發平緩低音,溫和如水地說,小─心,吃─人─怪─獸─來了。

大家打量窮奇,見祂虎紋斑斕,翅膀火紅,都感到害怕,尤其是被驚醒的雙頭人朦雙氏,更一窩蜂擠在刑天旁。吳可端要大家別怕,有應龍、更有刑天呢。與吳可端登天梯者,不止他的弟弟吳可莊,還有漣漪,吳可端妻;顓頊放逐而死,幸蒙風神禺強遺落不死草而重生的朦雙氏。還有炎帝大將刑天。祂曾挑戰黃帝,被黃帝砍了頭,但紮頸傷,睜雙乳為眼、撐肚臍為嘴。應龍與刑天,本屬敵對陣營,但在天梯，前塵了、是非斷，相視頷首，都知這是江湖，漂泊不隨人。

吳可端的安慰起了作用，朦雙氏大起膽子，走出來，不理會應龍與窮奇，而走到一頭獅子前，訥訥地問，這是什麼鬼東西啊，怎麼就祂，說喊就喊，好不暢快！朦雙氏點出了大夥的疑惑，吳可莊窘紅著臉解釋，有幾晚上他睡不好，又好奇天梯橫走，能通往何處？他慫恿哥哥陪他，循著枝幹走、走。無意間聽見蟬聲，感到奇怪。然後出現一片不該出現的光。不像太陽、不是月亮，而像一隻電燈，暗夜忽開。

朦雙氏問，什麼是電燈啊？那是二十世紀的發明，用電照明，吳可莊解釋不清改口說，那片不該出現的光，融合了一半陽光、一半月光，朦雙氏仍無法想像，但吳可莊加強語氣，光出現時，猶如眼前一塊黑，瞬間踩不著黑，黑，就漏了底。他們看見一個畫面從洞底滑出來。以為是定格的照片，沒料到像是電影，生動演了起來。

怕朦雙氏又要問什麼是相片、什麼是電影？吳可莊快速說了下去，忽然間蟬聲變真實了，不是一隻、兩隻，而是一群蟬，「咧咧咧」飛過來，還灑了他們滿頭尿。後來，從那個漏開的、黑的暗底，風獅爺出現了。

風獅爺臉上漲紅，見眾人盯著祂，想起昔果山做醮，廟前搭戲台，戲子登台演戲，大約就是這般。祂抓抓獅耳說，祂未曾看見什麼黑的、亮的洞。祂站立昔果山，面對海邊，專注聽著每一個走向祂的信眾。祂聽得專心，仔細判讀來的是誰、來祈禱什麼，祂聽得專注，後面的步伐聲遲遲不進，祂與聲音形成了一種對峙，風獅爺忍了許久，終於回頭看。風獅爺的後頭不是昔果山，而是兩兄弟跟祂說，祂正在天梯上。

朦雙氏忍不住插嘴，天地大，凡事不能盡疑、盡信，你看，龍虎獅都兜一塊了，還一個沒有頭的巨人；重點是，怎能說喊就喊，多暢快？朦雙氏性愛吵鬧，登上天梯以後，每次激烈爭執都被消音，無趣極了，想趕緊知道可以大聲說話的法子。

風獅爺想了想，毫無頭緒，看見吳可端旁的漣漪，咦地一聲，輕輕擊掌說，剛剛漣漪寒暄離去時，祂背轉身子，閉眼，聽漣漪漸漸走遠。難道，女人的步伐一律暗，她們步伐輕，但是為何每踩的一步，都宛如寂滅。雖說，寂滅處，寸草都不生的，卻有美質在窮僻荒涼中，生出。但那是什麼呢？風獅爺想要掌握女人的步伐，讀她的故事。風獅爺腦海出現一個女人的步伐。她不是漣漪，是昔果山婦女羊母仔。羊母仔每走一步，便藏起一部分的羊母仔，她到底藏了什麼？何以羊母仔跪風獅爺跟前，祈禱喃喃，卻越說越暗。

風獅爺該聽人間音，卻解不了婦人的無盡暗，風獅爺多麼想代替羊母仔，看著那黑、承受那黑。祂吃、祂吞風、祂願意啃食人間的各種黑。祂想起羊母仔，為婦人而喊。朦雙氏忍不住插嘴，這一喊，真暢快，把應龍、窮奇都喊來了。說完，自以為幽默，看著老愛跟他鬥嘴的吳可莊。見他目瞪口呆，一旁的吳可端則驚訝驚喜，喃喃問風獅爺，羊母仔的模樣。一問又罵自己傻，整個昔果山村，只有他們的母親，叫作羊母仔。

兄弟倆拉著風獅爺，又笑又叫。叫聲大，被天梯淨了，只見兩人張嘴，無聲大笑。朦雙氏嘀咕，還是不知風獅爺何以大喊就喊哪。漣漪說，風獅爺能大聲喊出，似是不為自己喊，而替他人說。朦雙氏不相信。吳可端想，風獅爺聆聽母親，而達抵天梯，他與母親不過一陣腳步聲的距離。他望著看不透的黑。那到底是近還是遠？出家門、穿窄巷、過廟口，走到風獅爺座前，那到底能有多暗？吳可端迷路大山經年，抗異獸、擋孤單，以及漸漸荒老的信念，而今，神自故鄉來，且在不久前，剛剛見過母親。吳可端激動難耐，再不高聲大喊，可能就病了。他聽到漣漪的說法，看著她，想起久違的母親。若吳可端是漣漪，見著母親，她能說什麼、最想說什麼？漣漪最想跟吳可端，一起喊聲「阿母」。吳可端意到聲到，一句吐盡無限距離、無盡思念的「阿母」，被吳可端高聲喊出。

吳可端證實風獅爺所言不假。朦雙氏大樂。女朦雙拚命揣摩男朦雙所思、所願，男朦雙也辛苦想著女朦雙所祈、所求。他們身體黏一塊，心，分隔良久，朦雙氏上天庭，正為了求稟天帝，分隔他們。男朦雙以為掌握了女朦雙，大聲喊，天梯不留情面，照常沒收。女朦雙瞧得呵呵笑，暗忖必可搶在男朦雙前，喊出聲。卻也沒有。他們洩氣極了，不懂為何吳可端一試即成。

有了應龍、窮奇跟風獅爺幫忙，刑天負擔減，爬天梯的速度更快。吳可端看見應龍再願意飛，建議祂與窮奇，何不先飛天庭？應龍微笑搖頭。祂對天帝無所求，甚至擔心黃帝見祂，將羞愧難自容。祂笑自己多想，從來的帝王，都不是凡心可解的。

登天梯眾人，有各自心事，都快樂、雀躍。唯有朦雙氏悶悶不樂。他們暗地注意吳可端與漣漪。他們不多話，常憑眼神就懂彼此。他們身體分隔，心意相連。朦雙氏想起很久很久以前，當他們是兄妹、是夫妻時，也是這般。直到他們死了，又活了，發現彼此連在一塊。他們抬高腋下，不死草如玉蜀黍，像一個小綠人，歇在他們醜陋的腋毛中。皺折深、積垢多，他們怪責彼此，讓腋下多了汗酸，不死草不只不死，它還不說，默默抓牢他們的命運。

朦雙氏想到，他們只在初初復活時，感謝上天造化。他們的感恩，何其短？就算不死草緊緊跟隨，不過是種黏附，而不是陪伴，連提醒也不是。男女朦雙想到此，心頭螫了一下。男女朦雙面面相覷。曾經，他們鍾愛彼此，到頭來卻互相憎惡，男朦雙鼓起勇氣，握著女朦雙，握著妻子的手。他已許久不曾稱呼她妻子了。朦雙氏羞愧難當，但沒有人注意他們。他們的後裔，中朦雙、小朦雙、幼幼朦雙等，跳上刑天的手掌，被舉高到上一個枝椏，他們一一跳下，不能吵、不能亂，誰知道天梯的下邊，是人間還是地獄？

應龍搭載吳可端、漣漪，飛上去。吳可莊跨上窮奇背，彷彿那是他的座騎。風獅爺吸一大口氣，身體漲滿，飄飄高，如一顆氣球？氣球，什玩意兒呢？你沒聽吳可莊說嗎，二十世紀很夯的玩具，小孩拿氣球耍，王公貴族乘熱氣球飄，小孩萬一遺失氣球的線，只能哀嘆看著氣球飄啊飄，飄上天。熱氣球卻必須收了線。它在天地間移動。它的移動漂洋過海。它介於天地之間，也好像一個天梯。但是吳可莊又說，二十世紀的人還有直昇機、飛機，飛得比氣球更高、更遠。

它們再怎麼高，卻高不過天梯。你怎知道？爬這麼久，可見過氣球或飛機？無論是灌空氣的、或是裝汽油的，都能飛，但都飛得有限。這是朦雙氏的結論。朦雙氏笑得喜孜孜、甜蜜蜜，還好，都沒有人看見。刑天伸出巨掌，朦雙氏率先跳上，中朦雙、小朦雙跟上，刑天慢慢舉高他們，沒有風的吹搖，沒有手的顫抖，而是一股溫柔，穩定著，在祂掌心中每一個人。

朦雙氏初始畏懼刑天，熟悉以後，不再害怕，一直當祂是個乘載的工具。朦雙氏沒搭過熱氣球、飛機，但他們知道，再沒有一種搭乘，能與刑天相提並論。朦雙氏踮腳尖，探頭望，他們看不見刑天。刑天早沒有頭了，他的臉，劃在胸膛上，瞠雙乳為眼、壯肚臍為嘴。祂的胸膛，沒有表情。

朦雙氏曾聽吳可端說，刑天善音律，他們現在所聽到的，暗暗但藏不住的硄搭搭、硄搭硄，就是吳可端曾經描繪的〈豐年詞〉、或是〈扶犁曲〉？

若天梯有階，從登第一階開始，刑天已默默以樂音祝福眾人，而成為他掌心的溫度？朦雙氏看著來自二十世紀的吳可端、吳可莊，莫名兜攏的龍、虎、獅，都是一種極端，然而，最大的極端卻是他們：男朦雙跟女朦雙。朦雙氏看著環繞他們的後裔，想到不曾為他們唱過任何一首安眠曲。

刑天高峻，唯有被舉高了，才有機會俯瞰。朦雙氏看著祂的斷頭。黃帝昆吾劍劃過的傷痕，已不存在了。祂綑紮的傷口結成肉球，凹凸不一，毛髮、苔蘚、塵埃，讓祂的切面，依稀有了輪廓。

男朦雙握著女朦雙，他們一起看著刑天的斷頭。越看，越覺得它像一張臉。

人間門

吳建軍手凝力、眼專注，半矮著身，朝三合院屋頂擲。胭脂餅劃了道弧線，掉在屋瓦。胭脂沒有不同，投遞出去的力量不一，弧度也就不一樣。母親說，祈願大，胭脂就能拋上天，投給七娘媽用。小吳建軍半信半疑。偷偷摸走板凳上，姊姊跟弟弟該丟的胭脂，握緊了、唸牢了，胭脂拋空，沒入漸起的晚霞中；人間與大自然的粉妝，混成一色。吳建軍一度以為，真飛上天了，待聽到胭脂落屋瓦，嘎嘎響，才知道今年仍沒把胭脂扔上天。只好，等明年了。

許多個明年，到了。吳建軍力氣變大，可扔得更遠，但吳建軍不扔了。吳建軍七夕時返鄉，見堂嫂祭祀七娘媽，想起小時候不僅虔信七娘媽，也相信灶君、雷神。有許多次不信邪，手指月亮，隔天耳背被嫦娥仙子，拿刀割裂。小吳建軍洗澡時，挨挨叫，疼哪疼哪，神不單是回應訴求與祈禱，祂也會生氣，給人間臉色。小吳建軍當然信神，住家內外，到處都是神，土地公、床神、火神、城隍、風獅爺、厲歸……

堂嫂中年逢產，怯生生喊小兒子出來扔。堂嫂懷孕時，驚慌莫名，都過了四十五，還生小孩，羞死了。堂嫂掩肚皮，照常出海下田。直到鄰居發現那不是胖，而藏有另一個心跳。小侄電視沒關，快步出、撿胭脂，嚷嚷地說扔哪兒扔哪兒？吳建軍想，是了是了，堂嫂自蓋透天厝，沒了屋頂。堂嫂也急了，隨便隨便，心意到了，七娘媽有保佑。

小侄扔了兩只，一朝透天厝，力不及上三樓平台，病懨懨跌地，碎作幾塊。小侄見狀，慘叫一聲，另一只投向屋外，落在不遠的草叢內。吳建軍忍不住說，別丟，看電視去吧。小侄一聽，滿臉欣喜，回去看卡通。

吳建軍與父母搬遷台灣後，許多習俗不見了。不再作發粿、蒸年糕，不再祭祀七娘媽。吳建軍每想起這個中斷的習俗，惆悵無比，少了母親的祭祀，七娘媽在無垠宇宙，可安好如昨？可還有胭脂抹？漸長，漸發現民間習俗，充滿人與神的悲憫。無論如何，七娘媽都已經是神了，但人間仍心疼七仙子與牛郎一年只有一會。人們看著神苦，人心跟著痛，而憐惜地祭祀。小吳建軍少理會這些，但在七夕那晚，他貪涼，睡枕庭院，遙看喜鵲連結成橋，不禁想，壯觀星海中，會有一顆星是母親的慈悲，會有一顆，是他投出的胭脂嗎？

堂嫂怪他，怎不讓小侄投完胭脂？吳建軍苦笑，剩下的他來丟。堂嫂微笑瞅著他，吳建軍手拿胭脂，不好意思投。輕咳說七娘媽住不慣透天厝，他去舊家扔。

七夕後，小吳建軍常架樓梯上屋子，躡手躡腳爬屋頂，找胭脂。有幾塊還在，數量總是不對。二伯母看到了，嚷著說爬那麼高做什麼？採破屋瓦就糟糕。二伯母嗓門大，為了不讓她繼續喊，小吳建軍趕緊下樓。

小吳建軍以及吳建軍，都喜歡祭祀。小時候喜歡，是因為長長的苦日子中，必須透過神，才暫得不苦。初一、十五過於家常，未必加菜慰藉，而必須寄望難得的廟會跟祭祀。做醮是村內大事。家家戶戶於廟前擺上自家板凳，擺滿雞、鴨與魚。村落不過數十戶，數十條板凳的祭祀，終讓雞、鴨、魚等，蔚為喜色大海。為搭建戲台，供歌仔戲與布袋戲演出，做醮期間，村民拆大門、搭戲台。沒有大門，家家戶戶虔誠迎神，無論是《樊梨花移山倒海》、《薛丁山征西》，眾神與村民聚精會神，相偕看戲。神聞萬家香、人嚐人間味，天地一方，在燃不盡的三炷香中，各司其職。做醮完結，村民拆解戲台，迎回自己的門。這扇門，曾為天神的戲台。

堂嫂興致好，晚餐後，進臥房取相簿，翻閱照片。照片都有歷史了。黑白照、彩色照，數位時代以後，照片就少沖洗，二十一世紀以降，照片漸稀少。他看見佩佩的照片。她的小時候，吳建軍的長大後，一九八七或一九八九年，吳建軍帶相機返家，於堂嫂家的傍晚，斜陽進屋，照亮佩佩的半張臉。佩佩恰來得及長大，但來不及有未來，高中畢業，到台灣從事美容業，感情結難解，被男友殺害。吳建軍刻意翻快有佩佩的照片。堂嫂卻按住相簿，一張一張看，也看佩佩。說她個兒小，若有機會再長大，也高不了幾公分。堂嫂的雙眼瞇成一條線。吳建軍看著堂嫂，毋寧說，是看著那一條線。在那條線的後頭，佩佩可能還在。佩佩肯定是在的。堂嫂忘情凝視，忽抬頭，湊上微笑，說她常夢到佩佩，有小時候模樣、有嫁人以後懷身孕的。吳建軍與堂嫂面對面，發現堂嫂睜眼微笑，雙眼依舊一條線。瞇著瞇著。彷彿佩佩的走，也帶走了她身為母親的眼珠子。

線後的世界，吳建軍看不見，但堂嫂說它、想它，想跟吳建軍說，它們在。

吳建軍得趕緊離開佩佩。越是這般，佩佩越黏。她拉著吳建軍，嚷著叔叔，到我家吃飯。二堂哥與三堂哥的孩子更多。她們拉著一九八七跟一九八九年回鄉省親的吳建軍，到他們家晚餐。吳建軍像

格列佛，為一群小手、小腳推移著。佩佩急了，嚷啊嚷。她聲小，吳建軍的漂移像湍流，擠過她、壓倒她。佩佩不示弱，高喊叔叔、叔叔。吳建軍吃一驚。堂嫂專注看照片，小侄看電視，堂哥新聘為駐海安全人員，守禦沙灘，在外頭拍散褲管積沙。沒有人喊吳建軍。是他自己喊自己。

吳建軍移了移位，有個東西滾出口袋。小侄眼利，七娘媽的胭脂，滾到地上了？吳建軍傍晚說要扔，跺到老家卻忘了。堂嫂說這樣不行，七夕就要過了，得到老家，焚幾炷香，鄭重把胭脂扔上天。小侄搶著說，要去自己去，這麼暗，他不去了。堂嫂嘟噥，道吳建軍從小記憶好，怎會忘了。傍晚，吳建軍回老家。老家沒鎖，門一推就開，卻不是以往的木門，而改鐵門。吳建軍記得曾拍下門板的照片。上頭壓釘著門牌「昔果山七號」。有一段時間，大門收置在三合院旁的柴房中，斜斜立、懶懶貼，彷彿它站累了，靠著牆休息。門板不在柴房中，哪兒去了？吳建軍問堂嫂，她也不知道。

快十點。在台北，這算早，在金門也不算晚。夜，在金門越來越短。宵禁時代，夜非常長。夕陽落，晚霞收，就是夜了。

嫂、弟兩人走進老家。吳建軍提到上回歸鄉，醉臥老家，趴在桌上睡一晚。堂嫂罵他膽大，莫再多喝了。吳建軍反駁，在自己家過夜，哪有什麼大膽小膽。堂嫂說，老家很久沒有人住了。而且，爺爺、奶奶、大伯與二伯夫婦，都在老家過身，吳建軍哈哈笑，說他、堂哥跟兄弟姊妹，不也都在老家出世。

吳建軍掏出胭脂五、六塊，擺案前，堂嫂俐落燃香，吳建軍舉胭脂過額，它們不再是人間製品，而是訊息，預備拋給天。吳建軍曾多次於農曆四月返鄉，參加後浦迎城隍。城隍非金門先賢，是宋仁宗寶元年間的進士蘇緘。宋神宗熙寧年間，蘇緘任雲南邕州知州，南方的交阯入侵，蘇緘率軍民固守，不久城破，蘇緘闔家自焚而死。宋神宗感於蘇緘奮戰而亡，諡號「忠勇」，後來，交阯再攻入桂州，宋軍不敵，節節敗退之際，見大批宋軍兵馬一波波湧進戰場，兵士邊殺敵邊喊「蘇城隍督兵來報仇」，一舉打敗交阯。蘇緘，宋朝人，他的忠義過千山、渡時空，來金門當神，人間的英勇，卻有著神界的威望。

迎城隍是金門重點民俗，政府與民間合心，遞傳承，也傳新意。漳州、福州，連武當山的神，都會師金門。吳建軍望著自家案前三炷香，好奇在他看不見的、聽不著的夜空，眾神聊前塵、談今事，回憶舊時光，以及更舊的時光。也許，還聊到當他們還不是神的年代。秦漢魏晉、宋元明清，他們安於一個農村或一座城市，也祭祀天公伯仔與七娘媽。若眾神閒聊，童年或許也是話題，因為在過了童年純真以後，他們發覺世界純真者並不多見。蘇緘與眾神，為人間留一炷純真，所以人們得舉香過頂，承認人間與人心，終有一點不足。

吳建軍手持胭脂，如小時候，走到中庭，扔上屋頂。力道再強，不過是人，人心忘了神，人力又豈能登天？吳建軍振右臂，胭脂拋高，難道力道大，越屋頂，落到後頭的木麻黃，所以，遲遲未聽胭脂落地？客廳燭光淺。一左一右，淡淡佇立神案兩側。客廳靜謐深。分前分後，後頭是神、是列祖列宗，前面是中庭、是吳建軍。燭光移映，他張大的嘴臉像鬼，堂嫂遲疑看著他，不知他在搞什麼鬼。她走到中庭，抬頭喃喃說木麻黃，樹一棵，金門滿滿是，有什麼好看。說完，警覺到許多年前，維修老家橫樑，樹被工人砍伐了，怎還有樹？

兩人寧可相信那是光影莫名，幻化成樹，怎能有一棵樹，白天不見，夜裡來歸？兩人相視一眼，從來只聽人死而為鬼，沒聽過樹死而為妖！堂嫂訥訥說，會不會是雲？吳建軍納悶，雲若長成一株木麻黃，風過咻咻響，不成妖了？晚餐時，他們都喝了些高粱，卻不可能醉。堂嫂慫恿他再扔一塊胭脂試試。吳建軍摸索手中胭脂，奮力拋。吳建軍下午遍尋不著的門，忽然掛在樹梢，只不確定上頭是否掛著門牌。胭脂即將擊上大門時，門忽然打開，胭脂失蹤影，了無聲息，不知真的拋上天，還是掉入妄想。

門開處，兩人看見一道熟悉的背影。身軀厚、鬃毛豎，不是廟前的風獅爺，還會是誰？廟前的風獅爺，朝向海；門後的風獅爺，眼前沒有海，卻比海更深更寬。祂的眼前，黑無盡、墨無光。吳建軍想起醉臥老家時，曾在夢中撞見風獅爺。當時，他走近風獅爺，見祂的口中的定風珠，無力自轉。唰唰唰。風獅爺跟他說話。吳建軍大驚，儘管疑在心頭，卻難與他人說。這回，有堂嫂為證，證實他不是作夢。堂嫂低喊一聲阿娘喂，抓著吳建軍，轉身就跑。

吳建軍不讓她快翻過這一頁，伸食指到嘴唇，促她噤聲。他們聽見門的後邊、風獅爺的前頭，遠遠有人喊著「……阿……母。……阿母……」。

堂嫂忘了恐懼，自言自語，佩佩在喊她。堂嫂的眼，瞇成一線，此刻光亮乍現。她的心肝佩佩果然沒死。說著，就要架樓梯，爬屋頂，闖進那扇門。他們這時才發覺，不知何時，兩人輕飄上，站在風獅爺後，離地不知是兩層樓高，還是兩里遠。

吳建軍見堂嫂心神亂，握她手，捏她掌心，分辨說那叫喊聽起來，像阿母，又像羊母……堂嫂說不管不管，她一定要找到佩佩。他們想，離地這麼遠都摔不死，往前走也不會有事，走著、跑著，始終搆不著風獅爺，彷彿神再怎麼慈悲，與人始終分隔兩界。

吳建軍與堂嫂不知追逐了多久。也許一天、也許一年，他們氣喘噓噓，卻不願放棄。風獅爺究竟看著什麼呀，知道他們在後頭追趕，並不回頭等，或拉他們。堂嫂快六十了，喊說休息，別再追。他們不追，風獅爺也不飄移，定定看著前方。前頭路，比宵禁還暗，能有什麼光？能有什麼景？堂嫂跪著喘息時，吳建軍看著風獅爺的凝視處。暗中，不只是暗，而有暗暗的影，在前邊移。一旦看見暗影，它們就不暗了。吳建軍以為暗處盡頭，是一株木麻黃，卻從未見過如此巨大的樹。樹幹寬好幾公里，樹身筆直，吳建軍看不著樹葉，無法辨識那是什麼樹。他看見一隻手掌從樹底下伸出來。平放，跳下許多奇怪的連體人。兩個少年，分別騎著龍、跨著虎，從下邊飛上來。騎龍而坐的少年，身後還坐著少女。連體人數十個，跳下樹幹後，巨掌搆著樹幹，巨人爬上樹。沒有頭的巨人，前胸乳的位置，瞠開兩隻眼。吳建軍嚇壞了，扶起堂嫂，急切地說，妳妳妳……看見了嗎？

堂嫂反問吳建軍，你聽見了嗎？連體人、以及那對男女，說他們要登天梯，找天帝。

吳建軍看見，也聽見了。他們遠遠看過去，像兩團光，他們的聲音，在很早很早以前，當他病了、睏了，耳畔便有細碎，便有光影。吳建軍問堂嫂，認得那兩個少年嗎？堂嫂不認識，覺得他們與吳建軍很像，改口問，若吳建軍就讀國中的孩子，長到高中，該與他們非常神似了。

吳建軍忽然想到，難道那是他睡夢中見過的哥哥？母親說，他們生下不久就死了，難道並未早夭，

而與龍、與虎等神獸，結伴爬天梯。難道他們就叫作吳可端、吳可莊嗎？

吳建軍往高處看。暗處隱、暗處亮，樹身往上、再往上，依稀可見宮殿樓宇。彷彿宮崎駿的天空之城上，不知道是什麼樣的力量，把故宮或紫禁城，蓋建其上。樓後紫光做，如一只扇，岔開、分散、拍動，拉得極遠，滿滿整宇宙。他想起蘇軾云，天上樓閣大約就是這樣吧。樓閣有時近，不過就是巨人的高度，等他們爬上，又忽然變遠。樓有時候遠。吳建軍雙眼瞇成線，又皺成一條限，才在視線的極限，看見樓閣。樓搖搖欲墜。有時候乾脆倒了。紫光本散向八方，這時反從八方收攏。吳建軍吃一驚。樓倒、光散時，巨大的樹、大哥二哥口中所稱的天梯，從頂端漸漸枯萎。他們不知道。龍、虎跟巨人也不知曉。仍一貫往上爬。

吳建軍看見大哥——是的，有什麼不可以，他是大哥，就是吳可端，牽女孩的手，朝人間、朝洞開的門，向著風獅爺跟他，喊著「阿母、阿母」。二哥，是的，有什麼不可以，另一個少年是二哥、是吳可莊，跟著喊「阿母、阿母」，聲音迴盪間。吳建軍激動不已，在他看不見、聽不著的所在，他的兄長努力爬天梯，只為了登高，喊一聲「阿母」。吳建軍想呼喊回應，但總不能跟他們一樣喊「阿母」，而喊「喂」又沒禮貌。有什麼不可以，就喊「大哥」、「二哥」。吳建軍拱雙手高喊，沒料到聲音一出，瞬間默了。試了幾次，還是這樣。堂嫂氣息歇，吳建軍看見的、聽到的，她都知道了。堂嫂想起三嬸、吳建軍母親，少婦時曾孕兩兒，卻都不幸夭折。比起他們，佩佩還幸福多了。她應吳建軍要求、也應自己希望，站起來喊。她希望那幾位好心人，能跟她說看見佩佩了。堂嫂喊著「阿弟、阿弟」。樹那邊，竟然回音，「阿母、阿母」。

嫂、弟兩人俱興奮，巴望著他們回頭，多看一會兒、看深一點，堂嫂再大喊「阿弟」。「阿母」，又有了回聲。吳建軍看向大哥與二哥，他們騎龍、跨虎，飛進上一層枝幹，巨人高舉手，當連體人的升降梯，並不見天梯那頭，誰往這兒喊。吳建軍發覺，雖然他喊聲沒能傳出，但他每喊一回，樓閣的模樣更清，依稀視訊調準了頻道。紫光扇狀而出，一波強過一波，滿滿星空，更勝鵲橋。他喊、堂嫂喊，這下，他的高喊都有了回音。

吳建軍慢慢地覺得不對勁。大哥等人，爬梯不停步，沒人喊，哪來回音。而且，「阿母」的回音，不從天梯來，而低低地，從下邊傳。吳建軍不捨得抽離視線。他們不知道什麼因緣、得克服多少險惡，才可結合人、神與獸，結伴登天。天，吳建軍從風獅爺後頭瞧、從人寰俗塵望，它在萬雲上、它在群星下，它莊嚴，它脆弱。人們拜神，舉香過頂，承認人心終有不足，而天，忽隱忽現，可曾知道自己的不足？若不知，豈不辜負爬上天梯的人、神、獸？吳建軍心裡一陣酸。

「阿母」的喊聲又傳了上來，吳建軍終於忍不住低頭。這是誰？難道大哥騎龍來了？望向天梯，看見龍的尾巴捲入雲，虎的火紅雙翼藏進樹。吳建軍眨眨眼。小侄怎麼也來了？正口口聲聲喊阿母。原來「阿母」不是天梯回音，而是小侄喊著堂嫂。

吳建軍愣了愣。手中還握著沒拋擲的胭脂。屋後沒有木麻黃。沒有門板。沒有風獅爺。

吳建軍與堂嫂午夜未歸，堂哥帶孩子到舊家，看見兩個人咿咿呀呀，朝屋後的天空喊。堂哥已準

備好一盆水，他說再叫不醒，就要潑上去了。嫂、弟倆，問父、子倆，可看見了屋後的天？堂哥沒好氣地說，只看見兩個瘋子。

吳建軍後來的計畫，被堂哥當作瘋了。吳建軍常返鄉，積極參與昔果山社區事務，雖未擔任董事、監事等職，但參與社區會議。吳建軍首先說服堂哥，接受他的建議。仿古製、家家戶戶拆門板，搭戲台。堂哥帶他到廟前，指著前邊鋼筋構造的戲棚，踏上階，學戲子踩方步，捋著看不見的鬍鬚、騎著看不見的寶馬，大喊，本將去也。堂哥不當大將，做回堂哥，於台上大跳幾下，戲台已蓋好幾年了，穩固，下雨不憂水淋，還起什麼古早戲？

吳建軍長嘆氣。多年前吳建軍偕友羅秀芝、李偉文，縣府代表李廣榮，於廟前與村民開會，希望透過社區營造，給昔果山未來。昔果山花生聞名，眾人說，昔果山可塑造為「花生的故鄉」。昔果山多紅壤，土質酸，一九五〇年間，胡璉將軍督導國軍運來鹼性沙土，中和土質，昔果山成為可耕種的旱田。土的酸鹼變，性格卻沒改，黏稠、堅實，花生、玉米或高粱，必須用盡芽胚裡的最後一口力，方可掙扎抽綠。花生細小堅實，彰顯它的土地個性。但要說昔果山是「花生的故鄉」，真是說不了口。相傳昔果山先祖是海盜，改造為「海盜王國」如何？地方父老一聽，神猶豫、色驚慌，繼而忿忿大罵。社區營造會議因此草草作結。

藝術家羅秀芝商得堂哥同意，若申請文建會的案子過了，願意讓蝗蟲、螳螂或蟬的大鋼雕，焊在他家上頭。吳建軍提到會議與羅秀芝，堂哥都記得。社區與外人開營造會議，那還是頭一遭。羅秀芝沒把鋼雕掛上堂哥家屋頂，但把兩岸、歐美傑出藝術家的作品，擺設中央公路兩旁。堂哥見過那陣仗。路沿路、樹接樹，路與樹的接縫處，鋼雕或蟲或動物，或者不可解的線條，排滿馬路，從中經過，宛如閱兵或星光大道。只是不鋪紅毯，改鋪樹與雕塑。《金門日報》、台灣平媒與電視，紛紛報導。堂哥說不出來那是什麼玩意兒，但想到其中一具，本該架在他家屋頂，不禁嘖嘖哀嘆。

吳建軍接著說，搭戲台做什麼呢？不純粹演戲，要營造為昔果山的重點活動，親像花蛤節。堂哥眼神一閃，你是說親像迎城隍？吳建軍擊掌，稱堂哥頭腦轉得快。堂哥長吳建軍十來歲，但堂弟從小功課就好，別人靠鋤頭翻土，不如他拿筆掘沙，面對堂弟稱讚，喜形於色。

社區會議時，吳建軍提到，把搭戲台、演大戲，包裝成文化活動，必能活絡昔果山。村民聞、紛搖頭，那能有什麼用呢？有用啊，吳建軍本想接口解釋，堂哥接下話，有用，怎麼會沒用。卡早窮，做醮迎神，大家拆門板搭戲台。這樣的一齣戲，豈只一齣戲？百姓空大門，給神走、也給人過。我們捐門給神，還需要什麼門呢？

現在不一樣了，堂哥語氣激昂。蓋鋼筋戲台，方便迎神、戲神，但是神，不是簡簡單單，就請得了來。參加會議的委員都五十開外，堂哥的敘述勾動回憶，有人說，卡早按呢，真趣味。有人講，他跟大哥都不看戲，跑到後台看戲子換衣。大夥呵呵笑，追往事。往事追不著了。年花甲、殘歲月，有人輕嘆氣，都過去這呢久，想起，親像昨日的歹誌。吳建軍跟著惆悵，堂哥忽拿出會議紀錄，來，趕

早簽簽欸。有猶豫沒簽，大部分都簽了。堂哥與吳建軍閒聊一陣，走出活動中心會議室。

吳建軍長呼氣，看著堂哥，想說些什麼時，堂哥說堂嫂什麼都說了。堂嫂自從與吳建軍，投胭脂擋鬼便夜夜夢話，喊著趕緊爬喔，阿龍、阿虎跟弟弟。大人，你就要顧好小朋友。要是有看到佩佩，趕緊轉來跟她說。威武的龍虎神獸，變成阿龍、阿虎，吳建軍偷偷笑。堂哥不解，「大人」跟「小朋友」是什麼啊？「大人」是沒有頭的大巨人，「小朋友」是數十個身體相連的人。堂哥聽得目瞪口呆。

案子過了，搭戲台終於有譜。堂哥說社區經費有限，吳建軍草寫企劃書，遞社會局，轉文建會。文建會後改制文化部，經費核發，雖不多，但總能成事。吳建軍預定中秋月明，搭戲台。他遞寫計畫時，走訪村落，調查門板。有放置倉庫，商借無虞；有同吳建軍老家一樣，時日久了，被人遺忘，門消失，像自己跑掉。有些人家，還用舊大門，村民疑心，這年頭與卡早不同，拆門給神過，誰知鬼仙鬼怪，會不會來？吳建軍橫了心，借了、拆了，送全新鐵門。村民有同意，有的說，換鐵門，怕祖先半夜回來，不知曉開門。

昔果山人丁薄，一九五四年九三空戰後，村民遷徙台灣，一九五八年八二三砲戰，遷徙者更多。村民們，門關或沒關，就走了。屋沒人住，倒得快；門沒有人看、也看不了人，跑得很快。清點數量，不過十來副。堂哥知道吳建軍與《金門日報》熟，建議發新聞稿。吳建軍半信半疑，寫了新聞，表明搭戲台迎神，欲商借住戶大門，留了電話跟地址。

隔天，電話響，吳建軍與村民驅車往溪邊、大地、料羅等，載運門板，樂觀期待幾天後，當能募集所需門板。車進廟口卸物時，吳建軍等人吃一驚，各村居民讀了報，不麻煩吳建軍運，自個兒載來。吳建軍估計，若舞台小一點，五十具足矣；大一些，就六十、八十。堆疊廟前的，許是三百、五百。吳建軍驚疑不定，貨車噗噗噗開進村頭，卸下載運的門。

古寧頭李姓中年人跟吳建軍說，他阿嬤有交代，有句話一定要跟吳建軍說。阿嬤說，你真傻。吳建軍一愣。中年人的話還沒說完，吳建軍以為要轉述阿嬤「傻人有傻福」之類的祝福，但是阿嬤又說，世間事，有些款歹誌，愛傻、愛真傻，才做得到。

門板數量天天增，一落落堆廟前，二十具一落，彷彿行軍的營帳。一天，來了遊客。昔果山乏名勝古蹟，幾無遊旅景點，問他們做什麼，他們說來看「門」。飛機降落時，他門窺見跑道旁、廣場上，門板堆疊，以為是地景藝術。吳建軍與堂哥不知道廢棄的門板堆一堆，就很吸引人，堂哥調侃，戲別演、台別搭，門板湊合湊合堆，就可以社區營造了。

遊客一聽堆聚門板的由來，神情更驚，都說等戲台搭好，再來看戲。遊客拍了門板，遊憩各村，發覺許多人家都沒了門，一問，才知都運到昔果山。遊客於臉書發訊，「金門，家家戶戶拆大門」。等到大批傳媒開進昔果山，吳建軍才知道事情發展。為什麼拆門板？為什麼搭戲台？在門板上演戲，安全無虞？吳建軍自幼患有嚴重口吃。說的不成，吳建軍以文字代語，誰知寫出小名堂時，正值台灣文學勃興之際。記者連這一條也追到了。寫作可以治療口吃嗎？有沒有什麼撇步？

吳建軍看新聞，發現自己偶有結巴，但不嚴重，三台、民視、東森、中天、三立等，紛紛報導，某家電視台錯估形式，沒搶對第一時間，特地專訪吳建軍。吳建軍該說的都說了，推給堂哥受訪。記者們結論，二十一世紀了，還有人秉信神，堅持人心必須堅，才能與神、與天說話。有位記者引用了古寧頭阿嬤的話，按呢做，要傻、愛真傻。

吳建軍父母知兒子回鄉，搭戲台，演古早事。卻不料演戲演到上電視。吳父囑咐，門跟誰借了，事後都要一一歸還。若有損壞，都得修好了。吳母說演戲酬神，要問一問神，要看哪一齣。社區委員會又驚又喜，嚷著說，哪ㄟ變這大坑。堂哥代處理金門縣政府、文化部追加預算等事宜，堂哥的大女兒代辦企業捐贈，尤其是旅台傑出企業家王水衷、李台山、張群釗、張輝明、洪玉芬、楊筑君、辛志鵬等捐助。吳建軍內心打鼓，父母不斷來電關心，不如接了來，幫忙監工。

遊客聽聞「金門，家家戶戶拆大門」，訪踏各村，看見有些人家，真拆了大門，拍照上傳，讓臉友按讚。看見大門還在的，質疑說，怎麼沒拆了，去迎神？吳建軍雖發聲明，門板量已足，可門板繼續運來。還有人，從澎湖、台灣，空運門板到昔果山。吳建軍動員農閒的村民幫忙，但事務繁複，幸縣府出面，召開多次會議，委請金門文化局代辦演出戲碼、交旅局協助公關接待；搭台演戲，陣仗好比迎城隍。

秋節月圓前，正是農曆七月鬼門開。今年，開鬼門，也開神門，民眾迴響熱烈，赴金旅遊，只為了進昔果山，與數不清的門板合影，有的則與空門拍照。沒有門的家、沒有門的村落、沒有門的島，它們空下了門，未知神真否來了，卻迎來更多的人。名嘴不一定真的走進這座空門，但趕進趕出，於節目上秀著記者拍回來的照片，分析為何民眾要拆門搭戲台。名嘴熱熱鬧鬧地爭論俗民文化，以及二十一世紀的頂空，不只火星、冥王星，還有天神、天帝。是的，往門裡看，看到什麼了？廳堂、桌椅、電視、香案、列祖列宗……，門一關，什麼都看不到了。

媒體越關心，事情越大條，吳建軍事情越少。吳建軍赴機場接父母，遊客湧進村頭。有人眼尖認出他是吳建軍，要求簽名。連吳父吳母也得簽。兩個人的字，歪歪斜斜，吳建軍想起母親以前還能寫信給大姊，現在「許」的右邊該是「午」還是「牛」，都分辨得辛苦。吳建軍想，只不過一個含著頭，一個出了頭，就這般難解。吳建軍忽想到早逝的兩個哥哥，不就是「午」與「牛」，只能在半夜仰著頭，爬天梯？他們早晚會爬出來，當一隻牛，知道他們的親娘，姓「許」。

吳建軍遵照父親指示，為門板造冊，厚厚幾十頁。門板，堆廟前與房厝空地，昔果山如一個大廢墟，拆了門，疊了更多的門。遊客像海潮，夜深而退。吳建軍偕父母靜坐老家，吳父說起吳母小時候，與大舅、二舅嬉戲，兄長以舊門板抬她，揚聲喊羊母、羊母，誰要買羊母？吳建軍知道這故事，但讓父親繼續說。他走到中庭，看著老家屋後的天空，期待後頭有樹、有門。吳父說，羊母仔成為母親的小名，本來該叫什麼名，就沒有人記得了。

他們走進夜裡的門。門，如戰爭的營帳、祈福的敕包，也像諸葛孔明的八卦陣。門與門之間，堆疊得毫無間隙，卻也留著好大的空間，在門與門之間、在人與神之間。過了今晚，門不再堆疊，該走

什麼方位、該留在哪一種方向，都交給神的戲台。

吳母忽然問，這麼大的事情，敢有說給神知道？吳建軍搖頭說忘了。父母輕聲責怪，帶吳建軍進廟，燃香三炷，訴眾神。吳母看著吳建軍，他不知所以，吳母輕聲說真傻咧，趕緊跪下。吳建軍跪下。彷如他年小，祭拜時，巴望著桌上的好菜，偷瞄紙廟中的七仙子，看哪一尊最美。吳母移到吳建軍身後。舉他的手喃喃說，弟子吳建軍，今啊搭戲台，迎神，祢就保佑事事順利。

父母再燃六炷香，出廟，走向風獅爺。廟與風獅爺，不過十來公尺，此時門板堆砌，猶如迷陣。料來，世人尋神，必也得經過層層堆疊的門。

三個人，不只是三個人，尤其在繞過門、繞過了營帳與敖包以後。風獅爺巍巍站立，面對海，專注聽著每一個走向祂的信眾。祂聽得專心，仔細判讀來的是誰、來祈禱什麼，祂聽得專注，後面的步伐聲細細貼；他們走著，也像飄著。祂與聲音形成對峙，繼而交融。祂漸漸睜開眼睛。吳建軍走得快，到了風獅爺座前。面向祂。吳建軍明白，面對自己的神，為祂想一個發語詞，是多麼困難。而今，他找來這麼多門，讓風獅爺看著門板上，世人為祂奉獻的戲。無論那門是開著或關上，破損的還是完好如初，只要有人想到了門，就有了聲音。

父母走得慢，各持三炷香，列左右、分前後，從暗影中來。他們手中的香，耀映著臉。他們從年輕，走成老人。他們想跟在風獅爺背後，巴望著能與風獅爺並肩，窺看神……

他們不能。他們只能祈禱眾神，讓吳建軍跪在風獅爺的神駕前。

吳建軍望著眼前黑暗與冥冥，默默祈願，大哥、二哥，一起跪下吧，你們未曾拜過神，也不曾拜見父母。

戲台，就要搭好了。不知道他們，會從哪一扇門來。

跋／凡人的肉身

很久以前，在某評審場合結束後，氣氛暖洋洋，不適合政治、不宜征戰，最好懶懶挨著椅子坐，享受一杯咖啡與時光。評審後鳥獸散，是極自然的，那一天沒有，大家湊合著說話，忽然聊到紫薇、星座、塔羅，以及生命靈數。

作家好整以暇地抽出A4紙張，看了我一眼問：「出生年月日？西元的。」

作家畫好九宮格，東加西減，得到一組數字，作家狐疑雙眼圓睜：「擁有這組數字的人，該灑脫、

自由、豁達，常理與定規都不能拘束的……」

我對不起這組數字，或者我背叛它們，還一個可能是，它們根本不屬於我？有種掩了很久的秘密，終於被掀了的尷尬。那時智慧手機未興，我打了電話請朋友代查，我的農曆生日對應的西元年、月、日。根據新生日，作家算出一組新的生命靈數：「對啊對啊，這才是你……」

我有個虛構的生日，為什麼呢？作家們懷疑，我也好奇。

後來許多回，大姊與大姊夫號召家族旅遊，多次夜宿他地，父母的心緒這才軟了，說出我有兩位早逝的哥哥，母親一度為此縫紉壽衣、購買農藥，張羅後事。

母親多年後，再產下男嬰的我，惡夢必也跟到充滿血腥味的床榻前。該記住我的生日嗎？我能活嗎？一名產婦不僅想到生，還得常常想到死。月餘後，當我順利存活，以我報戶口的日期當了生日。這個權宜之時，也是讓母親告別夢魘的日子，我虛構的生日，還是有它的意義。

大哥、二哥，葬於何處沒有人知道。一次與父親返鄉參加作醮，我問父親。他低頭尋思，很想找到當年夜裡葬兒的小路。父親未滿三十歲，帶著未及報戶口、未及有名字的孩子，只能倉皇逃離。

我很難解釋，那被逃離、被背棄的一切，怎麼來到我跟前？

寫完《火殤世紀》，我接著寫《遺神》，這本由十八篇短篇連貫而成的長篇。每一篇都耗費心血，我為構造的夷人厲歸而哭、為海賊蔡牽而泣、為金門身世而矜，我以為一生的寫作，將在《遺神》告終。

二〇一一年十二月某個假日，我搭乘首都客運二二六公車到信義區，赴場寫作分享。假日，信義區不該塞車卻塞車，我不愛遲到，都會提前，這回卻是非遲不可。我頻頻看錶。道路不管我心焦。依然慢、慢。

我克服焦慮，接受遲到的事實，打了電話跟主辦單位報備，然後憑窗發呆。就在此時，大哥、二哥，來找我了。他們提醒我，故事還沒結束。他們說，生命不是斷然的二分，他們雖然走得很遠很遠，始終很努力地，拉近兩種存在的距離。為了這個目的，大哥吳可端、二哥吳可莊，開始了他們驚心動魄的歷險，得忍受孤單，與野獸拚搏。當然，大哥與二哥是我僭越，為他們取了名。

我也沒閒著。搭了橋、又搭了橋。

二〇一四年春天，李錫奇、古月賢伉儷，為李奇茂老師設壽宴，古月老師親自下廚。當天，李錫奇老師「有備」而來，加上李奇茂老師俠風瀟灑，我得了題字「孿生」。《孿生》與李錫奇老師的「浮生十帖」畫作非常契合，李老師慨允當作封面跟內頁插畫。書籍由李瑞騰老師作序。李老師是少數文學寬關懷擴及離島的學者，擔任台灣文學館館長期間，曾策動「金馬文學展」。

古月老師知道題字、畫畫跟作序的老師都姓李，書籍且在春天出版，曾詼諧說「三李爭春」。這也是橋。

凡人，經常沒有可說的歷史，連肉身都沒有的凡人，還能說些什麼？

大哥與二哥不同意，一起說服我。我站立的肉身，便成為他們的橋。

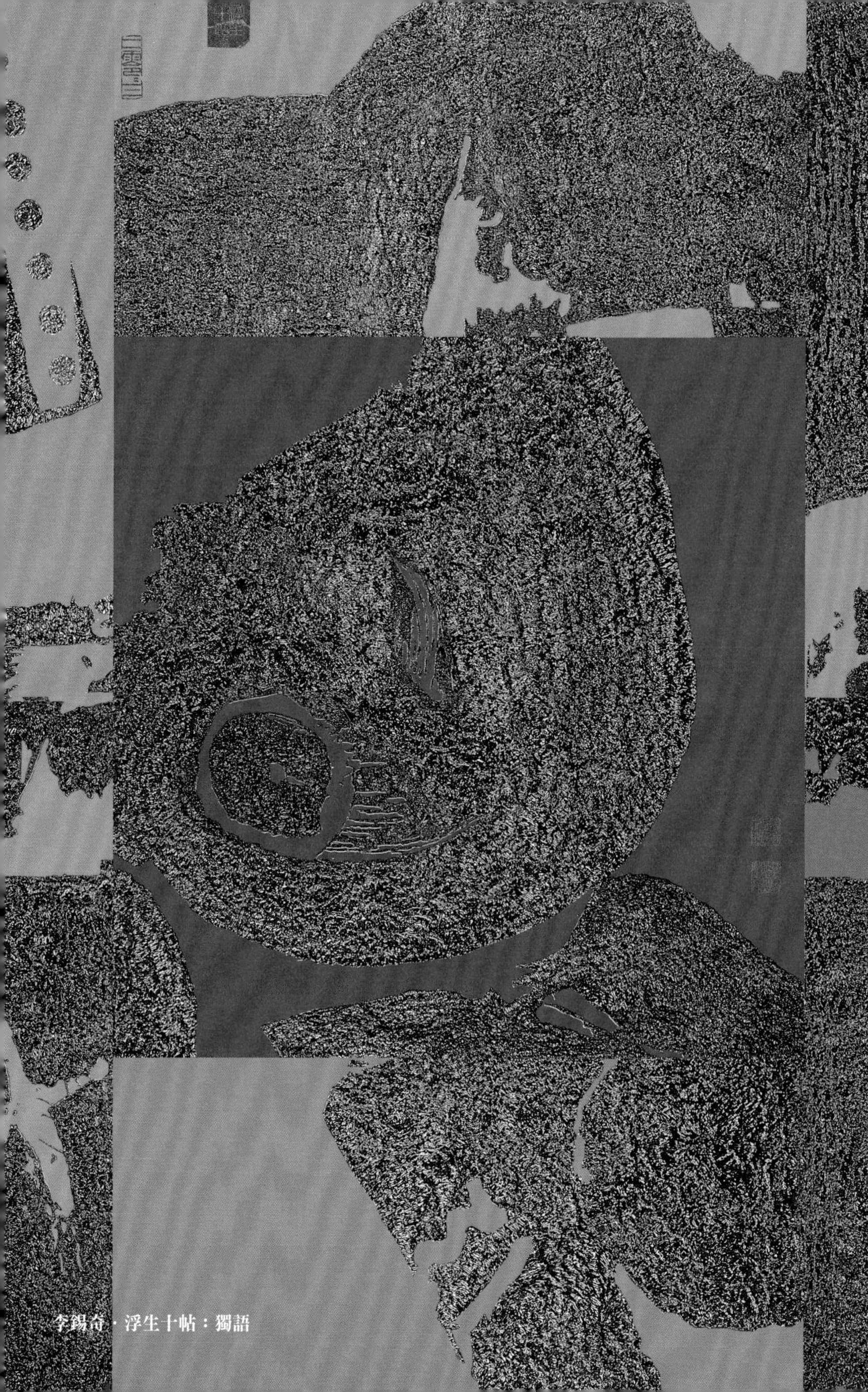

李錫奇・浮生十帖：獨語